秘密实验

百年剧本迷咒　　　　　　　　那多 著

SECRET
·EXPERIMENTS·

（原名《百年诅咒》）

人民文学出版社

图书在版编目（CIP）数据

秘密实验.百年剧本迷咒/那多著.—北京：人民文学出版社，2021
ISBN 978-7-02-016546-9

Ⅰ.①秘… Ⅱ.①那… Ⅲ.①长篇小说—中国—当代 Ⅳ.①I247.5

中国版本图书馆 CIP 数据核字（2020）第 133720 号

责任编辑　赵　萍　李　然
责任印制　王重艺

出版发行　人民文学出版社
社　　址　北京市朝内大街 166 号
邮政编码　100705

印　　刷　三河市宏盛印务有限公司
经　　销　全国新华书店等

字　　数　264 千字
开　　本　880 毫米×1230 毫米　1/32
印　　张　12　插页 3
印　　数　1—10000
版　　次　2021 年 6 月北京第 1 版
印　　次　2021 年 6 月第 1 次印刷

书　　号　978-7-02-016546-9
定　　价　49.00 元

如有印装质量问题，请与本社图书销售中心调换。电话：010-65233595

从 1907 年到 2006 年，

从维也纳，到柏林，再到上海，

从茨威格，到达利，到弗洛伊德，再到阮玲玉，

所有的神秘事件，源于斯蒂芬·茨威格的真实记载！

楔子

天气阴阴的见不到太阳,云层很低,仿佛天地之间只剩下了很小的空间。茨威格微微佝偻着身子,他已经很久很久没有真正直起腰来了。

和他的故乡相比,这个国家就像是个天堂。生活在这片净土上的人们恣意地歌唱跳舞和欢笑,可是透过这些表面上的快活,茨威格觉得他们和自己一样在内心深处惶恐不安。每一天,在大洋的彼岸都有成千上万的人死去,这座世外桃源能永远这样遗世独立吗?

茨威格很喜欢研究历史,他喜欢看那些伟大或渺小的人物,在奔腾的历史洪流中,怎样作出自己的抉择。而这些抉择又反过来,或多或少地改变着历史。

当以往茨威格完全沉入到他所研究的对象,比如歌德、卡斯特里奥或者斯各特船长的时候,他既有与人物命运同悲的感慨,又有一份置身事外洞若观火的通明。欧洲历史长卷在眼前慢慢铺开,以史为鉴,他曾经觉得这世上的一切在历史上早已经重演过许多次,没什么可惊讶的。

现在他知道自己当初有多么可笑。这个世界会走向何方,他期盼的未来还要等候多久。

从德国到英国,再到美国和巴西,他早已经精疲力竭。

"斯蒂芬……"他似乎听见阿尔特曼在叫他。

再看了一眼窗外的世界,他支撑着拉上窗帘,转身来到床前。

阿尔特曼穿着和服式的印花衬衣,侧卧在床上。她面容安详,脸上细微的皱纹已经舒展开。

茨威格凝望着自己的妻子,他想自己刚才是听错了。阿尔特曼比他更早服药,现在可能已经在去往另一个世界的路上了。

"亲爱的,请原谅我的自私,我无法听着你的呼吸在我耳边慢慢停止,就让我先去吧。"他还记得妻子最后对他说的话。

茨威格拉开床头柜的抽屉,从里面拿出一件青黑色的铜牌。这块铜牌经过多年来千百次摩挲,泛起幽深的光泽。茨威格把铜牌放在双手的中间,托到自己面前,看着上面的浮雕。数十年了,他每天临睡前都以全副心神贯注其中,真要算起来,看了得有一万多遍,上面的每个细节都刻在心中不可磨灭,但越到后来,看在眼里越觉得其中有无尽的意蕴和神秘。

该履行仪式了。

每日睡前一次的仪式,茨威格哪怕是在最窘迫的境地里,都没有中断过。现在他就将一睡不起,这是他此生最后一次仪式。

铜牌上无数只眼睛正在看着茨威格,看着他虔诚地进行着仪式。这样的仪式,只在这个世界上某个极小的团体里流传,无论这个仪式带来怎样怪异或可怖的后果,这个团体的任何成员都曾承诺,绝不对外透露。

茨威格从未违反过自己的承诺。啊,其实也不能完全这样说。这个隐忍了数十年的骇人秘密,随着他近两年精神状态越发不佳,在刚写完的自传里,还是情不自禁地透露了出来。但那只是一个小尾巴,没人能从里面找出真相。天知道他一直承受着多么巨大的压力，正如在自传的某处写的，"那是一种连我自己都不清楚的出自幽冥的念头……驾驭我生活的神秘力量是不可捉摸的……"

铜牌上的眼睛直看入茨威格的内心，又从内心穿透出去，投入冥冥。茨威格觉得浑身都贯通了，他和令人震慑的庞大力量慢慢靠近，最终合为一体，又化入无形。这是他感觉最强烈的一次仪式，因为死亡就在眼前。

仪式结束了。茨威格觉得视野一阵阵的模糊，就像极度疲惫时那样，双眼的焦距难以对准在一个地方。茨威格知道自己的时刻快要到来了，他把铜牌塞回抽屉，在自己死后，没人会注意到它的，它将沦落为一件无人知道创作者的艺术珍品。

茨威格在妻子身边躺下，小心地让阿尔特曼的头枕上自己的肩膀。

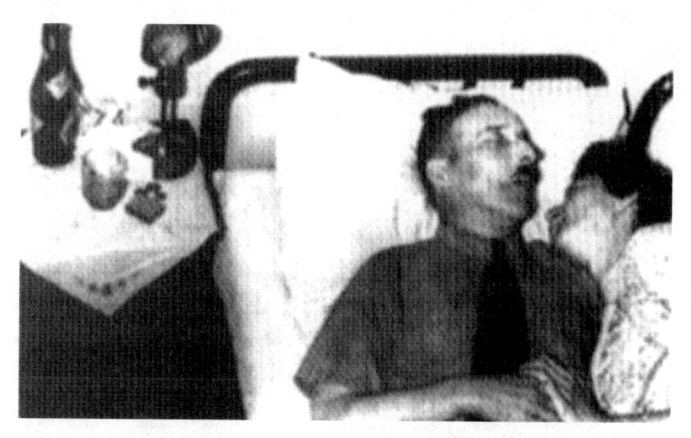

茨威格和他妻子阿尔特曼被发现死亡时的照片

在闭上眼睛之前用手摸索着整理了衣襟,然后轻轻抓起妻子的手。虽然自己选择了逃避,但仍希望能比较体面地离开。

在意识慢慢消失的时候,许多画面浮现起来。茨威格恍然觉得,在屋子上空某个莫测的地方,一个通道正在打开。

那并不是白色的,发着光的,通向天堂的通道,而是幽深黑暗,隐隐流露出令人恐惧的神秘味道。一种有些熟悉的气息。

茨威格安静地躺在阿尔特曼的身边,可是他的整个精神世界,整个灵魂都已经战栗起来。

1942年2月22日,斯蒂芬·茨威格和妻子在巴西里约热内卢郊外的寓所内自杀。巴西决定为其进行国葬,包括总统在内的四千人为这位当时全球最著名的作家送行。

这一天阳光灿烂,抬棺者们走到墓穴前,准备把棺木放下,让死者入土。

几乎在转眼之间,灰黑色的云聚集起来,隔绝了阳光。

大雨。

安葬完毕时,大雨骤停。[1]

---

[1] 关于茨威格下葬时的异常天气,出自山东文艺出版社2000年11月版《茨威格精选集》中,由德语文学研究学者韩耀成所写的茨威格小传——《茨威格:对人道的孜孜不倦的追求》。

第一章

2006年10月19日。中国，上海。

天气已经开始转秋，暑热虽然没有完全散去，但在这样的深夜，窗外的风还是能吹来些许凉意。

费克群早不是年轻人，不过很多年来他已经养成了晚睡的习惯，在这个时候依然毫不困倦。

他正坐在电脑前，看着一篇和自己有关的新闻。

费克群一直以温和谦逊的姿态出现在公众面前，私底下的性格却很有些自恋。他常常在网上搜索关于自己的新闻，以及网友们对自己演技的评价。由于形象一直都不错，所以大多是正面的消息，比如现在正在看的这条。

费克群的脸上浮起一抹笑容。现在并没有镁光灯摄影机，他可以不加克制地自由表露心底里的情绪。

一个特殊的提示音响了起来，他看到某个网上的熟人上线了。很快，一个聊天窗口在屏幕下方闪动起来。

费克群觉得自己血液的流动稍稍加快了一些。鼠标移过去，把窗口点开。

"这么晚了，还不准备睡吗？"凌说。句子的后面，一张微开的唇，闪着粉色的光泽。

"看我的新图标怎么样?"凌接着打道。

费克群修长的手指也开始在键盘上跳跃,他很注意保养自己的手,曾经不止一个女人说过它很性感。

"从哪里找来的?"

"我自己从照片上截的。"

"谁的照片?"

"你猜呢?"

"你的?"

唇再一次出现,不过这次噘了起来,然后放送出一个诱惑的吻,费克群甚至看见了双唇间一闪而过的舌尖。女人常被比作蛇,此时他真的联想到了嫩红的蛇芯,心也随着蛇芯一起颤动了一下。

现实中身边的美女也不少,可是没一个能让他感兴趣,反倒是这个始终不知长什么模样的凌,总能叫他心神动荡。

这是距离造成的神秘美感,还是自己纯粹有些变态?费克群没有深想,许多事情不需要想得太多,这样才能活得更轻松。

"这两天想过我吗?"

"天天想着呢。"刚上网那会儿,费克群还很矜持,不过现在他已经想通了,放开了。

"有些急色哟。"

费克群笑了笑,从一堆动画图标里挑出一个扭着屁股的背裸帅哥发给凌。

"这不会是你的屁股吧。"

费克群仿佛能看见凌在那一边笑得花枝乱颤。

……

从调情到诱惑,再到比暧昧更进一步的挑逗,两个人一来一回地触碰磨蹭着。费克群知道接下来会发生什么,果然,在嘴里的烟快要抽完的时候,凌发来了视频邀请。

"等我一会儿。"把烟熄灭,费克群点了同意,然后打出一行字,起身离开。

把窗帘拉上,从橱柜里取出一个精巧的烛台,放在电脑台上,点燃上面的蜡烛。大灯熄灭了,屋里亮起一盏台灯,并且光亮被调节得很昏暗,这让烛台透出的那一星飘忽的火光格外明显。

费克群小心地调整了摄像头的角度,好让它不会拍到脖子以上的部分。双方都有着这样的默契,费克群的确很好奇对方的长相,可要是他自己的身份被踢爆,"费克群网上视频性爱"的丑闻足以让他堕入万丈深渊。

正像在车里做爱一样,危险感带来的额外吸引力,让费克群欲罢不能。

坐回电脑前的时候,费克群在屏幕上看见的,是一截温润的颈,往下是柔和的肩膀弧线和性感的锁骨。淡蓝色的睡袍丝带松松地搭在肩上。

费克群的喉结缓缓蠕动了一下。

凌的肩动了起来,她又开始打字。

"你又点了那个小玩意了吗,给我瞧瞧它。"

费克群把摄像头朝烛台那儿一扭。

烛台上人影起起伏伏，慢慢转动。

与其说这是一个烛台，不如说是一个精巧的小型走马灯更合适，一年多前费克群在尼泊尔的一个古玩地摊上看见的，花了大约近三千人民币买了下来。

烛台的莲花台底座由纯银打造，花瓣伸展着，上面还阴刻着云气般的纹路，丝丝缕缕，在精妙中透着些许慵懒倦怠。

出于热力学上的设计，插蜡烛的位置并不在莲花台的正中，而在一侧。上面的灯罩顶端有螺旋桨状的扇叶转盘，点起蜡烛盖上灯罩，上升的热气流就会带动扇叶缓缓转动。

扇叶下方连着六道向四周伸出去的分支，每根分支的端部，都连接着一对薄如银箔的裸身男女，姿态各异，雕刻得栩栩如生。这六对男女各有高低起伏，在烛光中转动起来，隔着蒙着灯罩的那层透光薄羊皮，显现出的光影效果无比曼妙，直让第一次瞧见的人目瞪口呆，知道什么才叫巧夺天工。

费克群在买下的时候，也没曾想到会有这样的效果。回了国内，托了一位道具高手把烛台略作清洗。道具师去掉原先残破污秽的灯罩蒙皮，重新蒙上新皮之后试点了一次，有人立刻出价十万要买。

费克群是个很讲究情调的人，所以每一次和凌视频，他都会点起这个烛台。烛火人影交错间，与他年纪不相称的欲火很快就会轰然升腾起来。

凌的睡裙早已经褪去，白皙的肌肤泛起潮红，对着她的摄像镜头已经往下移，再往下移。费克群的汗衫也甩到了一边，修长的手只剩了一只在键盘上，打出些简单的字词。

屏幕下方的对话框有时长时间才会跳出新的一行,而上方视频中,彼此的躯体都在剧烈扭动着。他们没有开启音频传送,但对方的喘气声却仿佛很清晰地在耳边响起。

费克群的呼吸越来越急促,忽然喉间发出一阵哀鸣和低吼混杂在一起的声响。他的胸口起伏着,整个人都软在了椅子上,然后用鼠标选了个大口呼气的夸张图标发过去。

凌的手已经绷直,小腹上的肌肤战栗着,很快沁出一层细细的汗珠,歇了半分多钟,她给费克群发了个吻,关闭了视频。

费克群勉强起身,此刻明显的精力不济让他叹息起逝去的年华。他走去卫生间,打开水龙头洗去另一只手上的污秽。他的胸口起伏得越发厉害,心脏还在疯狂地跳着,急促的呼吸一点都没缓和。

今天兴奋过头了吧,不过还真是刺激。费克群这样想着,按紧了洗脸槽的塞子,积了些冷水,准备洗把脸让自己清醒一下。

低下头半浸在水里,用手往脸上泼水的时候,他把水弄进了鼻子,顿时呛了起来。

胸口收缩得有些发痛,气管火辣辣的像被灌过辣椒水,每一次勉强吸进半口气,就忍不住呼出一口。费克群觉得越来越气急气闷,眼前一阵阵发黑。突然之间,他意识到,这并不是因为兴奋而引起的呼吸急促,而是自己的哮喘病发作了。

费克群有三十多年的哮喘病史,可是近些年症状已经减轻许多。这一次的急性发作,竟然比三十多年来的任何一次发病都更凶猛。

费克群心里隐约有些不妙的预感,他扶着墙走到卧室,只是摸索着开灯的片刻,他的胸口就像有根钢丝勒住了心脏,硬生生地痛起来。他俯身拉开床头柜的抽屉,双腿支撑不住坐在了床沿上。

好在沙丁胺醇气雾剂就放在抽屉里相当明显的位置,费克群一把抓起,哆嗦着把气雾剂从外包装的纸盒里倒落在颤抖的手心,又准备拧开塑封的盖子,却愣了一下。

这瓶哮喘特效气雾剂是一个多月前他的侄子费城为他买的,从买来到现在费克群并没有发过病,所以这瓶沙丁胺醇在他的记忆里,应该是没有拆封过的。不过现在,盖子上的塑封已经没有了。

这时费克群已经管不了这些细枝末节,把喷口对着嘴猛按了十几下。

料想中凉凉的救命气雾竟然并没有出现,这瓶药是空的。

就这么短短的时间里,费克群觉得自己的症状已经比刚才在卫生间里又加重了一倍。

要打电话求救,要打电话求救!

准备拨打120的费克群,手还没有碰到床头柜上的电话机,铃声却突然响了起来。

费克群抓起电话,里面传出一个熟悉的声音。

费克群心里松了一口气,他想告诉对方自己现在的情形,却发现自己已经很难完整地说出一句话。

深呼吸,再深呼吸,这是几乎不可能的动作,气管纠结在一起,吸到一半就得痛得停下来。他拼了命地回想着哮喘发作时自救的措施,仰着头挺直了脖子,右手狠命地掐左右的虎口,只希望能对电话说出些什么来。这个时候,他听见对方开口了。

两分钟后,放下电话的费克群倒在床上,他的呼吸发出类似哽咽的声音,像一条正在呜呜哀伤的狗。

费克群瞪着眼睛直愣愣地看着枕沿,连转动眼珠都感到困难,心脏一抽一抽,那根死命拽着心脏的钢丝不知什么时候会绷断。

天哪,他忽然想起来了,聊天记录!那个窗口他还没有来得及关掉!

可是他现在连一个小指头都动不了了。

第二章

费城走在香山路上,这是一条相对僻静的小道,两旁的法国梧桐,每棵都有合抱粗。在上海的最中心有这样一片远离车马喧嚣的地方,简直是个奇迹。

梧桐树的身后,是一幢幢法租界时期留下的老洋房。这些沉默着注视了大半个世纪风云变迁的老建筑如今价值不菲。得要八位数吧,费城想。

这些老建筑都有着属于自己的故事,有的传奇,有的神秘。从这个角度上说,费城正准备去参加的那个奇怪沙龙,倒是很适合放在这里举行。

还在上海戏剧学院读书的时候,费城就参加过各种各样的沙龙。从民俗文化、诗歌、绘画到考古。可是由眼前这幢花园洋房的年轻主人发起的沙龙,主题居然是神秘主义。

铁门旁有一个铜质雕花门铃,不过因为今天的沙龙,主人早已经敞开着铁门,等待来客的光临。

在进门之前,费城拿出手机,找出前次的通话号码记录,再次拨出。

还是忙音。

费城皱了皱眉,放下手机。

昨天叔叔来电，约他今天下午过去，有些事情和他商量。当时费城满口答应，今天早上醒过来，却忽然记起下午有这个沙龙要参加。

费城对神秘主义非常有兴趣，一向喜欢看有关灵异的传说和小说，他常常怀疑并且期盼，这个世界上真的会有一些事情无法用常理解释。显然，像他这样有一点浪漫有一点好奇的年轻人并不少。

所以，对于这样一个沙龙，费城舍不得放弃，于是他打算给叔叔去电话，说会晚些到，去吃晚饭。

可是一整个上午，费克群家里的电话全是忙音，怎么都打不通，手机也关着。

有点奇怪。通常费克群早晨八九点起床的时候就会打开手机。费城记得，这些年来，只有一次他和某个女星传绯闻，记者的采访电话蜂拥而来，才让费克群关了整整一星期的手机。

不过今天，应该只是叔叔早上起来忘记开手机，座机又没搁好吧。

费城摇摇头，反正等急了他会给自己来电话的，到时再解释。叔侄间的关系好得很，这点事情叔叔是不会在意的。

铁门里是一个花园，当然不至于很大，但也有弯弯曲曲的小径，以及藏在桂花树和葡萄架枝影间的青石桌青石凳子。

走在小径上，费城心里禁不住有些嘀咕。人人嘴里都说现在是不问出身的年代，可实际上家世好和家世不好差得真不是一点半点。自己这位校友干道具这行纯粹是兴趣，他出身艺术世家，家底丰厚，完全不用为生活担心，光这点就不知羡煞多少人。当然，费城自己因为有叔叔的帮忙，也让许多人眼红不已。

这是幢三层楼的房子，费城并不是第一次来，从敞开的大门进去，在楼梯口和主人家长年雇的保姆点头打了个招呼,上到二楼那个有阳光的大房间。

差不多正是约定的时间,不过按照彼此间不守时的惯例,迟半个小时开始是再正常不过的了。已经到了好些人,分成几堆坐在一起聊天。

参加沙龙的许多人都已经从戏剧学院毕业,照常理这种大学生聚会性质的沙龙早该渐渐冷落。可实际上,不但每月都会有人召集举行,沙龙里更不断会有新面孔出现。

这里实质上已经渐渐演变成一个社交场合,更多的时候,参加者并不一定对沙龙的主题有多大的兴趣,但彼此都在同一个圈子里混,讲的就是朋友关系门路,在这儿不认识的混个脸熟,认识的互通有无,指不定不经意间谁就提携了谁一把。

在几个同学身边坐下,一边和熟人打着招呼,一边打量着屋子里的人。有几张不太熟悉的脸,可能在什么地方见过一两次,还有几张完全陌生的脸。

屋角一个安静坐着的女子让费城多看了几眼。她一身职业打扮,瓜子脸,鼻子狭而高,靠近鼻尖的地方微有些向下的曲线,再加上薄薄的嘴唇和利落的短发,让人觉得这一定是个性格倔强外加高傲的女人。毫无疑问这是个美女,费城在学校里见的美女多了,一个个都把自己打扮得花枝招展,看多了就生出免疫力,所以见到这样风格迥异的,反而忍不住多打量几眼。

"她是谁?"费城问身边的人。

"我也不熟,是训哥叫来的朋友,好像是我们学校毕业的,叫韩裳。"

训哥就是周训，矮矮胖胖十指粗短却异常灵活的道具师，这幢房子的主人。

费城点点头。怪不得看着有些眼熟呢，不过肯定不是自己戏文系的，看打扮神情也不像学表演或者舞美的，主持人班……也不太像嘛。想来想去，上戏出来的人都比较张扬，像她这样的，算是异数了。

不一会儿，训哥把肉巴掌拍得叭叭响，宣布沙龙活动开始。

在费城看来，神秘主义是一种哲学化的称呼，往高深里说，是宿命，是掌握命运之轮的上帝之手是否存在。浅显一些，就是生死轮回，亡灵天使，各类灵异现象是否真有其事。

训哥显然查阅了许多资料，拿出一张纸，上面打印着关于神秘主义的各种说法。

"'神秘主义'这个词来自西方，即 mysticism。而这个词又出自希腊语 myein，是'闭上'的意思。闭上肉体的眼睛，睁开心灵的眼睛，从俗世间挣脱，返回自我，去感受某种至高的精神。作为一种宗教观念，神秘主义普遍存在于世界各大宗教中，早到公元前8世纪的俄耳甫斯教，再到基督教佛教伊斯兰教，而在中国，老庄所谓的'道'就是神秘主义的东方式表现。"

"回想在我们生命中的某些时刻，比如仰望无尽苍穹，或是在一片完全的黑暗中省视内心，或是对十字架的专注凝视。我们总会有一种感受，仿佛有种无以言喻的东西，它围绕着我们，逼迫我们去问，在眼前现象的背后是否存在着更高的东西，那就是神性。"训哥仿似话剧念白一样，朗读了这段话，然后停下来，看了其他人一眼。

"以上这段话，是德国天主教哲学家马克思·谢勒关于神秘主义的具体解释。我想在座的每个人都有过这样的时刻,也就是说,我们每个人都有过神秘主义的亲身体验。"

他这样说,在座的人神情各异。有的认同,有的恍然,有的不屑。费城看了韩裳一眼,她面无表情,不过费城隐约觉得,她是有些不以为然的。

"当然,神秘主义同时也是一种哲学观念。"训哥接着说,"从公元3世纪,普罗提诺①创立的新柏拉图主义哲学把神秘主义系统化为一个完整体系开始,一直到现在,几乎所有的哲学传统中都会涉及神秘主义。我们可以数出无数灿烂的名字:释迦牟尼、古印度《奥义书》的作者们、毕达哥拉斯、苏格拉底、柏拉图、基督、萨满教的创立者们、禅宗大师、老子、庄子甚至李白。他们因为这种不同寻常的精神体验,而创造出了各种精神伟绩。当然,也有一些人经过了这种体验后,创造出异端邪说,成为迷信偏执的源头。"

说到这里,训哥长吁了一口气,他终于把开场白念完了。原本脸上某种庄严神圣的东西,在转眼间仿佛蜕皮一样,换成了在座诸人熟悉的嬉皮笑脸,甚至有些猥琐的模样。

"好啦好啦,接下来大家随便哈啦,碰到过什么诡异事情,都说出来听听。"

---

① 普罗提诺(204—270),古罗马帝国时期哲学家,新柏拉图学派最著名的代表。普罗提诺所代表的思想学派称作新柏拉力学派,因为他采用了柏拉图的纯形式概念,代表了完美与和谐的顶点,并且用它来建立灵魂的概念。普罗提诺把灵魂描述成一个一元实体,没有组成部分或空间维度,自身是一个独立的存在。他主张灵魂必须清除一切欲望,从肉体中超脱,经过"净化",进入"出神""忘我"的状态,达到与"太一"融合,与神合为一体。

娱乐圈其实是最相信这套东西的行当之一,几乎没有哪个剧组开机不拜天地鬼神的,拍摄时碰到的灵异事件更是一抓一大把,所以,说起亲身经历或者亲眼所见的奇怪事情,哑着声音白着小脸说得绘声绘色的人多的是,场面绝没有冷场之忧。

一个个故事在不同的人口中娓娓道来:出外景拍片的演员在庙里不恭敬,出庙时摔成了猪头;住宾馆的女明星晚上做噩梦又被鬼压床,第二天才知道这间房死过人;拍鬼片的演员在看样片的时候发现本该空无一人的身边出现了人脸……

正在大家说得起劲,惊呼声四起的时候,一个不太和谐的声音插了进来。

"我不认为真的有什么神秘主义,所谓的神秘体验,大多数的时候,只是人的心理因素使然。"

韩裳的话和她的人一样,一个个字连珠炮般迸出来,干净利落不留情面。一时间众人都有些愣神。

不过很快就有人反应过来,不服气地争论。

"女主角旁边的那张鬼脸,我可是亲眼在样片里看到的,而且拍那个戏的时候,剧组里许多人都觉得很不对劲,怎么会有假?"

"本来拍鬼片,入戏的话,现场的气氛就会变得压抑怪诞。这种情形下面,疑神疑鬼再正常不过。我看过很多所谓拍到鬼的照片,拍到的那个'东西'从来都是极其模糊不清的,很可能只是一团扬起沙尘的风,却被硬生生看成了人脸。就好像去钟乳石洞旅游,导游会说这块石头像孔雀,那块像马,原本并不觉得多像的东西,被导游一说,加上自己的想象力,就觉得像了。"韩裳回答。

"那就说一件最最普遍的事情，一个人经常在某个时候，发现此情此景，是自己梦里经历过的。难道你没有过这样的情况吗，这又怎么解释？"

"弗洛伊德在一百年前就对此进行了解释，人的潜意识会在不知不觉中进行许多想象，有时候，人到了一个陌生的地方，却觉得似曾相识，就归结为曾做过这样的梦，其实却是因为这个地方和潜意识曾经进行的某个想象相似。"

"我说一个我经历过的事情，那天我和一个同学在校外散步，他忽然对我说，他有些头痛老师布置的一个小品剧本，恰好我也在这个时候想到了这个作业。这种心灵感应，你难道要用巧合解释吗，概率也太小了吧。"另一个人加入了争论。

"虽然我不愿意这么说，但事实是，一百年前这些问题就被得到了很好的解释。"韩裳笑笑，她的潜台词显然是发问的人过于孤陋寡闻。

"弗洛伊德举过一个和你刚才说的几乎一模一样的例子。"韩裳接着说，"一次他的朋友布列尔与太太在餐厅吃饭，突然他说了句'不知道饶医师在匹兹堡干得如何'。他太太非常惊讶，因为她也正在想同样的事。"

说到这儿，韩裳停下来，向发问者笑了笑。

"这难道还不是心灵感应吗？"发问者皱着眉头，他预感到自己要掉入韩裳的某个陷阱。

"这个故事并没有结束。当这对夫妇随后偶然看向门口的时候，发现一个和饶医师长得非常像的人。这个人应该刚从他们的桌前走过，只不过当时两人在一心谈话，都没有注意到他，但眼角余光捕捉到的景象进入了潜意识,于是两人出现了类似的想法。① 回到你和你同学的例子,应该是当时在你们的周围,有某个人或者某个景象,让你们想到了这个小品作业。"

在场的人纷纷发问,韩裳却以一种从容的姿态,用弗洛伊德的精神分析理论轻松应对,让人生出她正舌战群儒的感觉。

费城用欣赏的目光看着这个顾盼自如的女人,这个圈子里有头脑的女人不算太多。当然,这并不代表费城同意她的观点,因为费城自己就经历过一件事,那可完全不能用心理因素或潜意识来解释。

在饶有兴致地观察韩裳的时候,费城还发现,她的眸子是棕色的,琥珀的颜色。这样的女人应该不会故意去戴彩色隐形眼镜,那么,或许她身上有一部分外国血统? 再次打量她那轮廓过于分明的五官,费城觉得这个推测有相当的可能性。

周训这时有些坐不住,他本人是相信存在神秘现象的,现在看一时间没人能说得过韩裳,瞧了身边坐着的一个瘦削的年轻人一眼,说:"韩裳你先等一等,我介绍一下我身边的这位朋友。他是《上海晨星报》的记者,叫那多。据我所知,他可是有许多次神秘经历,绝不是什么心理因素能解释的。那多,你说两句。"

他这么一说,包括费城在内所有人都向那个那多看去。

这位记者笑了笑,却说:"这样的事情,每个人都有自己的看法,这很正常。而且在大多数的情况下,的确只是心理因素作祟。"

他显然无心卷入论战,训哥的脸上立刻露出了失望的神色,可是韩

---

① 此案记载于《日常生活的心理奥秘》,弗洛伊德,1904年出版。

裳却不买账,追问说:"你说大多数情况下,那么还有少数情况呢,你能不能举个例子?"

费城先前茶水喝得太多,这时有些尿急,起身去上厕所。这一番混战让他觉得很有意思,他加快脚步,好快去快回,听听这位那多记者会说出些什么。同时他也想找个机会,把自己碰见的那件虽然不大,却很奇异的事情说出来,看看韩裳还能有什么话说。

从厕所出来的时候,费城又想起了叔叔。照原先的约定,现在他应该已经到了叔叔家。他拿出手机,试着再拨了一次。

居然接通了,这多少有些让他意外。

那一头铃声响了没几下,就被拿起了话筒。

"喂。"

"喂,是……"费城忽然把"我"字收住,他发现之前的那一声并不是费克群的声音。

"呃,我找费克群。"他说。

"你是谁?"对方问。

费城觉得听筒里传来的语气相当生硬,这是叔叔的客人吗?

"我是费城,请你让他接电话。"

"你也姓费? 你和费克群是什么关系?"

"你是谁?"费城反问了一句。他有些生气,这到底是谁,怎么用盘问的口气说话。

"你是费克群的亲戚吗?"对方没有回答他的问题,继续问道。

"我……我是他的侄子,我叔叔怎么了?"费城刚刚冒出的火气已经不见了,现在他隐隐有些不安。

"你等一等。"对方说了这句话后,就没了声音。

费城凝立在走廊里,紧紧捏着手机,手心微微出汗。

直等了近半分钟,手机里传出另一个陌生男人的声音。

"我是徐汇区公安局刑侦支队队长冯宇,很不幸,费克群已经死了。"

第三章

费城跨下出租车。

小区门口的两个保安神色有些紧张,正在交头接耳地轻声说着什么。费城大步走过他们,很快疾步变成了小跑。

远远地,他就看见了警车。

很多很多警车,还有闪着刺眼警灯的摩托。

警车旁站着些穿警服的人,更多的是围观的居民。

"借过。"费城低声说。他挤开前面的几个中年妇女,看见近处的花坛边,有一些碎玻璃。他抬头向上望,四楼的一扇窗户被砸碎了。

那正是叔叔费克群客厅里的大窗。

叔叔竟然死了。

费城有一种不真实的感觉。父母死去的时候,他还太小,这是他第一次面对至亲的离去。

他从来不觉得自己是靠着叔叔生活,但现在,他深深感觉到了失去依靠的虚弱和彷徨。身处的空间仿佛一瞬间塌陷下去,茫茫空虚中找不到一个支点。同时,又有无数他从前不曾想过要去面对的东西,一起奔涌而来,苍白地堆砌在面前。

叔叔竟然死了。

叔叔是怎么死的？四楼那个破碎的洞口就像一张巨兽的嘴,费城收回盯着它的目光,举步向前。

为了方便警察的进出,大楼进口处的密码门敞开着,旁边守着几个警察负责阻拦围观者进楼看热闹。一个在场的警察见费城要进楼,伸出手拦住他。

"你住在这幢楼吗?"他问。

"不,我是死者的家属。"

"你知道死的是谁?"警察的神情变得认真起来。

"怎么知道的?"他接着问道。

"我给叔叔家里打电话的时候,你们支队长告诉我的。"

"哦。小王,你陪他上去。"他招呼另一个警察。

"我叔叔是怎么死的?"上楼的时候,费城问。

"关于案情,你可以直接问支队长,如果他愿意告诉你的话。"姓王的年轻警察回答。

四楼的整个楼面都已经封锁。王姓警察打了招呼,直接把费城领到了402室,费克群家的门口。

门开着,只往里面看了一眼,费城就看见许多穿着制服的身影。

"这么多警察,是……凶杀吗?"费城半问半自言自语地喃喃说。

王警察回答了他前半个问题。

"在上海,死了人就是了不得的大案子,技术人员、刑侦人员、法医、大领导小领导,来个二三十人不稀奇。何况,这还是个名人。"

"冯队,这里有个死者家属,说和你通过电话的。"他站在门口并不进去,大声喊道。

一个并不高大的警察走了出来,三四十岁很干练的模样。不过现在,他拉长着脸,或许他的肤色本来就很黑,看上去有些吓人。

"你是叫费城吧。"他劈头问道。

"是的,我叔叔是怎么死的?"

"在告诉你一些情况之前,你需要先协助我们回答几个问题。"

冯宇把费城带到楼道里一个靠窗的角落,开始发问,并且时不时在小本子上做记录。

冯宇能得到的有用消息并不多,费克群让费城下午来,是有事情要商量。这件事或许和他的死有关,但从现场的情况看,更多的可能是无关。不管是否相关,这到底是件什么事,已经成了个谜。

"这么说,你是费克群在上海的唯一亲属了?"

费城点头。

"那么,他有固定的女友吗?"

"我叔叔一直单身,对他这方面的情况,我不是很了解。"

实际上,费城从不刻意打探叔叔的感情生活。因为他一直很尊敬费克群,所以小心地不去触碰任何可能会令他叔叔不快的事情。毕竟一个四十三岁还没有结过婚的男人,一定会有些故事的。

四岁的时候,费城的父母在一次车祸中双双身亡。在河南的一座小县城里,费城度过了幼儿园、小学和中学的时光。在那十几年里,费城和他叔叔在一起的时间并不太多,但彼此关系很好,毕竟对双方来说,都是仅有的几个亲人之一。

高中毕业费城考进了上海戏剧学院戏剧文学系,在这其中,费克群是花了工夫做过辅导,而且托了人情的。生活在一座城市里,从小独立的费城很注意不过分打扰叔叔的生活,但费克群倒是时常把费城叫来聊天吃饭。现在费城是一个自由经纪人,他心里清楚,自己这么一个初出茅庐的新手,肯和他合作的演员,多半是看在了费克群的面子上。

"好吧。"冯宇收起本子和笔,说,"可以让你进去看一下,但也只能远看。费克群的死亡地点是卧室,我们要保持现场的完整,所以那儿你不能进。"

费城跟着冯宇走向402室。这个时候他才发现,外面的过道上有大量的水渍,是从费克群家里漫出来的。

"请不要碰屋里的东西,预先打个招呼,为了调查案情,我们可能会取走一些物品,清单稍后开给你。哦,地上很湿,注意不要跌倒。"当然,冯宇的提醒只是怕费城摔一跤把现场搞糟。

费城的皮鞋踩在硬地板上,发出明显的水声。

"怎么会这样?"

"今天早上,302室的居民发现天花板在渗水,上来敲门没有人应,水不断地从门缝底下渗出来。他们一直等到中午,最后选择了报警。赶来的巡警砸碎窗户进屋,在卧室发现了费克群的尸体。水是从卫生间的洗脸槽里漫出来的,那儿的龙头没关。"

费城这才知道窗户上大洞的来历。

书房里,一个警察正在打开电脑的机箱。

"哦,电脑的硬盘我们要拆走。"冯宇说着停下脚步,扭头看着费城,问,"你知道一个叫凌的女人吗?"

"凌?不知道。怎么,她和我叔叔的死有关?"

"不一定。昨天深夜你叔叔在网上和她聊了一段时间。确切地说,你叔叔在死之前,和她做了一次,通过网上的视频。"说到这里,冯宇的嘴角牵出一个意味深长的表情。

突然听到叔叔的这种事情,让费城不知所措。

"啊,我从来不知道这样的事情,他的私生活我不是很清楚的。"

冯宇点点头,把费城领到卧室门口。

费城在冯宇的身边站住,这个位置已经可以看清楚卧室的全貌。

费克群仰天横着倒在床上,一只手掐着自己的喉咙,一只手紧紧抓着床单。他的头冲着远端,但费城还是可以发现,他叔叔是睁着眼睛死的,面容扭曲。

只看了一眼,费城就移开了视线。

"从现场看,费克群死时没有明显第二个人在场的迹象。所以,他可能是突发某种疾病身亡。不过我们会在进行了全面的调查之后再下最后的判断,毕竟他是个名人。对了,你知道你叔叔有什么比较严重的疾病吗?"冯宇问。

他把费城领回客厅里,看费城还在思索,从口袋里摸出一个封在塑料袋里的药瓶。

"你见过他用这种药吗?"

"沙丁胺醇!我叔叔有哮喘,这是我前个月给他买的。"

"他死之前喷过这瓶药,现在这已经是个空瓶子了。"

"可是……我叔叔近些年都没有很厉害地犯过哮喘,偶尔犯病的时候,喷些药就会好很多。"费城皱起眉说。

"哮喘引起死亡并不算太罕见,而且严重的哮喘可能会引发一些其他的问题。不过床头柜上就有电话,一般来说,从发作到死亡这段时间里,他应该有机会通过电话呼救。的确,这个案子有些疑点。"

冯宇把药瓶揣回口袋,做了个请他出门的手势,和费城一同走到门外。

"费克群的血亲只有你和他母亲了吧。"

"嗯,我奶奶现在住在养老院里,而且有轻度的老年痴呆。我暂时不想告诉她这个消息。"

"这么说死者的后事就是由你料理了。你要等一段时间,遗体我们等会儿会运走做法医解剖,这里的现场还要保持,我们随时可能重新进行现场痕迹检查。什么时候你可以进来整理遗物,等我们的通知。"说完冯宇抄了个电话给费城。

走出这幢楼的时候,费城看见几个闻讯而来的记者,正缠着警察追问情况。他低下头,快步从他们身边走过。

三分钟后,冯宇接到了费城的电话。

"冯队长,刚才我看到一些记者,关于我叔叔死的情况,和他名誉有关的那部分,务必请您不要向记者透露。毕竟人已经死了……"

"好的,你放心,我会叮嘱下面的人不要乱说。"

第四章

几个男人站在徐汇区刑侦队的门口张望着,不远处,一辆警车正驶来。

他们对了一下车号,又努力往车里看去,脸上露出兴奋的神情,冲到警车前。

警车不得不停了下来,一个小个子警官敏捷地跳了出来,快步往门里走。

"冯队长,我是《华都报》的记者,请问费克群是自杀还是他杀?"

"听说费克群死的时候没穿衣服,是真的吗?"

"尸体解剖的结果有什么异常吗?"

这些记者围拢上来,希望能把冯宇堵在这里。

听到关于尸体解剖的提问,冯宇的眉毛微不可察地皱了皱,这个问题正刺中了某个让他困扰的地方。

当然,他不会回答这些问题。

这些麻烦的外省记者。如果说本地的记者为了今后还能好好打交道而有所收敛的话,这些从外省赶来的记者简直比通缉犯还要凶恶,抓住任何机会想问出些蛛丝马迹来,偏偏还不能真的得罪他们,只能按住心火,忍耐他们的聒噪。其实在中国任何地方,外来的记者都是最不怕事的。

抓住记者包围圈合拢前的最后一丝空隙,冯宇侧身闪了出去,扔下一句"专案组很快会公布调查结果,请耐心等待",冲进了大门。有几个想跟进去的,被警卫一把拦下,只余一片叹息声。

属于专案组的大办公室里,冯宇站在一块黑板前。

他已经把各条线索拆分出来,交给探员们去查,任何探员有了调查结果,会先简单地写在黑板上,以供组员们了解整个案子的进程。

冯宇看了一会儿,用和他体形不相称的大嗓门吼道:"张得功,交给你们最简单的活,怎么现在都没查好,人呢,干什么去了?"

一个年轻警察连忙站起来跑到冯宇身边,脸上有些尴尬。

"冯队……"

"凌的身份这么难查吗?还是他们技术部门不配合?查 IP 地址应该是很快的吧。"冯宇劈头问道。

"在费克群的硬盘里发现了他以前保存下来的一段视频录像,是一个年轻女性的自摸挑逗录像,应该就是那个凌。镜头始终对着脖子以下,再联系到死亡现场电脑摄像头的位置,费克群和凌彼此之间应该都不知道对方是谁。"

"说结论,你知道我在问你什么,IP 地址查到了吗?"

"查到了。"张得功连忙解释,"可是这个 IP 地址有些特殊,并不是常见的固定线路上网的,而是通过 Wi-Fi 上网。"

"哦?"冯宇的脸色缓和下来,"我对这方面的技术不太懂,你详细说说。"

"Wi-Fi 是无线上网的一种应用格式,在每一个节点上,它的信号都可以覆盖周围五十米区域,在这个区域内,任何有无线 MODEM 功能的电脑都能通过它上网。现在已经查到了节点,也就是无线发射器所在的那户人家,但初步可以排除这户居民中有凌。我们查看了周围,有三幢楼都能良好地接收到无线信号,一共七十二户人家,要一一查清难度很大。虽然他们的网上性爱可能是费克群哮喘发作的诱因,但凌和费克群的死之间并没有直接相关性,所以暂时没再查下去。"

冯宇挥了挥手,张得功松了口气,转身离开。

冯宇的目光又移到了黑板上,那儿还有一条完全没进展的线索——尸检。

冯宇低声骂了句,快步走了出去,直奔法医部。

他的目的地是二号法医检验室,不过二室的门关着,主人不在。

冯宇一把拽住一名路过的法医,大声问道:"何夕呢?"

"何夕?"法医看了眼紧闭的二室大门,回答道,"应该还没来吧。"

"这都什么时候了,还没来?她答应今天给我费克群尸检报告的。"冯宇恼火地说。漂亮女人就是麻烦,天知道她怎么能把法医这行干得如此散漫。这个空降兵女法医不管她有什么来头,非得让她知道点厉害不可。

费克群的事情早就被媒体报了出来,那些无孔不入的记者每时每刻都在给他压力,他可不想每次进出大门都要抱头鼠窜。这个案子必须尽快有一个说法。

冯宇正准备去找法医部主任投诉,那名被他拉住的法医却说:"好像昨天何夕加班到很晚,应该就是在赶这个报告吧。她信誉一向很不错,答应今天给你就不会食言。"

"她加班难道我们专案组就闲着了？嘿，你倒是为她说好话，她还挺有魅力的嘛。问题是我还得等多久？"

"她有说今天什么时候给你报告吗？"

冯宇一时语塞，心里却想，说好今天给，指的总该是早晨刚上班的时候，难道还让我等到晚上十二点不成？

那名法医一笑，自顾自走了。

冯宇悻悻地往回走。尸检结果是关键所在，许多的调查结果，要和尸检报告相对照才能下判断。自己压给这个新来女法医的时间是很紧，可是上面压自己，自己也只好再压下去。

走出法医部他给自己点了支烟，回到自己的专属办公室的时候，才发现何夕已经在等他了，桌上也放好了一份十几页的尸检报告。

"办公室里不要吸烟。"何夕冷冷说了一句，伸手从冯宇嘴里把还剩大半支的香烟取下，掐灭在烟缸里。

冯宇低声咕哝了一句，却不好直接对她发火。这个长了一双淡蓝色眼睛的女人居然敢这么做，虽然不直接管着她，难道她不知道自己这个三级警督要比她大很多级吗？她伸手的速度还真快，自己居然没来得及反应。

做法医的女人都很无趣，何夕更是这样。

何夕见冯宇拿起报告要看，转身就打算走了。

冯宇有些哭笑不得，这就走还管我抽烟？

"等一会儿，这报告太长，你先直接挑要点和我说一遍。"

其实他已经扫到了报告上的第一条要目。死因：因哮喘引发的窒息死亡。

有些出乎意料,何夕很配合地立刻口述了一遍尸检结论。她的思路很清晰,语句也简明扼要,唯一的缺点,就是语气实在太干巴巴。

"你肯定吗,死因里没有任何外力的成分?"

"这上面有我的签名。"何夕指了指那份报告,以此作为答案。

不过沉默了片刻,她又说:"如果你能多给我一段时间,我会进行更详细的检查化验。"

这代表了什么,依然有什么地方让她有些怀疑吗?可是……

冯宇露出一丝苦笑,挥了挥手说:"那就先这样吧,尸体不可能在这里留太长时间,我们必须尽快向媒体公布调查结果的。而且,现场遗留的痕迹也支持你的尸检报告。"

何夕出去之后,冯宇拿起桌上的电话机,拨了一个内线号码。

"十分钟后,专案组在会议室开会。"他说。

"死亡时间:19日晚十一时至20日凌晨二时之间。死亡原因:窒息,应该是由哮喘引起的。死者口腔、食道和胃里均未发现沙丁胺醇残余,也没有任何有毒物品。法医的结论大概就是这样。"冯宇说。

"那个差不多和死亡同一时间打来的电话呢,查得怎么样?"冯宇问一名警官。

"通话时间是20日凌晨零点三十七分至零点三十九分。在这两分多钟里电话处于接通状态,已经检查过整间卧室,死者并没有就这段通话内容留下任何暗示。来电方是一个新申请的手机号,在死者的手机通讯录和名片盒中没有找到对应的号码。这个号码目前一直关机,所以还查不到主人是谁。"

"另外,我们查阅了相关时段110和120的电话记录,并没有接到过由死者手机或死者家中座机拨出的电话。也就是说,死者出于某种原因,没有向公共救助电话呼救。"

"带回来的蜡烛残余物样本呢,分析出什么有毒物质吗?"

"没有,很正常。"

各条线索汇总上来,没有一条支持这是一宗有预谋的凶杀案件。但冯宇脸上的神情却始终没有松弛下来。

"好,现在我们来还原当天晚上的情况。"

"19日晚二十三点五十三分,费克群开始和凌视频聊天,视频的同时费克群进行了手淫。20日凌晨零点三十三分,聊天结束,费克群走到卫生间,打开水龙头,推测是打算洗去手上的精液。在这期间,费克群没有感觉到自己哮喘发作,或者哮喘还发作得并不强烈。但是在卫生间,身体突如其来的巨大不适让他连水龙头也来不及关,就去卧室找药。在墙上发现了很多手印,说明这时他已经行动不便。"

"从现场卧室床头柜抽屉的情况看,他很快就找到了药——沙丁胺醇,一种强力的哮喘症状抑制喷剂。但是匆忙中,费克群忘记了这瓶药已经用完了,或许是他上一次发病时用掉的,或者是其他什么原因。总之,在发现药已经用光之后,费克群再没有做出任何自救的举动。在此期间,他接了一个电话,通话时间很短,或许是打错了的,或许……"

说到这里,冯宇沉吟片刻,说:"一般来说,打错的电话都会在二十秒之内挂断,但是这个通话持续了两分多钟。也可能是费克群这时已经顾不得是谁打来,在电话里求救。"

一个探员这时补充说:"演艺人员常常会接到不熟悉的人打来的

电话,可能是记者,也可能是影迷。"

冯宇点头说:"有可能,那个人因为怕被指责为见死不救,而一直没有把这个消息告诉我们或捅给媒体。显然费克群当时的哮喘已经让他难以清晰地把自己的住址告诉电话那头的通话者,对一个快要喘死的人来说,清楚表达自己的意思是很困难的。不过一个大明星死了,影迷们很容易就会把情绪宣泄在一个并没有过错的相关者身上。"

"根据尸检和现场线索,得出的当晚情况就是这样,费克群在接完电话后就失去了行动能力,并且迅速死亡。有补充的吗?"

专案组的成员们一时间都没有说话。实际上,当天现场勘查下来,基本就已经可以确定是急病而死,如果费克群不是名人,媒体在第一时间又做出了最大力度的反应,根本不会有这个专案组存在。现在查了这么几天,印证了当天现场的判断,还有什么可说的呢?

不过还是有个探员说了一点意见。

"费克群的死亡过程基本上是相当清楚的,如果说有疑点的话,就是最后一个电话了。如果是一个不熟悉的人来电,要是在求救时无法清晰报出自己家庭住址,正确的做法是立刻挂断电话,拨打110或120求救。因为必要时他们是可以根据来电号码而查到座机所在位置的,说不清住在哪里并没有关系,只要表达求救意愿就行,可是死者没有这样做。另一个细节,结束通话后,费克群把电话听筒放回了原位。不过他并没完全搁好,导致侄子费城打不进电话。这表明费克群还有一点行动的余力,一般人在最后时刻的求生意志,会让他重新试着拨110和120,也许他只拨出一两个号码就会支撑不住倒下,但那样的话,现场的情况和我们所看到的将有所不同。"

冯宇把抽剩的烟头按灭,几乎每个人都抽着烟,整间屋里红星闪闪。

"这是你的假设吗？费克群相信和他最后通话的那个人会来救他,可是那个人直到最后一刻也没有出现。"冯宇叹了口气,"你的假设让案情复杂化了啊。"

第五章

很少有地方,会比夜晚的高层楼梯间里更黑暗。那是一个封闭式的结构,每一层的楼道出口都是一道弹簧门,需要很用力才能推开。弹簧门上有小窗,楼道里的微弱光线,通过小窗拐进楼梯间后,立刻会被里面的黑暗吞没。

夜晚孤身走在高层的楼梯间里,是一件很可怕的事。每走上一小段,声控灯就会突然熄灭,必须再用力地往地上跺一脚,昏黄的灯光才会再次亮起。脚步声在楼梯间里回响着,每一步都踩在心头。孤独感挤压着心脏,总是觉得身后仿佛有什么东西,却不敢回头看,只能越走越快,越走越快。

这是二十三层到二十四层之间,一片漆黑。

有一团黑暗慢慢蠕动起来。

黑暗里有人。

他已经一动不动地蹲了几个小时,现在,他正慢慢地站起来。简单地松弛筋骨之后,他开始往楼下走。他的脚步很轻,声控灯没有亮,黑暗里,他慢慢接近一楼。

弹簧门被推开了,他从高楼里走出来,月色星光被云层遮去了大半,但和刚才没有一丝光线的楼梯间相比,足够他看清楚周围的一切。

这是个不够强壮的男人，特别是皮肤呈现病态的苍白，让人觉得这个一米八左右的人甚至有些瘦弱。

他的眉毛很淡，眼睛偏细长，鼻子的曲线不够挺直，反而很柔和，总之，他的五官不够阳刚，和皮肤的苍白倒很般配。

如果有人现在从他的左侧经过，会发现他正面带微笑，但是笑容说不出的怪异。实际上这是一种错觉，从他左边的嘴角开始，一直延伸到面颊深处，有一道可怖的疤痕。这让人怀疑，他是否整张嘴曾经在这边被撕裂，缝合后留下再也难以消除的伤疤。这样的猜测可能离事实并不遥远。

当他走入刚才那幢高楼的时候，还是傍晚。通常在夜色降临之前，保安并不会过多注意进入小区的人，只要你穿得像个正经人。

他很小心，他的目的地这几天已经成为小区居民议论和关注的焦点，还时常有记者在门外徘徊。所以他把时间选在了凌晨一点，大多数人好梦正酣的时候。

好像那里的原主人，差不多就是这个时候死的。

观察周围的情况，避免正好撞上巡夜的保安，然后闪进下一幢楼的安全角落，再次小心地张望。几分钟后，他悄然进了一幢四楼有个破洞的六层居民楼，只是在输入大门密码的时候发出了几下按键声。

402室的门口还贴着警方的封条。他当然不会介意这张告诫性的纸条，它和面前的高级防盗门一样，无法阻挡他的进入。

防盗门被拉开了，然后是里面的房门。

他把钥匙放回裤兜，轻手轻脚地关上门。

他没有开灯，这太显眼了。从随身的斜挎包里掏出手电筒，拧开。

他早已经把手电调整到散光模式,这样既能照亮更多的地方,光线又不至于强到引起小区里巡夜保安的注意。

地上的水迹早已经被风吹干,有几张纸也被吹落在客厅的地上,在手电筒的弱光笼罩下,这里甚至显得有些破落。主人死了之后,好像整间屋子都失了生气。

他在各个房间草草转了一圈,在书房里停下脚步。这里有一张两米多长的大写字台,很有气势。电脑就放在写字台的一侧。

他在电脑椅上坐下,弯下腰按了机箱上的开机键。就在这个瞬间,机箱里突然响起警报声,虽然声音并不大,却把他吓了一跳,连忙把电脑重新关掉。

轻轻舒了口气,他再次弯下腰。这回他发现机箱盖上的螺丝并没有拧上,用手拎起机箱盖,手电光照亮了里面的内部结构。

原本该插着硬盘的位置空着,当然是警方取走的。刚才是电脑底板发出的警报声。

这个男人不再去管电脑,却暂时坐在椅子上没有起来。他从包里拿出一本本子,里面密密麻麻写满了二十多页。这是一个靠近窗口的地方,他熄灭手电,仅凭那一星点的迷蒙月光,慢慢地、一行一行地仔细看着。

范进穿着笔挺的制服,走在小径上。两边的树已经长得很高很粗了,几乎比得上家乡山野间那些几十年的大树。听说这些都是花了大价钱成批移植过来的,这个小区是高档居住区,所以一切都是按照高标准建造的,就连自己身上这套保安服,用的也是上好的呢料,比其他地方同行的衣服神气得多。

能在这么好的小区工作,他觉得很幸运,工作也格外努力。比如像这样的巡夜,每一次他都睁大了眼睛,注意着四周的动静。这个小区已经连续三年没有发生行窃事件了,范进觉得这有自己的功劳。

可是有些悲剧并不是保安所能阻止的,他没想到费克群这样一个大名人就这么死了,更没想到他的死让这个小区成为全市——哦不,全国民众关注的中心。那些扛着摄像机照相机在小区里进出的记者问过他各种各样的问题,这些该死的记者巴不得从他的口中问出有哪个可疑人物曾经进出小区,这样他们就可以爆料说:有迹象表明费克群可能是他杀!并且用这点破东西换取抵得上他一个月工资的稿费。

事实上范进并不知道记者写一篇稿子能拿多少钱,他只是这么抱怨着,因为记者的提问令他觉得,自己的努力工作遭到了无端的亵渎。

想到这里,范进忍不住抬起头,看了一眼面前这幢多层建筑的四楼。

突然,他发现,在黑乎乎的窗户里,影影绰绰的有什么东西!

范进吓了一跳,立刻打开了手里提着的强力手电,一道光柱从没有玻璃的窗户里射了进去。

他的视力很好,顺着光柱,能看清楚费家客厅里的一些陈设。那扇被警察敲碎的大窗此时显得有点丑陋,后面什么东西都没有。

范进悻悻地熄灭了手电,他觉得自己太敏感了。并不是害怕,只是有些敏感。

小径贴着楼向右拐去,范进很熟悉这里每幢楼的格局,靠这一边的房间,大多数人家都会用作书房,他记得费家也是这样。

不知为什么,范进又抬起头,向费家书房的窗户望了一眼。

顿时,他觉得一阵毛骨悚然。

他居然觉得这扇窗子的后面也有什么东西,阴影里,黑色的一团。他记得费克群没死时,常常在这个时候都没睡,就坐在那个位置。当然,费克群是会开着灯的。

范进用力捏紧了强力手电。

一阵风吹来,带着一丝阴冷。他的嗓子眼痒起来,打了个大大的喷嚏。他捂住嘴,低下头,耸起肩膀,几乎是以小跑的速度,快步向前走去。

他合上本子,抬起头,并不曾知道,就在前一刻,他几乎被一个保安发现。

他打量着写字台上的陈设,很容易就发现了,在离显示器不远的地方,放着一个烛台。

警方并没有取走这个贵重的色情玩意儿,只是小心地把残烛从底座上刮起,拿回去检测成分。

烛台放在一本硬面簿上,这是某个警察随手放上去的。把烛台拿起来的时候,他看了一眼压在下面的硬面簿。

这本硬面簿大而厚,并不是印刷厂批量生产的那种几块钱的货色,细看之下,已经是很古旧的东西了。

他随手翻了翻,发现里面的内容全都是用他不认识的某种外国字写就的,法文?德文?总之不是英文。

他合上硬面簿,打算把注意力重新集中到烛台上。在那之前,他瞥见封面上的菱形花纹之间,用毛笔写了些什么。这本东西至少有十几二十年的历史,原本的墨迹已经不是太鲜明了,这又是夜晚,所以现在才发现。

"*Stefan Zweig*"。

这是人名吗?

他把硬面簿推到一边,不再去管它,开始端详烛台。片刻之后,从椅子上站了起来。

他又拧开手电,开始在书房里寻找什么东西。几分钟后,手电的光暗下来,他找到了。

在这间书房四壁的橱里,不仅有书,还有相当一部分空间,陈设着主人的收藏。很显然,这个烛台本来放在某个挺显眼的地方,现在它被取走放到了写字台上,原本藏在它身后的那盒蜡烛露了出来,仿佛和其他藏品有着等量身价似的。

他取出一截蜡烛,插在烛台的底座上,然后掏出打火机点燃,盖上灯罩。

很快,那些男女的裸影走动起来。

他眯着眼睛看着这盏走马烛台,灯影在他脸上不断掠过,照在他嘴角的疤痕上,半张脸都好似扭曲蠕动起来。

他忽然把灯罩揭起来,借着烛光看了看灯罩里的结构,然后把蜡烛吹灭了。

他走到卫生间,拧开水龙头,自来水哗哗地涌出来,打在搪瓷洗脸槽里,水花四溅。他伸出戴着薄薄黑色手套的手,好像要伸进水槽里,却又停住,抬起头,面前是一面镶在墙上的镜子。大多数人会害怕在黑暗里照镜子,流传着很多关于此的灵异传说,但他却很专注地盯着那模糊朦胧的镜影,不知要从里面看出什么。

若有若无的呼吸起伏了数十次之后,他关上了水龙头,转身扶着墙,慢慢地向卧室摸去。

那一夜,费克群就是这样,艰难地支撑到了卧室,当时他的手是湿的,在墙上留下了很多手印。

手电亮了。卧室的床上,警方沿着费克群尸体的印记,在床单上画出了一个挣扎的人形。他并没对此过多注意,拉开床头柜的几个抽屉,一件件翻看里面的东西。有两个抽屉里都是药,另一个是些杂物。

他看得很仔细,最后关上抽屉,开始摆弄那台电话机。

那是台飞利浦的电话机,有一个微型电脑,通过上面的液晶显示屏,能查出很多东西。比如最近一次通话时间,比如来电号码……

他又拿出了本子,翻开。可是他并没有往本子上写些什么,就这么静默地看着。

他翻过另一页,那儿夹着一张照片。

这是一张合影,费克群优雅地笑着,和他在公众面前的笑容差不多,又好像略有些不同。

回到书房之后,他打开一扇扇橱门。他要寻找的东西在大多数人的家里,都会放在书房的某个橱里,只有少数人会选择藏在卧室或其他什么地方。

他找到了,一共有六本。对一个名人来说,这有点少,费克群好像不是很喜欢拍照。

他盘着腿坐在书房的地板上,时间就在窸窸窣窣的翻页声中过去。

一个多小时后,他合上了最后一本相簿。

没有那个人。夹在他本子里的这张照片上,那个合影者,在费克群自己家的相簿里,一次都没有出现过。

他的眉毛渐渐皱了起来,第一次露出困惑的表情。

不仅是没有那个人,还有……某一本相簿里的那些空白。中国画里的留白是意味深长的,而这本相簿里的留白,恐怕也是如此。

把相簿放回原处,打开的橱门一扇扇关好,清理了烛台。他又在各间房里转了一圈,确认没有留下明显的不速之客来过的痕迹。

他的手在裤袋里摸索着,某个想法从心里浮起,脸上露出微笑,这一次并不是嘴角疤痕的错觉。那里有两把钥匙,就是他刚才进门时使用过的两把。

在客厅的沙发上坐下,从挎包里取出一个金属盒。打开盒盖,取出里面的二十二张大阿卡娜牌,正面向下放在茶几上,来回切了几次,又重新合拢成一沓。

关于这种牌的传说中,黑色是最能吸引神秘能量,从而作出准确预示的。他并没有像很多人那样,在牌的下面铺上一层黑色绒布,不过这时,牌和人都被黑夜环绕着。

抽出一张牌,翻开。

他把牌拿起来,放在眼前,看清楚了上面的图案。

这是一张正位的魔术师。

一个掌握着地火风水神秘力量的人,在他的手中,没有什么是不可能的。这代表着什么隐喻呢?

如果是问事业发展,这张牌可以视作一个正面的回答。不过现在,在一间刚刚死去主人的房间里,这张牌却跳了出来……

他注意到了魔术师正瞪起眼睛,上唇的两撇胡子翘起来,似乎有什么让他也为之惊讶的事情就要发生。

风起于青蘋之末,一切才刚刚开始。

《达利塔罗牌之魔术师》。这套塔罗牌上的图案由达利绘制,此牌中的魔术师就是他自己的形象。(郑昌涛临摹)

第六章

冯宇的手机响了。

这是个麻烦,他看着来电显示想。

"冯队长,我想我有必要找你谈一谈。我是费城。"

"你已经拿到了结案通知书,还有我们的案情分析了吧。"

"是的,不过那份分析太简单,这几乎只是一份格式化的文件。关于我叔叔的死,我还有很多的疑问。我问过一些搞医的朋友,我叔叔的哮喘病史这几年本来是朝着良性发展的,这样突然严重发作是很罕见的。"

"罕见并不等于不会发生,我们的法医已经对尸体进行了全面的鉴定。"冯宇语气停顿了一下,略有些无奈地说,"那好吧,我现在正好有空,如果你可以马上来刑侦队的话。"

冯宇很清楚,如果费城对警方的调查结果有太多不满的话,保不准他会对那些媒体说些什么。这个案子从立到结,整个过程都被公众的视线包围影响着,结束的时候他可不想再闹出什么风波。

半小时后,费城走进冯宇的办公室。

这个年轻人的神情有些疲惫,有些凝重。

"冯队长,我对我叔叔是因哮喘而窒息致死有疑问。"刚一坐下,费城就匆匆开口。

"我们为这个案子成立了专案小组,抽调大量警力进行了详细的调查。尽管给你的这份报告比较公式化,但是请你相信,费克群的死受到方方面面的关注,我们不可能做出不负责任的调查结论。"

"看过尸检报告之后,我有一个最大的疑问。在我叔叔的体内没有发现沙丁胺醇,你们推测说这瓶药已经用完了,我叔叔当时情急之间忘了这件事。可实际上,这瓶药我才刚买给我叔叔不久,而且在那之后,据我所知叔叔并没有发过哮喘,也就是说这瓶沙丁胺醇喷剂本该是满的,怎么会莫名其妙就空了呢?"

冯宇耸了耸肩:"那么你想说明什么呢?"

费城一时语塞。难道说有人会事先潜入叔叔家把那瓶沙丁胺醇特意清空吗,这样的话说出来连他自己也感到荒谬。发病时身边没有特效药会让病人陷入困境,但如果说有人以此作为谋杀手段,未免漏洞过多。

"冯队长,我的意思是,这至少是个疑点。"

"我承认这是个疑点。"冯宇点头,"可是这个案子是费克群的死亡案,我们看不出有任何的谋杀迹象。所以药是怎么用光的和费克群的死亡是两件事,我们不会花精力去查小小的药瓶。关于药瓶,可能的答案有许多,比如一个做客的顽童把它当作喷雾玩具,全都喷掉了,而你叔叔没来得及再买新的就发病了。"

费城站起来,有些焦躁地在办公室里走了几步。

"冯队长,我该怎么对你清楚地表述我的感受呢?我叔叔的死,看上去是一连串的巧合造成的。本来已经很少发哮喘了,却突然严重发作,这是一个小概率事件;而他发作的时候,恰好处于血气上涌,又浑身虚弱无力的状态;他要去拿药的时候,却发现药恰好没了;而他应该要打电话求救的时候,却有另一个电话打进来,这或许让他错过了直接拨打求救热线的时机。"

冯宇的表情认真了一点,费城用了另一种视角来看这宗案子,这是他之前没有想到的。

"冯队长,你知道我是怎么想的吗,这一连串的巧合让我叔叔死了,每一个巧合的环节,都恰好有没解开的谜团,这难道也是巧合吗?让我叔叔处于体力低谷的凌现在找不到;沙丁胺醇是怎么用光的解释不清楚;最后打电话进来的那个人停机了,也是个谜!"

冯宇忽然觉得面前的这个年轻人很难对付,其实也难怪,专案组里持保留意见的人并不是没有,比如他自己。可是身处的立场不同,彼此的做法当然就有差异。

"嗯,你的话有一定道理,这个案子在细节上的确有不清楚的地方。"冯宇决定坦率一些,"最后打来电话的人是谁,他说了些什么,费克群为什么放弃直接拨打求救电话,这些全都是未知的。"

"对这个电话我补充一点警方可能不知道的情况。我叔叔家里电话知道的人很少,起码那些影迷或记者肯定只知道我叔叔的手机号码。只有比较熟悉的朋友,才会打这个电话的。可是现在打这个电话的手机是陌生号码,又立刻停机,实在很蹊跷。"

"这么说来,误拨的可能性就上升了。但是就像我之前所说的,这是一个细节,这个细节在目前动摇不了我们对案情主线的判断。费克群是在一个封闭的环境里死亡的,尸检表明他是病死的,没有任何外力介入的迹象。对这个案子来说,我们这样结案的理由已经足够充分了。

当然，我想你也理解，我们承担着压力，我本人每天就要接到十几二十通媒体的电话，询问为什么还没有结案。"说到这里，冯宇无奈地苦笑。

费城抿着嘴，没有说话。冯宇让他明白警方有理由结案，但不满意的情绪仍然缠绕着他。作为和死者有着深厚感情的家属，他觉得叔叔的死有些不明不白，这个结果他难以接受。

多年的办案生涯里，冯宇接触过很多的死者亲属，所以他能体会费城的情绪。

"要不这样吧，如果你不反对，我可以把这个案子最后的这个细节公布给媒体，并且呼吁和费克群进行了最后通话的人站出来。如果这是个误拨的陌生人电话，公众的力量很可能会把这个人找出来的。"

"好。"短暂的思考之后，费城同意了这个做法。

冯宇点头："这样的话，大概明天所有报纸的社会版或娱乐版头条，都会是这个寻人启事了。不过，我有时候在想，我们都理所当然地认为，最后的电话里费克群应该拼命地呼救，可如果他并没这么做，而说了些其他什么呢？"

"说了其他的？"费城忽然想到，他叔叔是为了某件事让他第二天去的，会和那件事有关吗？

"啊，你不必在意，我们在破解案子的时候思路是发散性的，其实这个可能性很低。还有要告诉你的是，现在结案，并不等于有了新的线索之后不能重新调查。接下来你要安排葬礼，接触你叔叔方方面面的朋友，整理他的遗物。如果发现了新的线索，请立刻告诉我。我可以向你承诺，只要有切实的线索表明，你叔叔的死不是这么简单的急病死，我会重启对这个案子的调查。"

第七章

围绕费克群死亡事件展开的新闻战役,并没有因为警方结案而告终,反而在公布了最后那个耐人寻味的未知电话之后,达到了新一波的高潮。不断有人到各家媒体去报料,说自己就是那个人,耸动的标题不但在报纸上,更在网络上流传着,每天都会有新的故事版本出现,一个比一个绘声绘色。

费城觉得这件事正在向着大众娱乐的方向演变,冯宇的提议现在看来是个馊主意,但那天同意并且觉得不错的人正是他自己。他的处境和没设置过滤系统的网络邮箱差不多,在收到一封有效信件之前,已经被垃圾邮件塞满了。

但他并不准备放弃,他知道自己需要更多的耐心和细心。至于添乱的媒体,希望在葬礼之后他们可以安静下来。

整理遗物是一件繁重的工作,他现在还不能把所有的精力都投入进去。毕竟目前葬礼是头等大事,需要请哪些人参加,都得他一一斟酌。

这几天来,他绝大部分的时间都待在叔叔的住所,破碎的玻璃窗早已经换上了新的,警方当时取走调查的物品也根据清单一一还来。在这一百多平方米的空间里,还留有叔叔的气息,有时费城甚至觉得他就站在身后,回头看的时候却空空如也。

拆下来的硬盘已经重新装好了,费城打开桌面上的聊天工具,账号和密码都是默认的,"沉默之鱼"又一次登录了。这并不是他第一次这么干,看着那一串好友名单,他心里猜测着,那里面到底有几个人知道,这条沉默之鱼本不该再次在网上出现,因为它属于已经死去的大明星费克群。或许一个都没有吧。

费城并不打算扮作叔叔和某个人聊天,他安静地看着那些头像闪来闪去,偶然有弹出的问候窗口,他都不予理睬。他不确定自己到底在等待什么,是某个一直死气沉沉的头像吗?

鼠标游移到"我的电脑"上,点开 D 盘一个名叫"L"的文件夹,一个视频文件躺在那儿。

费城打开了这个文件,他知道,自己正在闯入叔叔最隐私的生活。很难说清楚他反复看这段录像是出于一种什么心理,或许由此让他对人性有了更清楚的认识。他曾经以为自己对叔叔已经足够了解,现在费城想,他大概从来没有真正了解过某个人。

画面是无声的,费城想象着,在一个个夜晚,两个互不知姓名的人就这样激荡着彼此的激情。他轻轻吁了口气,畸形的东西总能让人迷恋。

屏幕上展示的无疑是一具有足够诱惑力的躯体,费城不禁想到,对方会不会也保留了几段他叔叔的录像,那会是什么模样?

不应该再想下去了,费城闭上了偷窥的眼睛,他的心跳得很快。

忏悔吧,忏悔吧。

又一个好友上线了,电脑发出"叮咚"的提示音。

费城迅速睁开眼睛,然后再一次失望。不是凌,这几天来,她一次都没有出现过。

他看过叔叔和凌的聊天记录,频率很高,一个多月来,几乎每天或隔天就会在网上碰面的。可为什么叔叔死了以后,凌也像一阵风吹过,消失得无影无踪?

费城觉得自己想得太多了,再多等几天,应该会看到她上线的。可是即便等到她上线,自己又打算说些什么呢?告诉她沉默之鱼已经死了,就因为那天晚上的激情吗?她会为此哀伤吗?

电话铃响了起来。

这不是他手机的铃声,而是费克群家里的座机。

怎么会现在有人往这个号码打电话呢?叔叔的朋友里,不会还有人直到现在,仍不知道他的死讯吧。

费城迟疑着伸出手去,拎起了听筒。

"喂,那个……"听筒里传出的声音也有些迟疑,并且怯懦。是个女孩。

"真是不好意思呀,打了好几次手机,但是已经关机了。我查到自己的手机上有这个号码,是有一次你打来的……哦不不,我的意思是,是……"

费城听她纠缠不清地说了一大堆,有些不耐烦地插话问道:"请问你找谁?"

"啊呀。"女孩惊叫了一声,"难道我打错了?这里不是费……费克群老师的家里?"

费城本以为这是个错拨的电话,听到女孩说出费克群的名字,不禁诧异。

"这里是的,但是他已经……你不知道吗?你是谁?"

"我当然知道啊,这些日子报纸上都是关于费老师的消息,我也很难过,真是没想到啊。我想了很久,是不是应该打这个电话。毕竟费老师已经去世了,或许这件事就该让它过去,我再纠缠着并不太合适。可是……"

费城干咳了两声,问:"请问你是谁,到底有什么事?"

"对不起对不起,我应该早点把事情说清楚的。我是上外德语系的一名学生,叫周淼淼。费老师在生前曾经托我……"周淼淼说到这里忽然停住,想起什么似的,问,"啊,请问你是费老师的什么人呀?"

"我叫费城,费克群是我叔叔。"

"哦,这就好,我还怕说了半天,是个和费老师无关的人呢,那就白费口水了,呵呵。"

费城有些无奈,这个周淼淼居然也知道自己已经说了半天,她好像根本不懂什么叫做直奔主题,而自己已经提醒过她两次了。再多说什么反倒显得他没有礼貌,只能耐心听着她说下去。

"费老师把一件事情托付给我去做,他曾经几次打电话问我的进展,我想他是非常重视这件事的。我这些日子一直很努力,希望能按照费老师的要求,尽快完成,可是没想到……如果你是他的侄子,或许你会愿意代替费老师收下这件东西。"

"是什么东西,对我叔叔很重要吗?"

"我想是的,很重要!"周淼淼肯定地说,"至于那是件什么东西,嗯,我不知道它是否对你有用。"

费城不明白这个女孩为什么直到现在还吞吞吐吐,压着性子,尽量耐心地对她说:"我叔叔只有我一个亲人,所以现在完全由我在料理他的后事,如果你本来要把东西交给他,那么现在交给我也是一样的。"

"哦,是的,当然我明白这一点。"电话那头的声音轻了下去,有些飘移不定,"如果你愿意接受当然最好,今天我们就可以约个地方见面,把东西交给你。不过,咳,是这样的,嗯,请原谅那我就直说了,费老师当时和我商定,这件事情是会给我一笔报酬的,现在费老师不在了,如果……那个……"

"多少钱?"费城直接问。

周淼淼捧着电话,手心都是汗。这个守财的小姑娘正在脑子里快速地想着,是照实说,还是说多一点,或者……为了能安全拿到钱而少说一点呢?她觉得嗓子眼里很干涩,狠狠咽了一口唾沫。

费城听见一个轻微而奇怪的声音通过电话线传到耳朵里。

"一万元。"周淼淼挣扎着说出一个数字。

见面的地点就约在费克群家的附近。费城可不管周淼淼在这座城市的哪个角落,如果想要这一万元,就自己上门来吧。他也约莫听出这个一万元的数字未必真实,不过作为叔叔的遗产继承人,如果真是叔叔很重视的东西,他地下有灵一定不会在乎从存款里拿出这点钱的。

直到现在费城还没搞清楚一万元要换来的会是什么。他心情本来就糟糕,刚才那个啰嗦的女孩拿捏着卖起了关子,仿佛希望通过这种方式让他确信她手上的东西很重要很有价值。最后费城不耐烦起来,直接让她拿东西过来,会不会付钱等看到东西再说。

挂掉电话之后,费城想想倒越发好奇起来。如果周淼淼没有骗他的话,她手上的会是什么东西呢?这样一个学生,能让叔叔把怎样重要的事情交给她去做?

走进茶室,费城就看见一个正努力向外张望的女孩。她坐在进门对面的位子上,圆圆的脸圆圆的眼睛,看见费城的时候,她眨了眨眼,有些不安地笑起来。

"你是周淼淼吗?"费城走到她跟前问。

她点头,抿着丰厚的嘴唇,神情忸怩。和一个很帅的陌生男人做这样的交涉,她也需要鼓起很大的勇气。

费城笑了笑。

"看起来你很希望得到这笔一万元的报酬。钱我带来了,但在那之前,我需要确认一下,你所说的我叔叔委托你做的很重要的事,究竟是什么。"对这个女孩他毫无好感,所以说得相当不客气。

"啊,我已经带来了,请放心我不会骗你的,真的是费老师交给我去做的,他还特意写了一封信,注明了他的要求呢。他也亲口对我说过,我的工作对他来说非常重要的。"周淼淼一边说着,一边从她的大背包里拿出一个厚厚的牛皮纸文件袋,推到费城面前。

"喏,就在这里面。"她用期待的目光,看着费城拆开了文件袋。

第八章

　　费城蹲在打开的橱门边,把从里面挖出来的一大堆东西一一归位。他已经翻箱倒柜了很久,搞得满头大汗,却还是没有发现要找的东西藏在哪里。

　　他站起来。蹲的时间太久了,双手扶腰活动了一下。他心里纳闷,难道周淼淼没说真话?不对啊,那封信的确是叔叔的笔迹啊,东西到底在哪儿呢?

　　手机响了,是一个陌生的号码。

　　"你好,费城吗?"声线柔和动听,不过语气低沉。

　　"是的,请问哪位?"

　　"我是夏绮文。"

　　"啊……你好。"费城有些意外,很快又释然。

　　夏绮文原本是演话剧出身,近几年转战影视圈,这点和费克群相似。她现在已经算得上国内的一线女明星,从演技到外形都没得挑的那种。她来电话,多半是为了费克群的葬礼。

　　因为仓促准备,再加上不很清楚费克群的人际网,肯定有许多人通知不到。费城已经准备好明天在媒体上公布葬礼的时间,愿意的人,可以自行来为叔叔送行。

"克群的葬礼就在这几天吧。"果然她张口就问这件事。

"是的,后天下午三点,在龙华殡仪馆。您要来参加吗?"

"当然,这是一定要来的。"夏绮文轻轻叹了口气,"怎么会出这样的事情啊,克群还很年轻呢。对了,他有和你说过吗?"

"什么?"费城不明所以。

"哦,看来他还没来得及说就去了。这样,找个时间我们碰个面吧。"

"是……和我叔叔有关的什么事吗?"费城觉得叔叔死了之后,一个又一个的秘密从水底慢慢浮了上来。

"不,是和你有关。"夏绮文的回答出乎他的意料,"今天你有空吗?"

"有空的,在哪里见面?"

"你靠近哪里,找个离你近的地方吧。"

"这些天我一直在叔叔家整理遗物呢,随便哪儿都成。"

"原来你在克群家里呀。"停了一会儿,夏绮文叹息着说,"离我不远,我就直接过来吧,算是在葬礼之前,作为老朋友先凭吊一下。"

夏绮文来得很快,一身简单的深色套装,没怎么化妆,和出现在公众面前时有很大的不同。

费克群的遗像就摆在客厅里,两支白烛,一盏小香炉,一盘供品水果,摆成了一个简单的灵堂。夏绮文深深鞠了三个躬,然后费城把她引到书房坐下。

费城泡了两杯茶,用的是费克群藏着的上好铁观音。只是他不会用正经茶道的茶具,就这么泡在玻璃杯里。

"谢谢。"夏绮文接过杯子放在一边,"真是好像做梦,这人啊,说走就走了。克群有哮喘吗？去年一起拍了一个多月的戏,没见他有什么明显的症状呀。"

"本来叔叔的哮喘这些年已经见好了,我问过一直给叔叔开中药调理的老医师,他都觉得很难相信呢。这个案子……唉。"费城心里的疑惑一直未解,可是和夏绮文初次见面,也不知她和叔叔有多熟悉,就这么和她谈自己对叔叔之死的怀疑太过轻率。

"这个案子？"夏绮文却是个心思剔透的人,从费城的眉目间看出了些许,问,"警方不是已经结案了吗,难道还有什么隐情？"

她这么问起,费城略一踌躇,就决定不再隐瞒。这些天许多疑问闷在肚里很辛苦,早就想能有个人一起商量探讨。

"那个神秘电话的事你肯定也知道了。警方虽然已经结案,但是有许多的环节还解释不了。其实有些事情我没对媒体透露,你知道他们从来只会把事情搞砸。"最后这句费城有感而发,显然是针对近几天出现的五花八门神秘电话故事的抱怨。

费城把他所知道的案情细节说给夏绮文听,有许多是媒体上不可能见到的秘闻,比方说那支离奇变空的沙丁胺醇喷雾剂。当然,他会为叔叔守住有关凌的秘密。

夏绮文很认真地听着,费城一一列举着的疑点,让她慢慢露出惊讶的神情。

"这么说来,克群的死也许并不这么简单啊。可是他为人很好,这在圈内都有口碑的啊,还真有人会处心积虑设了这个连警方都勘不破的局来害他么？"

"现在的这些所谓疑点最后证明都是误解也说不定,但是在此之前,我会尽自己最大的力量去查。刑侦队的冯队长也说过,只要我能查出些什么,不排除警方重新介入的可能。"

"嗯,那你准备怎么查呢?"

"现在还没想好,等葬礼过了,我会先从叔叔的遗物着手,看看会有什么发现,也可能会请私人侦探。"

夏绮文点了点头,没有再说什么。她可能觉得突然听到这些有点突兀,对一个明星来说,显然并不愿意过多地涉入这样的事情里,哪怕费克群是她不错的朋友。

把这些事情说出来让费城舒服了许多,可是随即他就嗅到了空气里微微弥散的尴尬味道。他明白这是自己交浅言深了,迅速转开了话题。

"不说这些了,我叔叔和你说起过我吗?"

"是的,大概在克群去世前几天,他给我来了个电话,说起你的事。"

"我的事?"费城嘴里问着,心里已经猜到了几分,一阵黯然。

"你不是独立经纪人吗,恰好我和经纪公司的合同并不是签得很死,所以呢,看看有没有合作的机会。"

原来叔叔想为自己争取到代理夏绮文的机会啊。虽然限于合约,夏绮文能和他合作的范围会很狭窄,但不论怎样,夏绮文可不是他手上代理着的那些二三线小明星能比的。如果他立志要成为一名优秀的独立经纪人的话,和一线大明星的成功合作经历非常重要。

心底里,费城并不对自己目前的状态感到满意,他最自许的其实是编剧甚至导演方面的能力,戏文系出去当经纪人,干的不算是本行呀。但是叔叔的一番心意,依然让他感动,特别是如今斯人已逝。

这么想来,那天叔叔约他,多半就是为了夏绮文的事情了。

"现在克群不在了,但是我本已经初步答应他,会考虑有哪些方面能交给你代理,这是不会变的,嗯,比如说话剧。"

"如果能和你合作,不管怎样都很荣幸。"费城笑着说。话剧虽然小众一些,可是在圈内还是颇受关注,而夏绮文的本行就是话剧,功底深号召力也强。

夏绮文面前的茶水已经见底,费城为她到客厅的饮水机那儿重新满上,回来的时候,却见她站在大书桌前,手里拿着一本东西翻看。

她的表情有些惊讶,有些疑惑,看见费城回来,扬起手中的东西问道:"我听克群提过,他要搞一个在国际上都能产生影响的话剧出来。难道他说的是这个吗?"

费城接了过来,目光落到上面,就粘住了移不开。

这是沉甸甸的一本硬面装订簿,封面上印满了棕色和灰色相间的菱形格花纹,朴实中透着典雅。时间已经让原本光滑的硬纸板有些毛糙,翻开来,里面嵌着的是一沓稿纸。纸张的质量很好,脆化的迹象不显著,费城知道自从它们被钢笔写满了字之后到现在,已经过去很多年了。

找了两个多小时不见踪影的东西,就这么被夏绮文轻易地送到眼前,不禁让费城有些发愣。

"这个,你是从哪里找到的?"他问。

"就放在写字台上呀。"

有时候越是显眼的东西越是看不见,费城只能怨自己眼拙,白苦了两小时的腰酸背痛。想到刚才夏绮文看得入神的模样,有些奇怪地问:"原来你懂德语。"

"算不上懂。"夏绮文笑了笑,谦逊得没有一点明星架子,"以前学过,也就是小学生水平,很多单词都忘了。不过我还是勉强能看出这是个戏剧剧本。恐怕克群说的就是这个本子了,如果排出来,还真是个轰动的大新闻呢。"

从周森森那儿用一万元钱换来的文件夹里,主要装着两份东西。一份是眼下这本手稿的复印件,一份是周森森的翻译稿。几万字的翻译要一万元,是有点多,但还不算太黑。

费克群并不在意翻译者有多么高的水平,因为如果要在中国上演,他还得在原稿的基础上重新修改。再加上他希望尽可能地保守秘密,没有找有名的翻译家,只是托朋友在上外德语系找了个成绩优异的学生,就是周森森。

然而直到现在,费城还不明白为什么费克群和夏绮文都这么重视这个剧本。或许周森森有机会告诉他,但他和周森森话不投机,把装钱的信封甩给她就离开了。

"这个本子……很棒吗?"费城问。先前他只是看了个大概内容,没来得及定下心来好好读一读。

夏绮文指了指封面上的那一行字:*Stefan Zweig*。

"你不知道这是茨威格的剧本吗?"

"我知道这是茨威格的手稿,可是那又怎么样呢?哦,关于茨威格,我只知道他是个挺有名的奥地利作家,但没看过他的东西。"

"不是挺有名而已。茨威格是上世纪初欧洲最著名的中短篇小说大师,是高尔基和罗曼·罗兰最推崇的作家之一,而且他的人物传记也很受欢迎。在一战、二战期间,他是全世界作品被翻译成各国文字最多、销量最大的作家了。知道徐静蕾拍的电影《一个陌生女人的来信》吧,那就是改编自茨威格的小说。"

"哦。"费城点了点头。

"希特勒上台之后茨威格受到迫害开始流亡,没等到二战结束就自杀了。他也写过戏剧,虽然不如他的小说和传记出名,但每一部上演都有很高的评价,并且受观众的追捧。我印象里有几部,像《忒尔西忒斯》《海滨之家》,不过这部手稿的剧名和我记得的几部对不上号,翻译过来的话,应该是……"

"《泰尔》。"夏绮文还在琢磨德语剧名的意思,费城已经先说了出来。

"《泰尔》?这是什么意思?"

"泰尔是古腓尼基人的一座城市,这个剧本的背景就是亚历山大大帝花了八个月攻克泰尔的历史,但是主角并不是亚历山大大帝,而是他的随军释梦师阿里斯但罗斯,以及他的侍女柯丽。我刚拿到了这个剧本的中译本,是叔叔生前请人翻译的。"

"这是茨威格典型的手笔,他最喜欢描写小人物,而不是那些已经在历史上熠熠生辉的英雄,就像《忒尔西忒斯》。[1] 我建议你现在就上

---

[1] 《忒尔西忒斯》(*Tersites*)是茨威格于1907年发表的诗体悲剧。忒尔西忒斯是希腊神话特洛伊战争期间希腊联军中最丑的人。他胆小多嘴,辱骂一切,曾遭到奥德修斯的斥责,后被阿喀琉斯一拳打死。

网查一查茨威格的戏剧目录,看看有没有这部《泰尔》。"

费城立刻打开了电脑,他听懂了夏绮文的意思,这让他一阵兴奋。如果真的是这样,那么这个剧本就不仅仅对叔叔很重要,对他来说,更会是实现心底梦想的起步踏板。

"如果仅仅是一部茨威格戏剧的手稿,恐怕还不至于让克群这么重视,充其量是一件不错的收藏品。可如果这是一部未公开过的戏剧手稿,哪怕是不完整的,意义也完全不同。想象一下,大作家茨威格的未公开戏剧半个多世纪后重新现世,并且在中国首演!"夏绮文也期待地注视着显示屏上费城搜索的结果。

让两个人有些遗憾的是,一时间找不到茨威格戏剧全集的名单,不过从一些作品目录里收入的剧目看,并没有这部《泰尔》。

"我会尽快找个研究德语戏剧的专家询问一下,同时想办法鉴定一下手稿的真伪。不过我想,这些工作叔叔多半已经做过了,这恐怕真的就是茨威格未公布的剧本手稿。"

费城的手指冰凉,脸上泛起了微微的红晕,心跳也加快了。他试探着问道:"如果……如果是这部话剧,嗯,你知道这里面有一个释梦师的侍女柯丽的主要角色,你愿意出演吗?"

"我很有兴趣。"夏绮文爽快地回答,"不过,男主角释梦师你打算找谁,还有导演,以及剧本的改编,再加上资金投入,有那么多的前期准备要做,现在谈是不是有点早?"

"我想,这出话剧叔叔一定是打算自编自导自演。而我其实读的是上戏戏文,在学校的时候也导过演过一些小剧场话剧。"

夏绮文看着费城神采飞扬的脸,惊讶地问:"你是打算做你叔叔没来得及做的事吗?"

　　费城笑了。这一刻叔叔死亡的疑点也被他暂时抛到了脑后,这本厚重的手稿似乎让他看见了,自己的未来正徐徐展开。

第九章

公元前334年,亚历山大开始了对波斯的战争。

他率领着35000人,攻克了无数城市,在公元前333年,占领了整个小亚西亚。之后,他一路向南,来到泰尔城下。

这时是公元前332年的1月,在接下来的7个月里,亚历山大遭遇了前所未有的抵抗。他用尽各种手段,弓箭、投石机这些曾帮助他获得胜利的利器在这座城都失去了效果。这时,波斯国王大流士给他来了一封信,愿意交出10000塔兰特①,并且放弃幼发拉底河西部的所有领土——这相当于半个波斯,来换取和平。

亚历山大面临艰难的选择,这时,他做了一个梦,在梦里,一个半人半兽的怪物站在他的盾牌上跳舞。梦醒后他召来了释梦者阿里斯但罗斯,询问这意味着什么。阿里斯但罗斯告诉他,跳舞的人是森林之神Satyr,而Satyr可以拆分成两个希腊字Thineis Tyros(泰尔城是你的)。

于是亚历山大拒绝了大流士的求和,他手下的大将帕米里奥说:

---

① 塔兰特为古希腊币制中的货币单位,1塔兰特等于60米那,1米那等于100德拉克玛。1德拉克玛对应4.31克白银,以2006年12月31日上海黄金交易所白银价为每千克3673元人民币计算,10000塔兰特约合9.5亿元人民币,而在当时的实际购买力还要更强。

"如果我是亚历山大,我会接受。"亚历山大说出了他著名的回答:"如果我是帕米里奥,我也会接受。"

公元前 332 年 8 月,亚历山大攻下了泰尔城,把城里的 30000 名壮年卖为奴隶。

历史关于泰尔城的这场战役只有这点不多的记载,所有的光环笼罩在伟大的亚历山大身上,但是在茨威格的《泰尔》里,阿里斯但罗斯和柯丽才是决定命运的人。

费城忽然回过神来,葬礼上他居然在想这些,叔叔的遗体就停放在离他不到十米的地方。殡仪馆最好的化妆师尽了最大的努力,让他和生前一样光彩照人,躺在临时的玻璃棺材里,供生者凭吊。音响在放着哀乐,很多人都在棺前落泪,气氛很凝重。可是就在刚才,死者侄子的思绪居然不受控制地向和他前程有关的地方飘去,意识到这点让费城感到羞愧。

葬礼已经开始了一个多小时,他站在礼堂的门口,向每个走进来的人致意。人们穿着深色的衣服,手臂上扎着黑带,和遗体告别,一拨又一拨。花圈和花篮放满了整个礼堂,今天在这个殡仪馆里没有哪儿比这里更隆重,不过这对接受者已经没有任何意义。

记者依然在附近徘徊,不放过每一个采访的机会。他们时常拦下某个祭拜完离开的明星,抛出隐藏着各种意图的问题,看哪个会不小心上钩,好叫他们在最后时刻再做出一整版的新闻来。

当然,费城不会把记者放进礼堂,他甚至从保全公司雇了两个人守在门口,不要让可疑的人溜进去。不得不说,这是个正确的决定,就在他刚才走神的片刻,就有一个想蒙混进去拍遗体照片的记者被拦了下来。

并不是每个参加葬礼的人费城都认识,比如眼前的这个保养得很好的中年人。进门的时候每个人都要在特别的签到簿上写下自己的名字,并留下名片。费城记得这个人叫杨锦纶,是一家影视公司的老总。这时他已经献好花圈做完遗体告别,走出礼堂的时候却在费城面前停了下来。

"你是老费的侄子吧。"他说。

"是的。"有很多人都会在来或离开的时候慰问费城几句,虽然彼此之前并未见过面。

"老费走得真是突然啊,几个星期前还在和我合计准备搞个新话剧呢。"他唏嘘着。

"新话剧?"费城立刻想到了《泰尔》。

"是啊,我们意向都已经谈好,如果不是他突然去世,这会儿恐怕我的资金都已经打到他账上了呢。"

费克群居然已经为《泰尔》找好了投资方,对费城来说,他叔叔对《泰尔》进行的种种准备恐怕才是留给他的遗产中最让他心动的。

所以,尽管并不在合适的时间地点,他仍然忍不住要把这次谈话继续下去。

"那么现在,关于那个剧,您有什么打算呢?"

杨锦纶意外地打量了费城一眼,他捕捉到这个年轻人的眼神里有着不合时宜的热切。

"我只是听老费说了个最简单的情况,他把大多数的事情都装在肚子里。我们是老朋友了,他的眼光和本事我信得过,投资个话剧不是什么大不了的事情。可是他现在已经去了……嗯,你有什么想法吗?"出于礼貌,杨锦纶没有把话说死。

"是的,我打算把这个剧搞出来,也算是完成叔叔的遗愿吧。您应该知道,这是茨威格未公开过的剧本,如果能排出来,会很轰动的。"

关于剧本的有关情况,费城现在已经可以确认。因为他打开了叔叔的电子邮箱,以他对叔叔的熟悉程度,试到第七次的时候就找到了正确的密码——身份证号最后六位的倒置。关于偷窥逝者隐私方面,既然连凌的事情都已经知道,那其他还算得了什么呢,费城就是这么说服自己的。

他猜测或许能在叔叔的邮箱里找到关于《泰尔》的信件。他猜中了,那是一位美国的艺术品收藏家斯戴维给叔叔的回信,在斯戴维的丰富私人藏品中,就有茨威格《三大师》的手稿,和叔叔扫描过去的《泰尔》部分手稿核对后,确认了是同一人的笔迹。

"的确,既然发现了茨威格的剧本,不排出来挺可惜的。我自己就读过一些他的小说和传记,真不错。嗯,你以前搞过什么话剧?"

"我在上戏读书的时候导过几个学生话剧,其实这个剧我叔叔已经准备得差不多,剧本的翻译也完成了。还有,我已经联系过夏绮文,她愿意出演女主角。"

"唉,说起来,作为老朋友,我也该完成他这个遗愿的。"杨锦纶拍拍费城的肩膀,露出微笑。

第十章

坐在对面的人一直微微低着头。

他总是把自己打理得如此得体。笔挺的衬衣,烫得很服帖的裤子,脚上的皮鞋擦得光亮。他的头发整齐地向右梳着,露出饱满的额头。他的鼻梁挺直,不过鼻骨的中间一段有些过于狭窄锐利,以至于他这么低着头的时候,在脸的一侧有鼻梁的阴影。他的鼻尖很突出,并且向下勾,这一点和他的大多数同胞相似。

这是一个温和而有教养的人,在绝大多数的情况下都能控制住自己的情绪。在他的脸上最常见的表情,是淡淡地让人一见就觉得心灵被和煦的暖风微微吹拂的笑容。可是现在,他并没带着这样的笑。

他低下头说着话,不知是时间在这一刻定格,还是他已经叙述了很长时间。气氛有些怪异。

他到底在说什么?是声音太轻所以听不清吗?

他皱着眉,说到激动的时候,腮帮子上的肌肉会颤动起来。能看得出,他整个人都很紧张,显然,他在说一件让他非常不愉快的事情。

真的很好奇,到底是什么事情,让这样一个全欧洲都数得着的文化名流这么失态?

哦等等,他是谁?

听不清他说的话,可是为什么又一下子记不起他是谁?应该是很熟悉的呀……

一直低着头说话的人忽然抬起头来。

他的眼睛并不大,此时奋力地睁着。在他的一双眼珠中,瞳仁很小,给眼白留出了相当多的空间。而现在,眼白上布满了红丝。以往灵动的目光消失了,此时的眼睛,呆滞而可怖。

哦,他还留着胡子。在薄薄嘴唇的上方,像希特勒那样厚而密的胡子。

想起来了,他是……

韩裳醒了过来。

当她在梦里认出那个人是谁的时候,就无法再维持住梦境。

不过她还很清楚地记得那张脸。

是茨威格。

上个世纪两次大战间欧洲最红的作家,一个被纳粹焚烧了所有作品的犹太人。

怎么会梦见他的呢?

韩裳从沙发上挣扎着坐起来,刚才短短的睡眠因为这个灰暗的梦境,没有给她带来多少精力上的恢复。

相反,她感觉比睡觉前更虚弱,全身都出了细细的汗,腻在身上十分难受。

韩裳歪过头,望着茶几上的一本书。

茨威格自画像

那是一本《茨威格小说选》。

用不着多少专业知识,任何人都能得出,正是因为这段时间在看茨威格的小说,才会梦见他。更何况,那本书里还有一张茨威格的自画像。

虽然梦里的茨威格和那张自画像有些出入,但梦毕竟是梦,会有变形太正常了。

按照弗洛伊德释梦理论,为什么会有这样的变形,为什么会做这个梦,都有方法去找寻心灵深处的原因。韩裳对这些方法很熟悉,但她现在不准备应用。探索自己的内心,往往并不是件愉快的事。

而且她隐约知道,这或许不是一个普通的梦。她的精神状态有些疲倦,太阳穴在刚醒来的那几秒钟里还在突突地跳着。正常的睡眠和梦不应该这样,那毕竟是休息,弗洛伊德认为,人之所以会做梦,有很大的程度是为了释放压力,获得更好的休息。

这个梦的记忆很清晰,茨威格的面容和神情现在仍历历在目,可是这个梦里的其他场景,又晦涩不明。比如,那间屋子里应该有好几个人的,剩下的那些是谁呢?再加上醒来后的不适感,这整体的感觉,让韩裳想起了自己的另一些梦境。

每个人都有一些难以启齿的隐私,对韩裳来说,就是梦。伴随着她二十多年的诡异梦境。

自从她开始学习心理学,这类梦境发生的频率有所提高。在最近她开始新的课题研究之后,这已经是第三个异梦了。而这个异梦,类型和之前的又有所不同,她见到了一个认识的人——茨威格。从前梦里的那些犹太人,她一个都不认识。

韩裳让自己相信这是一个好的迹象,或许她正在向一个关键所在靠近。

现在是晚上九点钟,她刚才倚在沙发上思考论文的时候睡着了,结果弄得现在状态更差。

韩裳打开电视,她装了个卫星接收器,可以收台湾的节目。装的人说是正版的,保看一年。所有干这行的人都说是正版的,韩裳相信他们全都是盗版。政府是禁止装的,哪里来的正版?

所有说中文的电视台里,再没有哪里的综艺节目能和台湾比八卦。要想放松,这是最好的选择。

切到一个台,上面是一个星座命理节目。

虽然对这种东西持不信加不屑的态度,但韩裳没有换台。反正是放松,随便看看。

正在说的,是金牛座的下周运程。

> 金牛座的朋友,在下一周里事业运会有些不顺,需要好好努力,更加一把劲。但是会有好桃花哦……

然后是天蝎座。韩裳就是天蝎座。

> 天蝎座的朋友,下周事业运不错哦,但是要防小人。睁大眼

睛,机会随时会来到你的面前,也许是一些奇怪的人或者奇怪的事情,你的人生可能会因此而有重大的改变。总之,从下周起的这半个月,在今年一整年里,对天蝎座朋友都是相当关键的哟!

重大改变?韩裳笑了笑,换台。

第十一章

"塔罗"一词,取自埃及语言的"道"和"王"两词,含有"王道"的意思,是供王者决断的神秘智慧。它的本原,就是古埃及专门用来传达天神旨意的《智慧之书》。每当法老王有任何疑难问题需要解决时,就会打开这本书,于是所有问题便迎刃而解。埃及王朝覆灭之时,为了防止这部神秘之书落入异族之手,把它用图画的形式绘在卡片上,交付神官,后经亚历山大之手传入欧洲。[1]

中世纪之初,塔罗牌在欧洲风行,一直到教会兴起,塔罗牌被视为异教的神秘魔法被教廷禁绝。塔罗牌由 22 张大阿卡娜图画牌和 56 张小阿卡娜数字牌组合而成,大多数的预测,仅使用大阿卡娜牌即可完成。古犹太人和古埃及人有着很多接触,传说大阿卡娜和古犹太人有着很深的渊源,教会势力减弱后,研究人员把塔罗牌和古犹太人密教的卷轴文物联系起来,使它变得更有系统。而此刻,他手中的达利塔罗牌就是其中的一个分支。宣称自己可以与神沟通的达利绘制了这副塔罗牌,仔细观察牌面,会有许多联想。这些联想和牌的预言息息相关。

---

[1] 出自 1781 年出版的《原始世界》(*Le Monde Primitif*),作者杰柏林(Antoine Court de Gebelin)是一位研究神秘学团体的考古人类学家。

苍白的指尖顺着光滑的牌面轻轻滑动。牌面正中的人阴阳同体，手里的蝴蝶权杖美丽而怪异。他一只脚已经踏出了悬崖，可又让人怀疑，他手持的妖异权杖会否使他飞起。三截尖角从腿上长出，比头上长角更显得沉沦。在他的上方，是恶魔双手的阴影。不过刚才抽出来的时候，这张牌是逆位的。

他把牌再次倒过来，仔细端详。

倒转过来的恶魔牌上，牌上的人彻底向下掉去，可是在下面，恶魔的一双手正可以将他托住。

没有什么再能挡住他投入邪恶，这象征着，或许可以用一些非常的手段来达到目的。

他愉快地笑了。他笑的时候，总是会更多地牵动左边面颊的肌肉，使嘴向左侧咧去。这是因为那道伤痕的缘故，愈合后他的左脸要比右脸更松弛一些。

"我也是这么想的。"他把牌装回盒子里，自言自语地说。

北方来的冷空气让气温突然降了下来，晚上走在街上，风会从单衣的领口拐进去，让人情不自禁地一个激灵耸起肩膀。

《达利塔罗牌之恶魔》（郑昌涛临摹）

范进的感冒已经很严重了,嗓子痛得咽口水都要下决心,喷嚏一个接着一个。他的同事很好心地帮他换了班,所以现在他没有在小区里巡夜,而是待在温暖的监控室里喝咖啡。

感冒绵延了快一周,他的身体一直很棒,有几年没得过这么厉害的感冒了。范进觉得这个病不一般,因为他记得,第一个喷嚏是在看到费家鬼影的那一刻打出来的。现在他巡夜走过那幢楼的时候,都不敢抬头往窗户里看,尽管他已经从静安寺请了一块开过光的佛佩用红绳系着,挂在脖子上。

这个小区的入口和各个关键位置都有摄像头二十四小时不停地拍摄,就像范进看过的一些香港电影一样,这些图像传输到监控室里,在屏幕上的几个分割窗口里同时显现。实际上,要同时监测几个不同的画面非常费神,像他这种没有受过专业训练的人,很难指望在发生状况的时候,会第一时间做出反应。这个监控室的象征意义多过实际用途,要让这里的居民感受到,他们正被多元化的安全手段保护着,并没有白白缴纳高额的物业费。

范进并不知道他正在做的这项工作,其实是需要专业训练的,他也不认为自己无法胜任这么"简单"的工作。他是一个很认真的人,做任何事情都全力以赴,这是他父亲的教诲。刚喝下去的热咖啡让他感觉好了一些,他含了一颗喉糖,把注意力集中到红外线摄像头传回来的枯燥图像上。

忽然,他听到有一些异常的声音,是敲门声吗?

"谁啊?"范进哑着嗓子问。

没有人应答。

范进不确定是否自己听错了,他站起来,拿起坚固的强力手电,打开门。

门外并没有人。

监控室是小区会所里最靠近会所大门的一间屋子。范进走到会所外,用手电四下照了照,还是没有人。

应该是听错了吧,夜晚的建筑里,常常可以听见各种奇怪的声响。想到这儿,范进打了个冷战,打算赶紧回到那个暖和的小屋子里去。

不过……那是什么?不远处的地上,有什么东西在一闪一闪。

他走过去,发现这是一个婴儿人偶,肚子里的电池让它在地上扭动着,伴随着轻微的"沙沙"声。薄薄的花布婴儿服里,身体正发出一阵阵蒙蒙红光。

可是这样的东西怎么会被扔在这里?范进一边在心里发出疑问,一边弯下腰去捡。

人偶在他的手上挣扎着,他忽然从叉开站着的双脚空隙间瞥见了另外两只脚。

背后有人!

这个时候,持续着原来直起腰来的动作是最坏的选择,正确的动作是向前或向侧翻滚,和背后的人拉开距离。

可是范进没有,惊吓中,他一边用力挺起腰,一边回头去看。还没等他看到那个人的脸,一块带着强烈刺鼻气味的湿布就掩上了他的口鼻。

那个地方让他认识了很多奇怪的人,也学会了很多实际的经验和技巧,当然,有时候会付出些代价,比如左脸的伤疤。

他的催眠术就是在那里学来的,老实说,他的水准在一般催眠师的眼中非常粗糙,但是他知道些实用的小技巧。比方说,人在什么状态下最容易被催眠。任何一个催眠师都会认为,有相当一部分人是不可被催眠的,因为他们的意志力,因为他们对催眠天生的排斥感。可是对他而言,没有不可被催眠的人,只要满足了某些条件。

就在刚才,那个健壮的保安吸入了相当剂量的迷魂药。这种麻醉中枢神经的药品吸入过量的话,可立刻导致昏迷甚至死亡,浓度控制得当,会让人保持起码的活动能力,但是神智降低到初生婴儿的程度,迷迷糊糊。这样的情况下,人几乎失去了分辨能力,更加谈不上意志力,再粗糙的催眠技巧,都能无往不利。

媒体上不时有一些关于中了迷魂药,把自己身上所有的值钱物品都主动交给陌生人的报道。有很多麻醉医师说不可能有这样的药物,让民众不用恐慌。他们并没有说谎,单靠药品本身的确达不到这样的效果,但是要摆弄一个变得很"乖"的人,再简单不过。

他带来的移动硬盘已经连上了监控室的电脑,大量的数据传输让硬盘发出极轻微的吱吱声。

范进就站在他的身边,神情木然,眼神涣散。

他再次取出紫色的坠子,在范进的眼前晃动。这是他在地摊买的便宜货,并没有什么神秘力量,只是一个吸引被催眠者注意力的小道具罢了。

"看着它,你看见了一点紫色,紫色越来越浓,越来越大,把你笼罩起来,你觉得很安静,很安静。你有些困了,你会越来越困……"

他正在耐心地引导范进，却发现这个保安的脸上露出奇怪的表情，鼻翼翕动着，嘴巴也微微张开。

　　他心里疑惑着，究竟哪里出了问题。还没等他做出反应，范进突然打了个很凶猛的喷嚏，口水鼻涕喷了他满脸。

　　他低声咒骂着，没来得及抹去脸上的脏物，就看见范进的眼神有重新灵活起来的迹象，连忙把那块蘸满了迷魂药剂的湿布蒙在他脸上。

　　重新走了一遍催眠程序，让范进又一次安静下来，他才长出了口气。现在，这个保安趴在桌上沉沉睡去，几小时后醒过来的时候，将不会记得曾经见过一个左脸有伤痕的男人。而吸入迷魂药后的不适感，也会因为他原本的重感冒而得到完美的掩饰。

　　硬盘的吱吱声已经停了下来，他拔下 USB 插头，把硬盘放进包里，拉开门走了出去。

第十二章

"茨威格",确认。

屏幕上出现了一长串的书单。

她抬起头,对费城说:"您要的书都在二楼,如果您有哪些一时找不到,可以请二楼的营业员帮忙。"

费城道谢后走向自动扶梯。年轻的营业员多看了费城旁边的那个女子一眼,她戴着墨镜,太阳帽的帽檐压得很低,下巴尖尖的,虽然看不到眼睛,但应该长得很漂亮。有点面熟的感觉,不会是哪个明星吧。

注意到营业员视线的费城,忍不住又抱怨起来:"其实我自己来买就行的,如果你在这里被认出来,要签名的影迷围上来,别说买书了,连走都走不掉。"

夏绮文低声说:"不会的,今天又不是休息日,你看,现在这里人并不多啊。而且书店里,大家的注意力都在书上,我不会曝光的。"

"就怕给媒体拍到,那就麻烦了。"

夏绮文笑了:"你这是怕和我传绯闻啰。"

费城闷哼一声,说:"标题我都想好了,夏绮文和不明男子共游闹市。"

"你可不是不明男子哦,这些天你曝光率比我高呢,记者会认不出你才怪。哎呀,干这行真要在乎他们说些什么,还要不要活了,再说,我可比你大好多呢。"

"哎哟。"费城忙不迭地叫起苦来,"你不会不知道现在最时兴的就是姐弟恋吧。"

"小心我真的吃你这棵嫩草哦。"夏绮文笑眯眯地把手伸进费城的臂弯。

"其实你现在是女人最光彩照人的时候哦。"费城捧了一句,手却缩了缩,他可不想真闹出什么绯闻,他知道夏绮文只是想逗逗他。

短短的接触下,他觉得这位女星还挺好接近的,这可和圈内的传言不太一样。看来传言的确不可相信。

说笑间两个人已经到了二楼。

"既然资金方已经找到,这剧你早一天改编完,就能早一天搭班子排练,正好我也有两个月的空档期,再往后就没时间了。茨威格的作品我也想补看一些,好把握角色心理。买参考书,总是自己来挑比较好。"夏绮文不再开玩笑,正经地说。

书城的二楼全都是文艺作品,翻译区在离楼梯较远的地方。一些畅销书码堆在显眼的位置,多是给少男少女看的青春读物,还有许多韩国或韩式的小说。翻译小说区最显眼的地方,放着全美排行榜前几名的悬疑小说,看来要找茨威格的作品,还得费一番工夫。

"剧本和角色讨论,还要你多帮忙呀,我可是个初出茅庐的小子。"

"呵呵,你不是自信满满,一副才华横溢的模样吗,这会儿怎么转谦虚了?我有想法肯定会提的,比方说多看看茨威格的作品。"

在着手改编剧本之前,先看大量的茨威格作品,这的确是夏绮文在答应出演女主角后第一时间提出的建议。她提醒费城,这次的改编和通常的改编西方剧作情况不同。原本改编西方名剧,除了要体现原剧魅力外,一般会融入中国元素,让中国观众易于接受。而这一次等于是茨威格的新剧首演,要打好茨威格这张牌,就得让话剧尽可能地接近茨威格的风格。就算有改动,也要改得有茨威格的味道。阅读大量茨威格作品,让茨威格的思想暂时变成自己的思想,让茨威格的语境变成自己的语境,就是费城现在要做的。

费城之前并没有想到这一点,但他完全认同。

茨威格的小说并没被集中放在一起,东一本西一本,还有许多在传记文学区。他的作品非常多,费城拿了一个购书篮,最后结账的时候发现一共选了九本。可惜让人遗憾的是,里面没有一本是茨威格的剧作,书城的电脑里也没有相关的书籍记录,似乎他在戏剧方面的作品并没有被翻译成中文过。

"你看书的速度怎么样?"夏绮文问。

"还可以。这些书挑一部分仔细看,剩下的浏览一遍,用不了几天。你对茨威格有了解,有没有时间先和我说说,我看的时候心里也好有点数。"

"行。"夏绮文爽气地答应,"那就上你家坐坐。"

费城住在一幢高层的十八楼,出门就是大马路,没有小区。年轻人不在乎有没有小区绿化,夜晚从双层玻璃外渗进来的车辆飞速驶过的声音,也对他的睡眠产生不了太大的影响。唯一考虑的就是房租,这儿的房租并不贵,又地处市中心,相当合算了。

打开门的时候毛团已经在门口趴好,眯着眼睛,尾巴慢慢地摆过来又摆过去。毛团是一只两岁的黑色波斯猫,费城猫狗都很喜欢,如果不是觉得每天出去遛狗有点麻烦,毛团肯定会多一个打闹的伙伴。

"怎么,你怕猫吗?"费城注意到夏绮文在看见毛团的时候往后缩了缩。

"嗯,我对毛茸茸的小东西都有点不习惯。"

虽然想不通为什么会有人怕这么可爱的小东西,费城还是把毛团赶到了另一间屋子。

"先把书分一下吧,我们各自拿一半,看完再互换。"夏绮文说。

"好,你先挑吧。"

"这几本我是看过的,哦,还有这本书我一直想找来看的,不过建议你先读一读。"

夏绮文把一本有相当厚度的书递给费城。

《昨日的世界——一个欧洲人的回忆》。

"这是茨威格的自传,他自杀的前几年写的,应该会对你有帮助。"

"嗯,先前在书店里的时候我就翻过,你不说我也会仔细读一遍的。这本我看完就马上给你,应该明天就可以。"费城点头,他现在几乎对茨威格一无所知,这本自传是最好的补习材料。

"我并没有研究过茨威格,但是读过一些他的中短篇小说和传记,有一个强烈的感觉,他似乎热衷于描写一些卑微弱小的人。对他们来说,世界是昏暗的、杂乱的。《泰尔》可能也不例外,他描写了一个占梦师,一个生活在亚历山大阴影下,在历史上可有可无的人物,特别是我要演的柯丽这个角色,一个地位更卑微的侍女。我很期待这个角色,茨威格被高尔基称为'世界上最了解女人的作家'。他对女性心理的刻画极其细腻,最细微的心理冲突都被他用放大镜照了出来,要在舞台上把他笔下的人物演好,绝对是一次大挑战。"

两个人聊了几乎一整个下午,夏绮文对费城说了几个她看过的茨威格小说故事。比如《一个陌生女人的来信》里那个单恋邻家作家几十年的女孩,一个在黑暗中默默期待一场无望的爱情的女人,哪怕为此担上自己和孩子的性命也无怨无悔,这得算是茨威格对女性心理一次最极端的想象和表现了。还有《一个女人一生中的二十四小时》,这同样是一种不可能的畸恋,一个42岁的上流阶层女性在24小时中,把她的同情、倾慕、母性、情欲、爱的渴求全都一股脑地倾注在一个外貌俊美的24岁的男小偷兼赌徒身上。

这两部作品都以莫可奈何的悲剧收场,就像费城匆匆浏览过的《泰尔》,亚历山大胜利了,泰尔城攻下了,但是阿里斯但罗斯却收获了一场悲剧。

费城终于对这位犹太作家有了初步的概念,当然,更深一步的体悟需要通过他自己的阅读去感受。

把夏绮文送走后,晚餐费城简单地煮了泡面吃。毛团在他的脚边蹭来蹭去,费城以为它在为主人整个下午没理它而不满,后来才意识到是它肚子饿了。他总是会忘记给毛团饭吃,常常是猫来提醒他这一点,恐怕迟早有一天毛团会因为不定时吃三餐而得胃病吧。嗯,真的会得胃病吗?费城看着毛团把脸完全塞进了饭盆里,有些不太确定,反正他自己的胃病就是这么得的。

洗猫饭盆的时候费城想起来,已经有很多天没给毛团洗澡了,这个黑乎乎的家伙恐怕身上有许多地方已经不是本来的毛色了。于是把毛团按到浴缸里，洗、搓、擦、吹，折腾了一个多小时，然后索性自己也洗了，半坐半躺着在床上开始看《昨日的世界》。

1881年11月28日，茨威格出生在奥地利一个富有的犹太家庭。他的童年和青少年时代，正如歌德诗句所描绘的那样，"我们在一片安谧中长大成人"。19世纪欧洲的最后十几年，至少在奥地利，是处在太平盛世中。但是反犹主义的种族理论的根基在那时已存在，野蛮和残暴的种子并不总在沉睡。顺着茨威格的回忆，费城仿佛回到了一百多年前的欧洲，那个在平静的表面下，到处充满危险暗流的欧洲。

或许是用来垫着腰背的枕头太软太舒服，看着看着费城的倦意就上来了，其实时间并不晚，又强撑着看了会儿，眼皮还是顶不住地往下耷拉。

费城暗怪自己不该在床上看书，不过这种情况要硬看下去效果会很差，索性关灯睡觉。

费城被吵醒了，毛团发了疯一样拼命叫着，从没见它这样过。

是发春了吗，现在可不是春天啊。费城迷迷糊糊间想着。很快他清醒过来，得下床去看看，毛团似乎有些问题。

开了台灯，费城看了一眼闹钟，才凌晨一点刚过。

"别叫了，毛团！"费城呵斥蹲在床下大叫的黑猫，黑猫跑出了卧室，继续叫着。

刚醒来的人感觉总是不很敏锐，但来到客厅里，他还是能闻到一股异味。

是煤气!

费城跑进厨房,这里的煤气味更重。窗是开着的,但是幅度很小,费城庆幸自己的这个习惯,连忙把窗开到最大角度,回过头再检查煤气。

灶台上的煤气开关关着的,他闻了闻,然后打开了灶台下的橱门。果然,那里的异味要重得多,多半是煤气橡皮管出了问题。

关上总开关,费城在厨房多待了会儿,确认没有新的煤气漏出来,才重新回到卧室。明天要让专业人员来换煤气管。

毛团已经不叫了,费城拍拍它的脑袋,虽然厨房开着窗,煤气应该不会浓到致命的程度,但这小东西的灵性可嘉。谁说猫的智力比狗差很多?至少毛团就很棒。

一场惊吓,让费城睡意全无,在床上躺了一会儿,心里琢磨着茨威格的剧本。关于这个剧本还有许多未解的谜,它是怎么到叔叔手里的呢,在之前的半个多世纪里,它是怎么从欧洲到了中国呢,其中一定有许多的故事,甚至传奇。最奇怪的是,为什么茨威格没有公布这个剧本呢?是刚写完就遗失了,被小偷偷走,没有了再一次重复写作的激情,还是有着其他什么原因呢?

就这么空想了一会儿,费城索性坐起来,开了台灯,开始继续看《昨日的世界》。

会不会在这本自传里,能找到关于《泰尔》的蛛丝马迹呢?

又一次,费城被茨威格牵引着,这位大师似乎从未死去,冥冥中他能引领每一个阅读他作品的人,去往另一个世界。

黄色的台灯光芒下,费城悠然地读书,崭新的纸张每翻过一页,都发出哗哗的响声。

可是他的表情,却慢慢地变了。

脸上松弛的肌肉紧张起来,而后变得僵硬。他的表情变得不是严肃,而是在畏惧着什么。他的嘴唇不自觉地抿了起来,呼吸渐渐急促,脸色甚至开始泛青。

卧室的窗关着,没有风,可是他却觉得冷,一股从心底里泛起的幽寒,要把他整个人都冻僵!

那短短不到十页的内容,他已经反反复复地看了很多遍。从茨威格前后记述的口气来看,他写作时的态度冷静而客观,绝不会故意在回忆录里说谎的。可是,如果那是真的话……

第十三章

　　周训的情绪有点糟,许多人在清晨刚睡醒的时候都特别容易生气,更何况周训是被电话吵醒的。

　　而且吵醒他的家伙居然还要上门,有什么事情不能在电话里说?

　　瞧瞧,洗脸刷牙吃早饭,全折腾完了还没到七点半,他训哥可是有日子没这么早起了。

　　他走到花园里,站在小径中央伸了个懒腰,旁边的石桌椅上有几片昨晚的落叶,他轻轻拂去,坐下闻着空气里的淡淡草木气息,忽然觉得早起也并不是那么糟糕。

　　门铃响了,费城来得很快。

　　打开铁门,看见费城一张青白的脸和布满红丝的眼睛,周训吓了一跳。

　　"怎么了,看起来几天没睡的样子?"

　　"就只是昨晚没睡。"费城叹了口气,说,"不好意思,这么早吵到你,实在是电话里说不清楚。"

　　"没事没事,我们俩还用提这个,进屋聊吧。"看见费城的模样,周训当然知道他这个同学碰到了不小的麻烦,哪还会计较把自己吵醒的事。

费城一脸愁容,在客厅里坐下先叹了口气,却一时不知该从何说起。

"怎么,是为了你叔叔的事?"

"不是,咳,和我叔叔有点关系,是他留下的一个剧本。哦,不是他写的,是茨威格的一本手稿。"

"哎,你还是等会儿吧。"周训看费城说话都有些颠三倒四,知道得让他定定神再说。

"早饭吃了吗?"

费城摇头。

周训给费城拿来条热腾腾的毛巾擦了把脸,又让保姆去门口的早点摊买来热豆浆和大饼。费城狼吞虎咽地吃完,总算看起来有了点生气。

吃完早餐,费城定下心来。他的心理承受能力本来也不算很差,只是骤然碰上极危险又完全在常识之外的情形,一时慌了手脚。

"是这样的,我整理叔叔遗物的时候……"

费城把他如何得到茨威格的手稿,得知叔叔在之前的准备,又打算接过叔叔的棒,把《泰尔》搬上中国话剧舞台这些事一一说了。

"这是好事啊,怎么你现在这副模样?"周训不解地问。

"我也觉得是好事,昨天和夏绮文去了次书城,买了很多茨威格写的书来看。我第一本看的是茨威格在死前写的自传《昨日的世界》。"说到这里,费城停了下来,好像接下来要说的事情,需要他鼓足了勇气,才能说得出口。

"这部自传从他的童年时代写起,一开始倒也没有什么,但是……

唉，我不知该怎么说，反正我把书带来了，你自己看吧。"

费城从包里取出《昨日的世界》，其中的一页折了个角作为记号。他翻到这一页，递给周训。

茨威格的作品翻译成中文有很多版本，这本《昨日的世界》是广西师范大学出版社出版的，2004年5月第1版，译者是舒昌善、孙龙生、刘春华和戴奎生，共350页。费城翻到的是第135页，这是章节"我的曲折道路"中的一部分，原文如下：

> 我在1905年或1906年的夏天写过一出剧——当然，完全按照我们当时的时代风格，是一部诗剧，而且是仿古式样。这出剧叫《忒耳西忒斯》，……大约三个月后当我接到一封信封上印有"柏林王家剧院"字样的信件时，我不胜惊讶。剧院经理路德维希·巴尔奈告诉我说，我的这出剧给他留下非常深的印象，尤其使他高兴的是，他终于找到了阿达尔贝尔特·马特考夫斯基长久以来一直想扮演的阿喀琉斯这个角色；因此，他请我允许他在柏林的王家剧院首演这出剧。

《昨日的世界》，广西师范大学出版社2004年出版

我简直惊喜得目瞪口呆。在当时,德意志民族只有两位伟大的演员:阿达尔贝尔特·马特考夫斯基和约瑟夫·凯恩茨。前者是北德意志人,气质浑厚,热情奔放,为他人所不能及;后者是我的老乡维也纳人,神态温文尔雅,善于台词处理。而现在,将由马特考夫斯基来再现我塑造的阿喀琉斯这个人物,由他来诵念我的诗句;我的这出剧将得到德意志帝国首都最有名望的剧院的扶植——我觉得,这将为我的戏剧生涯开创无限美好的前景,而这是我从未想到过的。

但是,从那时起我也总算长了一智:在舞台的帷幕真正拉开以前,是绝不能为一切预计中的演出而高兴的。虽然事实上已开始进行一次又一次的排练,而且朋友们也向我保证说,马特考夫斯基在排练我写的那些诗句台词时所表现的那种雄伟气派是从未有过的。但是当我已经订好前往柏林的卧铺车票,却在最后一刻钟接到这样一封电报:因马特考夫斯基患病,演出延期。开始我以为这是一个借口——当他不能遵守期限或不能履行自己的诺言时,他对剧院通常都是采用这种借口。可是几天以后,报纸上登出了马特考夫斯基逝世的消息。我的剧本中的诗句也就成了他的那张善于朗诵的嘴最后念过的台词。

……一天早晨,一位朋友把我唤醒,告诉我说,他是约瑟夫·凯恩茨让他来的。凯恩茨碰巧也读到我的剧本,他觉得他适合演的角色不是马特考夫斯基想演的阿喀琉斯,而是阿喀琉斯的对手——悲剧人物忒耳西忒斯,他将立刻为此事和城堡剧院联系。当时城堡剧院的经理是保尔·施伦特,他作为一个合乎时代的现实主义者的面貌领导着维也纳的这家宫廷剧院（这使维也纳人非常不快）；他很快给我来信说，他也看到了我的剧本中的令人感兴趣的地方，可惜除了首演以外，大概不会取得很大的成功。

凯恩茨却十分愤慨，他立刻把我请到他那里去……我答应试试。我完成了一出独幕剧的初稿，即《粉墨登场的喜剧演员》。我尽量体会凯恩茨的气质和他的念台词的方式，以致我下笔时，能无意之中使每一句台词都符合他的愿望。三个星期以后，我把一部已经写上一首"咏叹调"的半成品草稿给凯恩茨看。他由衷地感到高兴。他当即从手稿中把那长篇台词吟诵了两遍，当他念第二遍的时候已十分完美，使我难以忘怀。他问我还需要多少时间。显然，他已急不可待。我说一个月。他说，好极了！正合适！他说，他现在要到德国去作一次为期数周的访问演出，等他回来以后一定马上排练我的这出短剧。随后他又向我许诺：不管他到哪里，他都要把这出剧当作他的保留节目，因为这出剧对他来说就像自己的一只手套那么合适。他握着我的一只手，由衷地摇晃了三遍，把这句话也重复了三遍："像自己的手套一样合适！"

……

我终于在报纸上读到凯恩茨访问演出回来的消息。出于礼貌，我迟疑了两天，没有在他一到就立刻去打搅他。但是到第三天，我鼓起勇气把我的一张名片递给了扎赫尔大饭店的那个我相当熟悉的老看门人，我说："请交给宫廷演员凯恩茨先生！"那老头透过夹鼻眼镜惊愕地望着我，说道："您真的还不知道吗？博士先生。"不,我一点也不知道。"他们今天早晨就把他送到了疗养院。"那时我才获悉:凯恩茨是因身患重病回来的,他在巡回演出中面对毫无预感的观众,顽强地忍受着剧痛,最后一次表演了自己最拿手的角色。第二天他因癌症动了手术。根据当时报纸上的报道,我们还敢希望他会康复。我曾到病榻旁去探望过他。他躺在那里,显得非常疲倦、憔悴、虚弱,在皮包骨头的脸上,一对黑眼睛比平时显得更大了。……他苦笑着对我说:"上帝还会让我演出我们的那出剧吗?那出剧可能还会使我康复呢。"可是几个星期以后,我们已站在他的灵柩旁。

人们将会理解,我继续坚持戏剧创作是一件多么不快的事。而且在我还没有把一部新剧作交给一家剧院以前,我就开始忧心忡忡。德国最有名的两位演员在他们把我的诗体台词当作生前最后的节目排练完后就相继去世,这使我开始迷信起来——我不羞于承认这一点。一直到若干年后,我才重新振作精神写剧本。当城堡剧院的新经理阿尔弗雷德·贝格尔男爵——他是一位杰出的戏剧行家和演讲大师——很快采纳了我的剧本时,我几乎怀着一种不安的心情看着那份经过挑选项的演员名单……我以前想到的,只是那些演员们,却没有想到剧院经理阿尔弗雷德·贝格尔男爵——他曾打算亲自导演我写的悲剧《大海旁的房子》①,并已写完了导演手本。但事实是:十四天后,在初次排练开始以前,他就死了。看来,对我戏剧创作的咒语还一直在应验呢。……

---

① 一译《海滨之家》。

在1931年完成了一部新剧《穷人的羔羊》。我把手稿寄给了我的朋友亚历山大·莫伊西,有一天我接到他的电报,问我是否可以在首演时为他保留那个主角……

我心里明白,别人会怀疑我在讲一个鬼故事。马特考夫斯基和凯恩茨的遭遇可以解释为是意外的厄运。可是在他们以后,莫伊西的厄运又怎么解释呢?因为我根本没有同意让他扮演《穷人的羔羊》中的角色,而且从那以后我再也没有写过一出新剧。事情是这样的:许多许多年以后,即1935年的夏天——我在这里把自己的编年史中的时间提前了——当时我在苏黎世……他说,皮兰德娄①为了向他表示特别的敬意,决定把自己的新剧作《Nonsisa mai》交给他来首演,而且不仅仅是在意大利举行首演,而是要举行一次真正世界性的首演,也就是说,首演应当在维也纳举行,并且要用德语……但是皮兰德娄怕在翻译过程中失去了他的语言的音乐性和感染力,因此他有一个殷切的希望,即希望不要随随便便找一个译者,而是希望由我来把他的剧作译成德语……于是我把自己的工作搁了一两个星期;几周以后,皮兰德娄的剧本将用我的译文准备在维也纳举行国际首演……

……可是真像鬼魂作怪一样,在经过了四分之一个世纪以后,那可怕的怪事又重演了。当我一天清晨打开报纸时,我读到这样一条消息:莫伊西患着严重的流行性感冒从瑞士来到维也

---

① 路易吉·皮兰德娄(Luigi Pirandello,1867—1936)意大利小说家、戏剧家。由于"他果敢而灵巧地复兴了戏剧艺术和舞台艺术",1934年获诺贝尔文学奖。

纳,因他患病排练将不得不延期。我想,流行性感冒不会十分严重。但是当我去探望我的这位生病的朋友,走到旅馆门口时,我的心却怦怦地跳个不停——我安慰自己说,天哪,幸亏不是扎赫尔大饭店,而是格兰特大饭店——当年我徒劳地去探望凯恩茨的情景骤然在我脑际浮现出来。可是,恰恰是同样的厄运,在经过四分之一个世纪以后,又在一位当时最伟大的德语演员身上重演了。由于高烧他已神志昏迷,我没有被允许再看一看莫伊西。两天以后,我站在他灵柩前,而不是在排练时见到他——一切都像当年的凯恩茨一样。

看到第二个演员在开演前死去时,周训的心里就开始发冷。和他的小说用语相比,茨威格是以近乎淡然的语气叙述这一系列事情的,他并没有特意用许多渲染气氛和心理的形容词。可正是这样有疏离感的叙述,尽量克制不流露内心情绪的态度,让人没办法对他说的事情产生怀疑。

等看完相隔四分之一个世纪的四宗死亡事件,周训已经明白费城为何会这样惊慌失措,如果事情落到自己的头上,恐怕还要更加不堪,现在仅仅作为一个旁观者,已经手脚冰凉了。

"你是怀疑,怀疑你叔叔的死,和这有关系?"周训深吸了口气问。

费城倒是已经完全平静下来,点头说:"我叔叔的死有太多巧合,原本就有些蹊跷,如果茨威格的剧本有着让人神秘死亡的诅咒力量,我没法不产生这方面的联想。本来,人已经死了,究竟是不是诅咒,能否破除已经无所谓,如果我再早些日子看到茨威格的这本传记,或许就不一定会选择接过我叔叔的工作,把《泰尔》导出来。"

"啊。"周训一声惊呼,他这才想起来,要是费城坚持要搞这个话剧,诅咒的力量或许还会延续!

"实际上,昨天晚上就出了事。"费城把煤气泄漏的事情简单说了。

周训仿佛觉得周围阴风阵阵,原本已经湮灭在历史中的不明诅咒就这么在半个多世纪后从欧洲蔓延到中国来了吗?

他不禁一哆嗦,对费城说:"那你来找我干什么,照我说,赶紧把你手上的活停了才是正理。"

"停?"费城一扬眉,"怎么停?资金方落实了,夏绮文都被我请动了,你让我怎么停?而且,如果这个戏上演了,会有多大的轰动谁都想得到,你以为我很喜欢当经纪人吗,这才是我想做的事,这么大的希望在前头,我自己都不能允许自己放弃!这是一个莫须有的诅咒,也许只是巧合呢?"

"巧合?看看你现在的样子,你从心里相信这是个巧合吗?骗谁呢,骗你自己吧!"

费城苦笑:"说不慌是不可能的,不慌就不会来找你了。"

"找我?"周训瞪起眼睛,"找我有什么用,哦天哪,你别把我扯进这件事里,你不怕我还怕呢。"

"那个神秘主义沙龙不是你召集的?我上次听你还做了个开场白,你对这方面总该有些了解的吧。"

周训连连摆手:"你这可是绝对的急病乱投医,上次我说的那些全都是网上搜来的,哪里有什么研究。召集那个沙龙只不过因为这是个热门话题,大家都会有兴趣,聚起人来比较方便,不至于太冷清,而且在这个圈子里,也时常能听到这方面的八卦而已。这件事情,我想帮你参谋都找不到方向啊。"

"这样啊。"费城掩不住沮丧的神色。周训说得没错，他真是病急乱投医了，可是他能想到的，可能会懂神秘主义的，也只有周训了呀。那些云里雾里的命理玄学大师，不说到底有几分真材实料，关键是让他去哪里找呀？

"倒是有一个人，就是上次一起参加沙龙的那个记者。我和他也不是太熟，但听说他有很多神秘经历，要不我介绍你去找他？"

"是那个叫那多的记者？"费城迟疑了一下，还是摇了摇头，"我现在不太想和记者打交道。"

他现在对记者有着普遍的排斥感，这些天他接触到的记者，没一个是不需要他小心提防的，要是向记者求助，指不定什么时候忙没帮上，倒先在报纸上捅出来了。

"那还有一个人，也是你上次在沙龙上见过的，韩裳，记得吗？"

"韩裳，是她？"费城愣了愣，他当然记得这个把一屋子人说得哑口无言的女人，他走得早，不知道这场争辩的最终结果是什么。

"可是，她不是对神秘主义持否定态度的吗？"费城不解地问。

"她是什么态度并不重要，她正在念华师大的心理学硕士，要写一篇有关神秘主义的论文，即使她反对神秘主义，也肯定对此进行了深入研究。你有没有听说过，'有时候敌人比朋友更了解你'这句话，要驳倒一个论点，当然要先了解透彻才行。我想她能给你一些切实的意见。"

"好，把她电话给我，我这就去找她。"终于找到一个了解这方面的人，费城心里稍稍踏实了些。

他从周训处拿到了韩裳的手机号,告辞离开。才走出周训家没多远,就开始拨打。

"对不起,您拨的号码已关机,请稍后再拨。"从手机里传出让他失望的声音。

他抬腕看表,已经九点半了,这个时候怎么会还关着手机呢?

一时联系不上,心急也没有用。从昨晚到现在,他的神经一直处于紧张中,现在该找个地方,让自己舒缓放松一下了。

第十四章

韩裳把手机关了。

她是特意关上的,虽然上海美术馆对参观者没有这样的要求,但她觉得这是对艺术和对欣赏艺术的人最起码的尊重。

同样,她也不希望自己在看达利画作的时候,会受到打扰。

萨尔瓦多·达利,这位超现实主义画派最伟大画家的天才之作会使人陷入迷离的境地。有人因此浮想联翩,也有人会很不舒服。但不论如何,这就是达利,来到达利的世界,就得有这样的准备,一切都不再受正常逻辑的控制。

近些年来,上海这座城市重大的艺术活动越来越多,似乎要开始和她的经济地位相匹配。尽管从骨子里透出的商业气息难以掩盖,但是多元化的社会生活也恰恰因为商业性才得以实现。在这个月,达利画展是上海所有附庸风雅的人士最热衷的话题,尽管他们中的绝大多数人无法理解这个诞生了一百零二年的疯子天才到底想在画里表现什么,上海美术馆的票务情况依然直线飙升。

现在是早晨9点40分,美术馆开馆没多久。今天不是休假日,馆内参观者的数量却已经颇为可观。如果到了周末,这里就会拥挤得像一辆行驶在高峰时段的巨大公共汽车,而且某些名作之前还会排起参观的长龙,比如《记忆的永恒》。

主办方之一的意大利达利基金会花了很大的力气,从许多美术馆和私人手中暂借来一百多件达利的作品,包括画作和雕塑,许多著名的作品都在其中。当然,还掺杂了一些真品的复制品或仿作。

和身边其他的参观者不同,韩裳来这里,还有一个特别的理由。

萨尔瓦多·达利比弗洛伊德年轻几十岁,勉强算是同一时代的人。弗洛伊德的理论在整个欧洲产生广泛影响和激烈讨论的时候,达利风华正茂,是一个特立独行的怪异的年轻人。可以想象,这套涉及潜意识、梦境和力比多①的理论会对这个年轻人产生多么重大的影响。甚至在作画时,达利使用一种自称为"偏执狂临界状态"的方法,在自己的身上诱发幻觉。用弗洛伊德的理论,就是从潜意识心灵中产生意象。

在他所描绘的梦境中,平凡的日常物品以一种稀奇古怪、不合情理的方式并列、扭曲或者变形。许多人相信他在作画的时候真的能看见一些不存在的东西,而对达利来说,他进入了至高无上的神秘状态。实际上,在五十岁之后,达利已经完全形成了自己的神秘主义哲学,并且信奉天主教,坚信上帝就在他心中,他是上帝的宠儿。他画了一系列带有强烈神秘气息的宗教画,比如《十字架上圣约翰的基督》《利加特港的圣母》。

---

① 弗洛伊德早期认为人类有两大基本本能:性欲本能和生存本能。他将性欲本能的能量称为力比多,它驱使人追求快乐原则,释放本能。弗洛伊德认为力比多暗中推动着人类的许多行为,决定着人一生的主要活动。小至个人发展、心理失常、创造活动等,大到社会习俗、宗教制度及人类各种行为等,都受到力比多潜在的支配与推动。

既然研究神秘主义,那么现代艺术大师中与神秘主义走得最近的达利的画展,韩裳又怎么可以错过呢?

韩裳是一个感觉非常敏锐的人,或者说有第六感。对于中国的老人来说,这样的体质容易撞鬼,要携带一些阳气重的饰品压一压;对于命理和星相学家,这则是最易和冥冥中的神秘力量沟通的体质。而韩裳觉得自己只是有些神经质,这是生理上的原因,外加一些心理因素。

可是,走进上海美术馆的达利作品展厅,韩裳确实觉得,四周悬挂着的一幅幅达利油画和在各个角度摆放的青铜雕像,仿佛协同在一起,构成了一个力场,牵引着她的精神,往某些地方去。

每一个参观者都可以有两种选择来更深入地了解达利:中英文自动语音解说器和经过特别培训的解说员。当然后者的费用要昂贵很多。韩裳一样都没选,她想先用最直接的方法——进入达利的作品,对一个艺术大师来说,没有比这更好的了解他的途径了。每一幅作品都像一个婴儿,和父亲血脉相连,赤裸裸地来到这个世界上。后人所做的一切注释,都是给这个婴儿穿上一件又一件的衣服。

不远处一个穿着制服的女孩正微笑着向雇佣她的参观者解说着,有一些不相干的人也围拢在周围,听她介绍达利。韩裳也稍稍凑近了些,因为她听到了一个熟悉的名字,以及关于这个名字的一段她不知道的掌故。

"1938年,达利当时还是一个刚刚成名的年轻人,他在著名的奥地利作家茨威格的引见下,拜访了他极为崇拜的思想家弗洛伊德。当时达利随身携带了一幅画,就是面前的这幅《那喀索斯的变形》。"

周围的所有人,包括韩裳,都顺着她的手势,望向这幅画。

"那喀索斯是古希腊神话中在水边顾影自怜的美少年,后来终于为了追随自己水中的倒影跌入水中死去,并在死后变成了水仙。达利向弗洛伊德解释说,他想表现的是从死亡到变成水仙的过程,用的就是弗洛伊德关于儿童早期性心理方面的理论。这是达利向弗洛伊德的献礼,因为他一直以弗洛伊德的潜意识理论作为指导来作画。可是弗洛伊德却回答达利,他看到的不是达利的无意识,恰恰相反,是有意识。达利后来说,弗洛伊德从他这里得到的,远比他从弗洛伊德那里得到的多。"女孩说到这里笑了笑,并没有对两位大师的交锋作出任何倾向性的评价,事实上这也并不需要。

这个有趣而高深莫测的故事正是听众们想要的,他们发出了各种各样的感叹声。许多人也许会努力记下这个故事,以便在今后的某个时候拿来充作谈资,彰显他们的知识和情调。

《那喀索斯的变形》,达利,1937年(郑昌涛临摹)

韩裳注意到,人们在这个"达利力场"中穿行,或者在某一处停留的时候,常常会有一些共同的表现。比方说,他们会摸着下巴上的胡子楂儿,低声地问同伴:你觉得这幅画是什么意思?或者,他们会带着不太肯定的语气说:这些大大小小的叉子,我看是对男性的异化。更多的人把狐疑藏在心里,只能通过他们的表情来推测。

几乎没有谁能完全猜到达利的意图所在,达利常常说自己是一个疯子,一个天才疯子或疯子天才,正常人很难完全理解他的行为。但是他的画却并不因为你不理解而丧失效用。恰恰相反,它总是能带给站在它面前的人强烈的感觉。

通常这是一种怪异的、让人很不舒服的、惊慌的感觉,仿佛它一语道破了某些在心里隐藏得很深的可怕东西。

韩裳把注意力从周围的参观者们身上移开。在决定直面达利的作品之后,却总是被这样那样的事情吸引,她觉察到自己的问题了。

从踏入这间展厅开始,她已经下意识地知道,达利会带给她特别的经验。潜意识会试着让人避开不愉快的事情,但这并不总是正确的选择。许多时候,人需要的是面对而不是逃避。

她抬起头,面前的是达利最著名的画作——《记忆的永恒》。

这幅作品完成于1931年,首次亮相于1932年纽约朱利恩·列维画廊的超现实主义多人展上。画中耷拉在树枝上的"软表"形象,已经成为整个二十世纪最具象征意味、最奇特的幻想之一。韩裳在印刷品上看过这幅画,但她没想到,和真正站到这幅画的面前比,两者之间的感觉差异会这么巨大。

躺着的怪物,几块软软垂下的钟表,盘子里的蚂蚁,远处的山脉和蓝色中有着一抹明黄的苍凉天空。这些极不协调的物件出现在同一个空间里,却组合成了强烈的宁静,而这宁静又延伸成了永恒——极其怪异的永恒。

韩裳的心突然猛地跳动起来,画面中央那个怪物,那匹头隐没入黑暗中,而尾部长着眼睫毛、鼻子和舌头的马让她移不开眼睛。她产生了错觉,看到这个怪物开始慢慢移动,四周的黑暗像波纹一样一圈圈荡漾起来。

韩裳闭上眼睛,她想让自己镇定一下,可是幻觉并没有消失,反而在她的身体里,在她的颅骨之间来回穿梭着,化成一些似曾相识的影像。

不能这样!韩裳知道她还站在展览厅,而不是在自己家里,可以慢

《记忆的永恒》,达利,1931年(郑昌涛临摹)

慢等待幻觉消失。她强迫自己睁开眼睛,整个世界都在旋转。她失去了重心,仰天倒了下去。

　　展厅里响起一片惊呼声。

第十五章

　　身体在这一刻已经失去了控制，韩裳努力想要弓起背，别让后脑先着地。从倒下到摔在地上，只需要几秒钟，可是失重的感觉却仿佛持续了很长的时间，在不同的时刻，时间的流逝并不均衡。

　　她终究没有真的摔倒，背后揽住她的那条胳膊再次使力，把韩裳扶了起来。旁边坐在椅子上休息的一对情侣连忙站起来，给韩裳和救她的人腾出空位。

　　韩裳已经从幻觉里挣脱出来，天旋地转的情况也好了许多，只是心脏还在嗵嗵跳着。她不好意思地向扶住她的人笑了笑。

　　"谢谢你啊，嗯，我们是不是在哪里见过？"

　　"在训哥的聚会上。"费城微微一笑，"你刚才怎么了，好险被我接住了。"

　　他只是想找个能转移注意力的地方，看达利的画展是他能想到的最好选择。刚进展厅就看见一个很像韩裳的背影，狐疑着走上前想看看清楚，却见这个高挑的女人晃了几下，直冲他倒了下来，像被风吹倒的麦秆。

　　"忽然有些头晕，可能是没吃早餐的原因吧，现在我已经好多了。"

　　"你关了手机吧？"

"啊,是的。"韩裳惊讶地回答。

"我有事要找你,从周训那里要到了你的电话。本来想晚些时候再打看看,没想到这么巧。"

走出展厅,韩裳觉得身体一下子变得轻飘飘起来,地球的重力都改变了似的。人是靠感觉来认识这个世界的,达利的作品无疑能影响人的精神状态,从某种意义上来说,这也是创世。心理可以改变一切,心理学可以把握心理,韩裳相信这一点。

美术馆的旁边就有咖啡馆,两个人走了进去,转眼之间点的咖啡就上来了,速度之快让费城惊讶。

"你需要糖吗?"韩裳问。

费城摇摇头:"我喜欢喝清咖啡,苦苦的最能喝到原味。"

"那你的这份就给我了。"韩裳又向服务员多要了一份,把三份糖浆都倒进小小的咖啡杯里。

"我和你正好相反,要加糖,而且是很多糖,只需要有一丝苦味从甜味的缝隙里透出来,就足够了。对我来说这就是最棒的咖啡。"韩裳把精致的金属杯勺搅得飞快,让糖浆迅速化开。

"你总是这么特立独行。"费城由衷地说,"就像那次聚会上一样。"现在太多人把不加糖喝清咖啡当成一种趣味的象征,费城自己也说不清楚当初爱上这种喝法有没有这个因素在起作用。

"并不是特立独行,我只是说出自己对神秘主义的看法。"韩裳放下杯勺,稍稍抿了一口。

"你认为神秘现象不存在吗?听说你在写一篇有关的论文。"

"必然存在很多现今科学无法解释的现象,人类还处在相对蒙昧的时期,蒙昧会形成神秘感,但这和神、命运、菩提、道无关。至少就我目前所了解到的神秘事件,都可以用心理学加以解释,而我的论文就是试图建立一个神秘主义和社会心理之间关系的简单模型。你找我的事情,和这有关吗?"

费城咽下一口咖啡,让苦味顺着舌根慢慢流向心里。他以为已经可以平静地面对遭遇到的情形,可是不行,就在他准备把一切告诉韩裳,而在心里回忆起相关的细节时,恐惧也相伴而来。

费城虽然一时无语,可是脸上的神态已经有了些变化。韩裳看在眼里,心里不禁对他要说的事情热切起来。

费城这样周折地找这么个和自己只有一面之缘的人,当然是为了某件对他很重要的事。看他这刻困扰的神情,难道真是有什么难以解释的事情发生在这个男人的身上了?关于神秘主义的案例,韩裳大多是道听途说收集来的,如果能参与到一件正在发生的神秘事件中,并且用她的理论解决,对她的论文写作,会产生多重要的帮助啊。

费城只是略微踌躇,平复了心情,就开始向韩裳讲述。他早晨已经对周训说过一遍,这时讲得更有条理,那本《昨日的世界》自然也免不了拿出来给韩裳看。

韩裳听得极其用心,并且常常将一些内容复述出来,在费城确认后把主要情况记在随身携带的本子上。

"这很有意思。"韩裳看完《昨日的世界》相关章节后说。

"或许对你来说很有意思,但对我就糟糕透了。"费城有些不快地说。他现在希望韩裳能告诉他一个解决方案,或者向他分析这可能是怎么回事,而不是这样一句轻佻的评价。

韩裳微微一怔,她刚才这么说是想调节一下费城僵硬的心情,看来这个努力不太成功。

"那么,你希望从我这里得到什么样的帮助呢?"韩裳问道,不过她没等到费城回答就接着说,"我不是那种所谓的大师,你知道我并不相信这些东西,既不能给你画一张符,也不会拿着桃木剑为你驱邪。而我刚才从你这里了解到的,对我来说是完全新鲜的经验,从前我也没有听说过类似的案例。"

费城听得越来越沮丧,他努力不让这些情绪太过明显地表露出来。

"但是,我可以就我的知识体系,说一下我初步的推测,当然,这是和'大师们'不同的另一种角度。"

"哦,好的。"费城松了口气,连忙点头。

"首先,你所有的疑惑,实际上都是从这本《昨日的世界》里来的。这里面涉及一个问题,就是这本书里的记载是否属实。"

韩裳看见费城想要反驳,抬了抬手,让他耐心听自己说下去。

"你或许会说,这是茨威格自杀前一两年写的回忆录,他不会在这样一本书里撒谎。可是,有时候叙述的准确与否,并不在于当事者是不是想说谎。这本回忆录里所讲述的事情,在茨威格开始写作的时候已经过去了很多年,他是靠着回忆进行写作的。人的回忆是非常不牢靠的,也许你不了解,常常存在着一种虚假的回忆。出于某些心理因素,人的回忆会慢慢变化。在潜意识巨大的黑暗空间里,最初真实的一点记忆会默默地改变,悄悄地在最原始的材料上添砖加瓦,最后形成一个和真实事件相去甚远的回忆。在心理学上,这叫作记忆的移置,顺便说一下,这是一种很普遍的现象。"

"移置……"费城重复了这个词,他对此不是很有信心。

"当然,也可能茨威格没有记错,确实发生了这些巧合。而你在担心这些并不仅仅是巧合。"

"是的。"仅仅用记忆的移置来解释,费城可没法安心。

"那么,我有另一些想法。还不太成熟,只是刚才听你说的时候,忽然从脑子里冒出来的。我得承认,我在美术馆里的失控和这有点关系,达利的作品让我不舒服。"

"达利,不舒服?"费城想了想,问,"你是说他的画太怪异,或者说比较丑陋?"

"艺术是有力量的,这点所有人都承认。"韩裳没有正面回答,"艺术对人产生影响,然而通常我们只会注意到艺术的正面影响,而对它的负面影响很少提及。比如绘画作品,它可以让人愉悦、兴奋、陶醉,同样也能让人愤怒、悲伤、沮丧甚至绝望。相比绘画,文学和戏剧要更容易调动人的情绪。"

"你是说,茨威格的戏剧之所以会死人,是因为让人过于悲伤或者愤怒?"

"极端的情绪会明显改变人的生理状况,而演员都是敏感的人,伟大的演员更是非常容易受到剧本人物的影响,这也正是他们伟大的原因。"

"可是,死去演员的死因都各不相同啊。"费城对韩裳的观点依然相当怀疑。

"当然,我也看到了,他们死于各种疾病。但是你要知道,我们的体内随时都生活着许多病菌，只是因为免疫系统的正常工作，它们才不至于让人生病。如果免疫系统因为什么原因降低了效率，人会得什么急病就难说了。"

"可是，茨威格的成就并不以戏剧见长，我想他不能算是最顶尖的戏剧家吧，连演莎士比亚悲剧的演员都没听说有这样连续死亡的案例，难道茨威格戏剧的感染力要超过其他所有戏剧家写出来的剧本吗？"费城很快又找到了韩裳论点的另一个漏洞。

"没有听说，并不代表没有发生过，这样的事情，如果不是剧作家自己把这一系列的死亡联系起来，别人是很难发现的。"

费城觉得韩裳真是雄辩滔滔，可是这种雄辩并不能完全打消他的疑虑，心里还是空空落落地不踏实。

"那么即使按照你的这种推测，我如果要自导自演这出话剧，依然会有危险，不是吗？"

"看来你对自己的期许很高啊。"韩裳调侃了一句。

"呃，我是说，夏绮文可能会有危险。"费城欲盖弥彰地辩解着。

"这样，我回去整理一下我的思路，再试着查些相关的资料，你这里要是有新的状况就及时告诉我，我们来一起分析应对。《泰尔》这出戏正式排练的时候，你定期到我这儿来，缓解压力，尽可能减少角色对你的影响。如果死亡原因真如我所料，相信完善的心理辅导可以帮你远离死亡阴影。"

"好吧。"说完这两个字，费城长长吁了口气，想把心中一切不安都吐出去。然而，他却禁不住暗自想着，如果事情并不如韩裳所料呢？

第十六章

"其实我让快递给你送过来就是了,何必亲自跑一趟呢?"费城打开门让夏绮文进来。

夏绮文换了拖鞋,冲他笑笑。

"我可不愿意让快递知道我住在哪里,我是说,他们有可能会认出我来。"

费城一拍脑袋:"哦,他们肯定能认出你,我没想到这一点。可是你没有雇保姆吗,让她代收不就行了?"

"我不习惯有保姆住在自己家里,我对她们总是缺乏安全感,所以保姆只是定时来我家打扫。啊!"夏绮文惊呼一声,因为毛团又跑到门前,"喵呜"叫了一声。

费城揪着后颈把它拎到面前,对着它的眼睛和扁鼻子说:"不要每次来客人都跑出来,要知道不是人人都喜欢你哟。"

毛团被扔到早已经变成猫乐园的封闭式阳台关了起来,它努了努嘴,摆摆尾巴,找了个位置趴下来张望外面的世界。

"不要给我弄茶了,说实话我对它并没有太大的兴趣,有什么其他的饮料? 我就不和你客气了啊。"

费城打开冰箱看了看。

"冰可乐?"

"这是不健康的饮料。"夏绮文俏皮地皱了皱鼻子,这个属于少女的动作让她顿时年轻了五岁。

"不过我喝。"她接着说。

费城把《昨日的世界》取出来给她,夏绮文接过,放进她的CHLOE大拎包里。

"没想到你看得真是快,这书还挺厚的呢。"夏绮文说。

费城回到家之后,用冷水洗了脸,眼睛里的红丝也淡了,看起来比早上好得多。

"我昨天……看了一晚上。"费城说。

"哦,这么用功。觉得怎么样,应该对茨威格这个人有大概的了解了吧?"夏绮文问。

费城沉吟不语。到底要不要把某些事情告诉夏绮文,他一时拿不定主意。

这样的事情,本该告诉夏绮文这个原定的女主角,可是万一夏绮文听说之后,甩手不演,那该怎么办?

杨锦纶答应提供资金,其中有相当程度的原因,是夏绮文肯出演。要是夏绮文缩了回去,资金也极有可能泡汤。而这出戏要是演好了,不管是作为导演还是演员,费城都是前途大好,可以从经纪人这个对他来说食之无味、弃之可惜的行当中解脱出来。导一部有影响的剧,是他做梦都想的事情呵。

"怎么,对这本自传不满意吗?"夏绮文误会了他默然的原因。

"哦,这本书的确和我原先想象的不同。实际上,茨威格并没有把笔墨的重心放在自己身上,而是借着自己的经历,来写整个时代,即一次大战前到二次大战前的欧洲。还有在这个时代背景下,整个欧洲的文化名人们,像维尔哈伦、弗洛伊德、施特劳斯、达利、高尔基、罗曼·罗兰。偏偏他个人的东西很少,甚至连他的婚姻都没有提及。"费城决定把这件事情瞒下来,一宗虚无缥缈的神秘事件,如果夏绮文是个坚定的无神论者,没准说出来还会被她嘲笑呢。

"唔……"夏绮文应了一声,低下头去吸起了可乐。

白色的吸管一下子变成了乌黑,她吸得很慢,吸了一大口,所以很长时间里,她都没有抬起头。费城有些担心,她或许是看出了什么,又在怀疑着什么?韩裳说得对,真正有水准的演员,都具备一颗敏锐的心。

夏绮文抬起了头,向他微笑,仿佛什么都没有想,一切只是他多心。

"这么说,你还是得多看一些他的小说传记找找感觉呀。"她笑着说。

"是的。"费城点头。

"去!"一声呵斥带着星点唾沫溅在面颊上。

跛腿张收起卑微的笑容,脸上的皱纹又凝固起来。他直起腰,拖着那条瘸了的左脚漠然离开,双肩一高一低地向另一辆停在路边的车走去。

昨天他还在离这里三条街远的地方行乞,可是夜里有几个比他更强壮的乞丐把他赶出了那个路段。他们说,那儿已经饱和了,再容不下他。饱和对他来说是个不怎么熟悉的词语,他只知道自己笑得好,腰弯得也低,每天讨来的钱都比他们多一点。

每次路口红灯亮起,他都会挨个走过排队等候的车辆,向司机讨钱。戴袖章管交通的老头收了他两包牡丹烟,就不再管他了。绿灯的时候,他会到一些停在路边的车辆跟前讨,就像现在。

跛腿张在驾驶室的门前站定,透过深茶色的玻璃,他看出里面有人。笑容再次出现在脸上,刀刻一样的皱褶变得更锋利了,让笑也变得深刻起来。他尽量让自己显得更恭敬些,双手合十,不说话,只是不停地鞠躬,腰弯成九十度,一次又一次,像个虔诚的礼佛者。

车窗玻璃降了下来,但只落了一大半就停住了。

里面的人露出脸来,冲老乞丐笑了笑。

跛腿张向后一缩。

不是所有的笑容都代表亲切,比如眼前这个左脸上爬了一条"蜈蚣"的人。

车里人笑得更加欢畅了,他知道怎么让自己的笑容变得狰狞可怖,有了那道伤疤,他很容易就能做到这一点。还没出狱的时候,他常常以此吓唬新犯人。

跛腿张低下头,决定放弃,早点从这个人身边离开。虽然隔着一道车门,他还是觉得不安全,风里雨里混了这么些年,他知道什么样的人是危险的。

"喂。"

跛腿张应声回头,一枚亮闪闪的硬币从渐渐升起的车窗里翻转着飞出来。

"谢谢,谢谢,谢谢。菩萨保佑你。"他又鞠了几个躬,慢慢走开。

收回望向跛脚老乞丐的目光,他又开始紧紧盯着不远处那幢大楼的出口处。

他已经在这里待了一段时间,他不知道还需要待多久。

他抬头向上看,那儿太高,被车顶挡住了。他知道在这幢楼的十八层住着谁,他对这个小伙子很感兴趣。当然,他也很年轻,可是他自己觉得已经老得很了。

他又等了一会儿,并没有一点不耐烦。这个年纪应该有的浮躁,都已经被铁窗生涯磨平了。有时候浮躁是因为害怕,因为对这个世界的陌生。见识到足够多的东西之后,人就会平静下来。

他从旁边的空座位上把金属盒子拿起来,将塔罗牌从里面倒出来。他闭上眼睛,让身体沉静下来,他想象有一道光从天外缓缓而来,自他的额头进入,贯通了整个身子。然后,他把牌按照一定的顺序切了三遍。

这是一种仪式,人类通过某些特定的仪式来表现自己的虔诚,以换取帮助。

现在,最上面的那张牌,就是指引。指引总是晦涩不明的,它不会明确地告诉你未来是什么,有时候看到指引的第一直觉,才是最宝贵的钥匙。

他挺直地坐着,从颈椎到尾椎一条直线,所以睁开眼睛的时候,还没来得及低头看手里的牌,就见到一辆黄色的跑车从目标大楼的地下车库里慢慢驶出来。

和车的颜色与式样形成反差的是,两侧车窗的颜色比他这辆车还要深,以至于完全看不清驾驶员的面目。

他不需要看见驾驶员的脸,这辆车实在太显眼了,他知道坐在里面的那个人正戴着一副大墨镜,明星总是这样。

在大城市里,跑车的性能再好,也发挥不出来,更会平添危险。夏绮文小心地踩着油门,她的一个朋友就是因为在路口起步时,油门踩得稍急,车头撞上了前一辆起步缓慢轿车的后厢。

在她的后视镜里,一辆黑色的桑塔纳正从路边驶离,跟了上来。

对一个没有反追踪经验的人来说,车来车往的马路上,这样的情形太平常了……

夏绮文已经离开了一会儿,费城捧起一本茨威格短篇小说集,很快就看完了第一个短篇《普拉特的春天》。

这个短篇里的主人公是生活在19世纪末20世纪初的欧洲的一位交际花,因为一次小事故,而使她得以有机会重新回到朴素的乡村姑娘的状态,找到了她的春天和爱情。

实际上费城并不觉得这篇小说有多好,那些华丽的辞藻和散发着春日慵懒青草气味的故事一点都没法打动他。他放下书,站起来,在书房里踱了几圈。

《达利塔罗牌之世界》(郑昌涛临摹)

大概，不是茨威格的小说不好，而是他始终不能让自己安静下来，进入茨威格的小说世界吧。

费城对自己的定力感到失望，可是没办法，那个挥之不去的梦魇总是盘踞在心里的某个角落。

或许真的需要心理辅导呢，他想起看过的一些香港电影，那里面担任心理咨询师的全都是妖娆的美女。记得有一个梁朝伟主演的片子，女主角就是心理医生，有着长腿和电眼，由陈慧琳扮演。韩裳的腿也很长，眼神也不错，但不是媚，而是犀利。她似乎随时准备着，要和别人来一场论战，让别人在她的观点下匍匐。

这样神游了一小会儿，他反而觉得安心了些。但他不准备立刻接着看茨威格，而是坐到了电脑前。

小望：

你好，你去德国已经快一年了吧，一直都没有联系，不知你过得可好。或许你听说了，我叔叔去世了，最近忙得焦头烂额。

我碰到了一些事情，可能是麻烦。具体的以后有机会再详说，眼下有一件事，请你务必帮忙。

你在德国，不论是上德语因特网或者去图书馆，有几个人的资料，需要查一下。

首先是三个演员，应该是上世纪初去世的，请查一下是否有这三个人，去世的确切年代，以及去世的原因。

1. 阿达尔贝尔特·马特考夫斯基（Adalbert Matkowsky），德国人。

2. 约瑟夫·凯恩茨（Josef Kainz），奥地利人。

3. 亚历山大·莫伊西(Alexander Moissi),奥地利人。

还有一个人,可能难查一些,我这里查不到他的原名,中译名叫阿尔弗雷德·贝格尔,可能担任过维也纳城堡剧院的经理,有男爵爵位。

这对我来说很重要,查到了请立刻回复我,谢谢。

费城 2006.10.31

费城移动鼠标,轻轻一点,很快就看到成功发送电邮的窗口弹了出来。

第十七章

韩裳正在看书——《昨日的世界》。

这本是三联书店版的,装帧不如费城买的那本漂亮,是费城走后,她在家门口的打折书店里买到的,价格要便宜不少。

她看得很快,其实她以前看过这本书,当时并没有特别留意费城指出的这些段落,只当作是一宗异闻,看过就忘记了。

或许每个人在看这本回忆录的时候,在这一章节都一笑而过,不会当真。只有费城笑不出。

她已经飞快地把全书浏览了一遍。除了"我的曲折道路"这一章,茨威格在任何别的地方,都没再提到过他的戏剧创作,以及这一连串神秘死亡。

这本回忆录,是茨威格回顾自己作为一个奥地利人、犹太人、作家、人道主义者、和平主义者所经历的19世纪最后及20世纪最初的数十年。就像缓缓播放着一部历史幻灯片,讲述个人见证的历史大事件中的一些小细节,社会各种思潮的剧变,以及自己所分析的两次世界大战的远因和近因。名为自传,其实在绝大多数的情况下,茨威格扮演的是一个旁观的解说员身份,极少会把笔墨花费在只对他个人有意义,而与整个世界无关的事情上,遵循这样的原则,他给自己的婚姻和两任妻子

弗洛伊德肖像，这是达利1938年首次拜访弗洛伊德时为他画的素描

的总篇幅不超过二十个字。可是，他却用数千字讲了一个"鬼故事"，显然，这一连串的事件给他的震动太大，让他再怎样克制，都无法不提上一笔。

韩裳把《昨日的世界》合拢放到一边，先前泡的茶已经凉了。

她喝了一口，茶浓得发涩。她要在咖啡里放大量的糖，可是茶却喜欢泡得很浓；她睡眠不算好，却又爱喝浓茶。这很矛盾，但人就是矛盾的动物。

她需要收集足够多的资料，然后才能进一步地分析。她可以想象得到，如果最终可以证明，艺术竟然会对人产生这样恐怖的影响，将要引起多么广泛的争论，甚至衡量艺术的标准都会改变。从来没有人系统地对这方面做过研究，现在就让她从茨威格做起。

在Google中文版里输入"茨威格"，搜索到了超过八十万个相关网页。最有用的相对会集中在前一百个，韩裳往茶里加了些热水，坐在电脑前一页页点开。

茨威格生逢乱世，这种不幸常常会造就文学大师，知识分子总是能在纷乱混沌中发出指路的光芒。另一方面,与社会的险恶相反,茨威格有幸生活在当时欧洲文化的中心维也纳。几十年中,贝多芬、莫扎特、约翰·施特劳斯父子、李斯特、肖邦在那里生活和活动,群英荟萃,人才云集。茨威格生长于维也纳一个犹太富商的家庭,父亲经营纺织业发家致富,母亲出身于金融世家,属于奥地利上层社会。在十六岁那年他发表了最早的诗歌,从此便踏上了通向大师的道路。

实际上韩裳对茨威格早就有了相当的了解,研究弗洛伊德理论是她的研究生课程,也是她的个人兴趣,而茨威格算得上是在所有的小说家中,把弗洛伊德理论应用得最得心应手的一位。

茨威格是比弗洛伊德出生稍晚的同时代人,早在维也纳时期,茨威格就拜访了这位"伟大而严肃的学者"。两人是好朋友,彼此一直有书信往来,在一起探讨过许多问题。弗洛伊德在提出精神分析学说之初,备受非议,被学术界嗤之以鼻。在那样的岁月里,茨威格却盛赞他"不只是一个观察者,而且是一个毫无同情心的明察秋毫者。……如果说尼采用的是锤子,那么弗洛伊德整个一生用的就是这把手术刀在进行哲学思考。"

这样的推崇本身就说明了茨威格对弗氏学说的深深认同感,从小说到人物传记,这份认同几乎在他每一部作品里都留下了烙印。他不仅重视探索精神世界,更多次描写梦、潜意识、性幻觉等传统文学很少涉及的领域。

就"激情"主题而言,在茨威格之前的不少作家都曾以此为题材。茨威格的与众不同在于,在他作品中反复出现的心灵激情是带有精神分析印记的。他着意刻画的是潜意识的冲动,欲望与意识之间的冲突,本我和自我的冲突。如果用弗洛伊德精神分析学的专用术语来表达，茨威格作品中的激情就是心理结构中的潜意识、人格结构中的本我活动。

弗洛伊德把潜意识提高到了前所未有的高度，认为它比意识更深刻、更重要。在他之前，没有人相信潜意识具有超凡的力量，甚至远超过了意识。如果把意识比作海面，那么潜意识就是幽深的海底，那里充满了暗流和旋涡，并且漆黑一片。不过，正如现实中人类对深海的无知一样，在弗洛伊德的引领下一百年来越来越多的人把目光投往意识之海的深处，可那儿还依然保留着太多的神秘。

大多数介绍茨威格的网页都会提到弗洛伊德，韩裳在浏览的时候，忽然想到一个问题。

好的艺术作品，可以让人在看的时候产生明显的情绪波动，然而从心理研究层面上说，并不是所有的情绪波动都是表面化的。有许多的波动可能连本人都无法察觉，或者不愿意承认，但却会产生深远的影响，就如海面和深海之间的关系一样。那么一个研究弗洛伊德理论，并把潜意识理论应用到创作中的作家，其作品对读者的影响力，是否也会深入到"深海"呢？在当事人自己并没有感受到异常的情况下，意识海的深处已经被搅成一团乱麻，以至于连健康状况都大受影响。

这个思路让韩裳大受振奋，也许这就是关键所在！在茨威格的小说传记的读者中，可能也有许多因此而健康恶化，甚至死亡，但其迹象不如名演员死去这么彰显，所以没人把这两者联系起来。

可是这样一来，茨威格岂不是变成了一个可怖的杀人凶手？这个推想让韩裳自己也有些瞠目结舌。而且依此推想,自己看茨威格的小说和自传,岂不是也暗伏着危险吗?

韩裳摇了摇头,又有些狐疑起来,要对潜意识产生这么极端的影响,已经超出了心理学的一般范畴。对任何生物而言,生存下去是原力,她的推想,等于是承认茨威格有逆反原力的力量,这可能吗?

她重新拿起《昨日的世界》,又读了一遍相关内容,想看看自己是否漏掉了什么东西。

她的确想到了一些新东西——一个被她错过了的盲区。

导致三位名演员和一名导演死亡的四部剧,后来的命运到底怎样?是就此停演,还是换角继续排练而后演出呢?

在阿达尔贝尔特·马特考夫斯基出演《忒耳西忒斯》死去之后,茨威格这样写道:

> 算了,我心里想,就此结束。虽然现在还有其他两家宫廷剧院——德累斯顿王家剧院和卡塞尔王家剧院愿意演出我的这出剧,但我已兴味索然。马特考夫斯基去世后,我想不到还有谁能演阿喀琉斯。

这样的叙述很容易让人产生,这部戏此后再也没有上演的印象。可是细细想来,却又未必。

茨威格只是一个剧本作者,在卖出剧本之后,是否上演、什么时候上演的权力在剧院,而不在他。站在剧院的立场上考虑,主演在演出前死去,并不一定会影响整部剧最终的演出,特别在剧院方对剧本满意的情况下更是如此。他们大可以换角出演。

并且,在首演之后,会有其他剧院不同版本不同演员阵容的演出,还可能翻译成不同的语言,在不同的国度演出。那么这些之后的演出死人了吗?

一段原先忽略了的内容似乎印证了这个猜测。在写完因《大海旁的房子》而死去的阿尔弗雷德·贝格尔男爵的遭遇后,茨威格写了这样一句话:

> 即使到了十多年以后,当《耶利米》和《沃尔波内》在战后的舞台上用各种可以想得到的语言演出时,我仍有不安之感。

综合网上可以查到的资料,茨威格一共写过或者说公开了七部剧,除了导致死亡的《忒耳西忒斯》《粉墨登场的喜剧演员》《大海旁的房子》之外,还有《一个人的传奇》《耶利米》《沃尔波内》《穷人的羔羊》。也就是说,算上皮兰德娄的译本,他也只有一半的剧作死了人。茨威格当然不会把这个"鬼故事"告诉要上演他剧目的剧院,所以,以《耶利米》和《沃尔波内》的受欢迎程度,他的其他几部戏,也应该有类似的遭遇才对。

为什么不是茨威格所有的剧都会让主演死亡这个问题,韩裳还勉强可以用不同的艺术作品对人的震撼力程度不同来解释。可要是那几部死了人的剧,都只有在首演的时候,才会死一个主要演员或导演,她的艺术影响情绪致死的推想就要垮台了。

难道真的存在什么诅咒吗?

韩裳用手按住两边的太阳穴,那里正在突突地跳着。

她还不愿意就这样放弃自己的推想,有缺陷的理论并不代表没有价值,她需要更多的线索来完善。

　　网上查不到《忒耳西忒斯》等三部剧之后的演出状况,有什么其他的渠道可以了解呢?

第十八章

这是 10 月 31 日的夜晚,万灵沸腾之时。

公元前 500 年,居住在爱尔兰、苏格兰等地的凯尔特人认为这一天是夏季正式结束的日子,也就是新年伊始,严酷的冬季开始的一天。他们相信,在这样的夜晚,故人的亡魂会回到旧居地,在活人身上找寻生灵,借此再生,这是人死后能获得再生的唯一希望。于是人们就在这一天熄掉炉火、烛光,让死魂无法找寻生者,又把自己打扮成妖魔鬼怪把死魂灵吓走。而在某些部落里,他们甚至会选择在这个夜晚,把活人杀死来祭奠亡灵。

这是一幢空房。如果把挑高穹顶垂下的辉煌水晶吊灯打开,金色的光线就会从无数个切面折射出来,照亮整个考究的欧式客厅。座椅和柜子是西班牙风格的,火焰状的哥特式花格以浮雕形式出现在各个细节上,涡卷形、人形和花形等深雕图案则以镀金涂饰,尽显繁复、华丽的西班牙风情。沙发和茶几则更近于意大利风格,几乎所有的切割都以黄金比例,展现出一种浑然之美。在墙上还挂着一幅油画肖像,这是一位名画家为主人画的,女子在画中浅笑着,美丽而神秘。

如果走进旁边的卧室,则会有全然不同的感觉。这里几乎所有的家具,包括床,都是产自印度尼西亚的藤制品,竹藤做的大床,红藤屏风一侧的白藤梳妆台,造型内敛宁静,充满东方气息,就连墙上挂着的画都是水墨的国画。

不过现在,华丽或雅致的一切都隐藏在黑暗里,一团一团,影影绰绰。

在黑暗里传出一声"吱——呀——",宛如叹息。

很轻,但在这个绝对安静的环境里,显得很清晰。如果主人在的话,她会被吓得亡魂直冒。屋子里没有老鼠,也没有养任何宠物,这个声音是从什么地方发出来的呢?

不过,时常会从半夜里醒来的人,听见什么地方传来突兀的怪声,并不是罕见的事。或许是地板的一次爆裂,或许是气流吹动了门帘,或许是其他的什么。所以这样一记声响,可能并没多少怪异之处。

一道白光如电般闪过。

窗外的夜空并未下雨,也没有雷声。这白光是从屋子里闪起的。

嚓的一声,又是一道电光。

白光闪灭的速度太快,如果有一个旁观者,这白光只能在他的视网膜上留下些残影。但要是这个旁观者就是房间的主人,瞬间的残像,已经足以让她发现,一团团重新遁入黑暗的影子里,有一团原本并不属于这间屋子。

嗒嗒嗒……一连串的轻微声响从门口响起。

然后是更清脆的哗啦啦声,门开了。

手在门边熟练地一按,玄关处的灯亮起。

夏绮文回来了。

刚参加完一个万圣节的假面party,喝了些红酒。还好没有警察在路上把自己拦下来测试酒精,她庆幸着。不过这一点点酒,也未必能测出什么来吧。

换了拖鞋,把包随手扔在客厅的沙发上,她径直走进浴室。脸上的妆虽然不比出席公众场合时的浓妆,但也得快点洗掉。干这一行皮肤保养很关键,拍戏时的浓妆和为了一些特殊效果上的特殊妆,外加高强度的工作时间,对皮肤的伤害太大了,平时得抓紧机会补回来。

植村秀的卸妆油不错,用指腹在脸上慢慢研开,妆立刻浮上来,一洗就干净了。然后是洗面奶。

夏绮文微微弯着腰,细致地按摩着脸上的皮肤。客厅里的大灯并没打开,整个家里只有玄关处的小灯和浴室里灯亮着,其他的地方都是暗着的。她并不喜欢在晚上把所有的灯都打开,一个人住,太过灯火通明,会寂寞的。

她的动作很轻很慢,地上的影子向门口延伸,修长的脖颈让头影正好伸出门槛,和手影混合在一起,在浴室外的地上缓缓变化着形状。

水从龙头里流出来,在洗脸槽里打着转。卫具很高级,不会有水花溅出来,水流声也很轻,如果这里不是这么安静的话,甚至轻得听不见。

夏绮文的手停了,她慢慢抬起头,眼前是面椭圆形的镜子,清楚地照出了身后的情形。

她的呼吸和心跳都快了起来,有些犹豫地转头向后看。

和镜子里照出的一样,什么都没有。

她长出了口气,心跳逐渐正常起来。

或许是一个人住的孤单感,夜晚,她时常会有回头看的冲动,仿佛在她看不见的角落,有什么怪异的令她恐惧的事情正在发生。深夜里走夜路的人常常有这样的恐惧,可夏绮文知道,自己已经超出了正常的情形,这是强迫症,一种心理疾病。就像刚才,镜子已经告诉她身后什么都没有,自己却还是忍不住回头去看。

是的,什么都没有,这个家里现在只有她一个人。夏绮文这样告诉自己。

洗去洗面奶,擦干脸,夏绮文褪去T恤和牛仔裤,打量着镜子里的身体,伸手摘去胸罩,连同底裤一起抛进洗衣篮里。她站得远了一点,好让镜子照出大半个身体,又侧过身子,用手托了托乳房下沿。

依然是让每个男人都呼吸困难的形状,但她自己知道,和几年前比,已经稍有不同了。好在臀部的曲线还没变,依然翘挺并且结实。

夏绮文不喜欢盆浴,满浴缸的泡泡对她来说没有一点吸引力。所以她没买宽大的按摩浴缸,而只装了简单的淋浴房。她喜欢急促的水流冲击在皮肤上的感觉。

她并没有关上浴室的门,只有她一个人在,这没必要。

淋浴房的内侧挂满了水珠,又蒙上了一层淡淡的白雾。影影绰绰的身体在里面变化着各种姿势,比刚才完全赤裸时更具魅惑。

水流溅击在躯体上的声音突然停了,夏绮文关了淋浴龙头。身上还有些泡沫没有洗干净,她皱着眉,心里疑惑不定。

刚才似乎听到了什么声音,可淋浴龙头的水声太大,掩盖掉了,没有听清。可现在关了龙头,却又什么动静都没了。

几滴水珠滑落,发出极轻的嗒嗒声。

是听错了吗?

隔着淋浴房,看出去模模糊糊的。夏绮文拉开了一线浴房门,往浴室外扫了几眼,轻轻吁了口气,关上门重新开了龙头。

她把水量开得小了些,竖着耳朵,一边洗一边注意听有没有异常的动静。可是没有,她想自己是听错了。

洗完擦干,夏绮文披上浴袍,开始做面膜。这是一种黄绿色的矿物泥,从额头开始均匀抹开,一直到脖子,只留下双眼和嘴唇。

冰冰凉凉的很舒服,在接下来的二十分钟里,这些从海底挖出来的泥会慢慢变干,一周做两次,效果很明显。

夏绮文没有看自己在镜子里的模样就走出了浴室。晚上涂这种面膜,有时候自己会被自己吓到,整张脸变得青黄而木然,露在外面的双眼和嘴就像三个窟窿。

她打开卧室的灯,浴室的灯并没有关,她总觉得今天整间屋子的气氛有些奇怪,让灯多开一会儿,心里安定些。

她应该换上睡衣,等会儿把面膜洗去,上了晚霜就该睡觉了。或者,她可以先挑好明天出去该穿哪身行头。

卧室里有一整面墙,全都做成了衣橱,还延着墙角拐到了另一边,互为直角的两排衣橱加起来足有七八米长。这屋子里只有衣橱不是藤做的,而是花梨木。

不管是睡衣还是明天的上装下装,都在衣橱里。

可夏绮文只是看着衣橱,迟迟没有伸手去拉门。

面前这一长排衣橱里,挂的都是当季的衣服,而另一边较短的一排,叠放着其他季节的衣物。当然,冬季的大衣和礼服,都是需要挂起来的,另一间房里还有个大衣橱。至于穿过几次的过季衣服,又舍不得扔掉,便统统放在市中心另一处她不常去的居所里,有时慈善拍卖会用到它们。

卧室里的这排衣橱是特别设计的,里面的空间容量特别大,很深,并且是打通的。如果几个小孩子来家里玩,一定会选这里玩捉迷藏,当然,藏进个成人也不成问题。

夏绮文目无表情地盯着衣橱,脸上绿泥的水分正在一点点挥发。这段时间里她不能有任何表情,否则是起不到保养效果的,甚至可能会有皱纹。

心跳又加快了。她伸出手,拉开衣橱的一扇门。

吱呀——

里面挂着的衣服轻轻晃动着,这是因为门拉开时的气流。

她按了门边的开关,大橱顶上的灯亮了,夏绮文等了会儿,按着身上的浴袍,深吸了口气,把头伸进去。

一排排的衣服,没有什么其他的东西。

她慢慢把脸转向另一侧。

一如往常。

她松了口气,去取睡衣。

深蓝色的丝质睡袍,穿在身上,缎子柔滑的感觉舒服极了。可是夏绮文愣了一下,这件睡袍并不在它该在的地方。

虽在不远处她就找到了这件睡袍,可是记忆里,她不该把这件衣服放到那里的。

只能是自己记错了。

夏绮文换上睡袍,在冰箱里取出一瓶矿泉水,从床头柜上的药瓶里倒出两粒药,喝水吞下。

咿——呀——

夏绮文的心脏猛然收缩。这声音不是卧室里的,似乎在客厅。

她一时找不到什么能带给她安全感的东西,只好从床头柜上拿了一本厚厚的书作为武器。

水晶吊灯亮了,折射出的千百条光线瞬间照亮整个客厅。

什么都没有,她快步走到每一个房间,打开每一盏灯,然而这些屋子里,的确只有她一个人,在客厅里的大穿衣镜前,她又一次被镜子里的青面人吓出一身冷汗。

重新把各个房间的灯都关了,客厅的水晶灯也重新熄灭,她关了玄关的小灯,就打算回浴室洗去脸上的面膜。

玄关小灯熄灭的刹那,夏绮文全身一下子就僵硬了。

客厅重归黑暗,除了浴室方向有光线外,在她的正面,也有一缕光线。

那是从门上的猫眼里透进来的光。

外面楼道上的感应灯亮着!

慢慢把眼睛凑近猫眼的途中,夏绮文觉得她的心就要从嗓子里跳出来了。

在猫眼能及的范围内,楼道里看不见一个人。

夏绮文觉得自己后颈上的汗毛正在立起来。这幢楼楼道里装的感应灯,并不是老式的声控灯,而是红外线感应灯,一个有足够热量的生物,再怎样放轻脚步,都会让灯亮起来。

灯光灭了。

但是夏绮文知道,就在刚才,她的门口必然有过一个人。

洗去了面膜,夏绮文半躺在床上,仍然心神不定。大门已经反锁上了,可她还是觉得不安全。

今天晚上能睡着吗?

先前手上抓的那本书的一角已经微微有些变形。她调亮了台灯的光线,把书翻开。

既然一时睡不着,就看看这本《昨日的世界》吧。

第十九章

韩裳知道自己在做梦。

她曾经做过一次关于梦境的调查,问题就是"有没有在做梦的时候知道在做梦"。有点饶舌。

一部分人说,从来没有过这种经验。也有人说,知道自己在做梦的时候,梦就醒了。这两种人最多。

只有极少的人,当他们在做梦的时候突然知道这是梦时,就能在一定程度上控制自己的梦境。比如成为超人,像《骇客帝国》里的尼奥那样。

从来没有这种经验的人,通常梦做得也很少,他们完全沉浸在现实生活中,并且习惯在现实中释放情感;一领悟就醒来的人,常常不具备丰富的想象力,对自己的梦在内心没有信任感;而知道自己做梦后,就能掌握梦境的人,对未来有着强烈的期盼,他们小心翼翼地呵护住梦境,不让它轻易破灭。

韩裳自己没有接受这次调查,否则,就会出现第四种答案。

知道自己就在梦中,但是无法醒来,也无法操控。梦境如缓慢的泥石洪流,卷着她前行。

那种感觉有点像梦魇,每当这时韩裳就会由衷地生出无力感,而这恰恰是她最痛恨的。

很暗。

不是没有光的暗,而是灰色的,让人透不过气的暗,直接压在心上的暗。

有太阳从窗户外射进来,冷冷的,没有一点温度。

这到底是什么地方,韩裳一直想不清楚。而她也很难直接去观察四周,当她这样试图时,周围的一切就会模糊得看不清楚。梦有自己的意志,它想给你看什么,你才能看到什么。

面前站着的人正在低着头说话。先前还看不清脸面,忽而又能看清了。这是个中年男人,有着棕色的头发和大鼻子,因为低着头,所以看不见眼珠,但显然这是一个欧洲人。嗯,其实,韩裳知道,他一定是犹太人。

他说话的速度时快时慢,并不是用中文,可能是德语。梦总是这样,你知道某件事,但却不明白理由。韩裳不懂德语,可这是在梦中,她完全理解这个犹太人在说什么。

他在忏悔着,为自己怪异的癖好而深深不安。

他是一名牙医,每天都有许多的病人,当然,其中会有些年轻的女性。他让她们张大嘴,用扁平的木签伸进去拨来拨去。这看起来是工作的一部分,然而没有人知道,粉红色的、温热的、湿津津的舌头对他有着强烈的吸引力。有时他甚至忍不住,找了某些理由,把手指伸进女病人的口腔,在里面搅动。当他抚摸或挤压着那根滑溜的肉条,粘连的口涎从咧开的嘴角边滴落时,巨大的幸福感就会把他淹没。

他知道这是可耻的行为,甚至有这样的念头,都是违背教义的,这一定是受到了魔鬼的引诱。但每一次病人在他面前张开嘴,自己的手就不再受控制了。

她聆听着忏悔。实际上并不是她,而是他。她在扮演着某个人,某个站在教堂里,听忏悔的人。对了,她现在知道了,这里是一座教堂。

不知什么时候,牙医忏悔的内容变了。他诉说起自己的担忧,他担心日本人会不会建立和纳粹德国一样的集中营,然后把他们全都杀死。周围忽然围拢了很多人,所有人,包括韩裳扮演的那个,都非常担心。

梦的进程就此变得纷乱不堪,在各个场景中跳来跳去。他们被关进黑屋子里,一个个地被叫出去,拿着刺刀的日本人为他们做剖腹仪式,谁都逃不掉。刀切进身体的感觉,不痛,但是很冰很凉,却死不成,转到了毒气室里,穿着党卫军制服的德国兵拧开了毒气开关,就这么站在面前,笑嘻嘻地看着他们。

韩裳觉得呼吸越来越困难,可是她又奇怪,为什么面前的党卫军却没事?

她终于醒了过来,发现自己正俯卧着,整张脸深深地陷进了柔软的枕头。她翻了个身,眨了眨有些酸胀的眼皮。清晨的天光从窗帘的缝隙间透进来,没有一点生气。她知道外面的天气,肯定像梦里那样阴暗。

二十多年了,她已经做了多少次这样的梦?

那个教堂,那些犹太人,究竟想告诉自己什么?如果说这是一种预兆,一种暗示,二十多年千百次累积下来,等待的是怎样的一次爆发啊!

临睡前和刚醒来的人是最脆弱的。韩裳知道自己的理智就像有着神奇魔力的盔甲,失去之后会一片片飞回主人的身上,把她重新武装起来。现在脑子里横生出的可笑念头,很快就要被驱逐出去了。

胡须张嘴里碎碎唠叨着,新的一天又要开始了。

胡须张是个女的,过了四十岁之后,她嘴巴周围的细绒毛越来越黑,大家就开始叫她胡须张。

胡须张开着一家电脑配材小店,兼卖一些盗版电脑光碟,每天7点就开店,晚上9点才打烊,生意却一直不怎么样。

这几天天气阴沉,生意也清淡起来,好像人们都急着赶路,不愿意在小店里驻足,除了那些住在附近真有什么紧急需要的。胡须张已经盘算了好久,是不是该把这间店租给别人,这是中心地段,应该能有个好价钱。

店门口的电动卷帘铁门吱吱呀呀地向上升,她抬头看挂在墙上的钟,才6点55分。不知道今天能有多少生意。

胡须张收回目光,走向门口。在卷帘铁门之后,还有两扇玻璃推门,也是锁着的,她要把这两扇门打开,等候第一个顾客。

她忽然在门前停住了,吃惊地看着外面。

铁门才升到一半,所以她只能看见那个人的下半身。藏青色的灯芯绒竖条纹裤子,黑色翻毛皮薄靴。

靴子的头冲着她,也许离门只有一尺距离。这个人正直挺挺地面向店门站着,现在已经能看见他上身穿着的夹克下摆了,两只手紧贴着裤缝,修长而苍白的手指并拢。

质量不好的铁门发出老朽的声音,不紧不慢地向上升着,升到露出那人下巴的地方抖动了一下,好像要卡住似的。

胡须张盯着男人的喉结看了两秒钟,然后再向上看去。铁门仿佛被她的目光抬了抬,又开始继续原先的运行轨迹。

嘴唇比自家说话刻薄的二嫂更薄,左面的嘴角边有一条吓人的疤痕,随着铁门的上移越来越长。

铁门已经完全升了起来。男人看着隔着一道玻璃门和他对视的女人,伸手一推。

门发出叮当的碰撞声,向内凹陷,却没被推开,它还依旧被锁着。胡须张吓了一跳,向后撤了一步。她看见这个伤疤贯穿左脸的年轻男人皱了皱眉,没有进一步的动作,只是看着她,才意识到,这并不是什么歹徒,而是第一位顾客。

她连忙露出抱歉的笑容,上前去为他开门。心里却在奇怪,究竟是为了买什么,这么一清早就等在门口呢?

韩裳还没有起床,她把腿盘在厚羊毛毯里,靠着床背静静地抽了支烟。

不舒服的梦往往让人记忆深刻,她还在想着那个梦。

她又一次在梦里扮演了犹太教的神职人员——拉比。她总是在倾听着教众的告解,这次是个牙医。

弗洛伊德不厌其烦地说:梦是有意义的。那个牙医,如果在现实生活中真有这么个人,他的怪癖可能解释起来非常简单。这显然和性有关,嘴和舌头在心理学上是女性性器的象征符号,手指或其他长条形器具对应着男性。伸进去拨弄舌头除了意味着发生关系之外,也带有居高临下的支配欲和羞辱对方的含义。梦所反映的往往是现实中被压抑或不敢正视的,可能是儿童期遭受的某次伤害,也可能是意识到了自己的某种俄狄浦斯①情结而产生的羞愧所致。

然而,梦见一个对自己做告解的牙医,就要复杂得多了。梦中人物常常是现实人物的投影,投影经常会变形得很厉害,要从中摸索出线索,不是抽支烟的工夫能办到的。

这个梦境有着很强烈的真实感。特别是不断地做到类似的梦,在每个梦里都有人做告解,都会涉及对日本及纳粹德国的恐惧、对集中营的可怖记忆,让人禁不住怀疑,梦见的一切,是否真的发生过。

这当然不是真的,韩裳再次告诉自己。日本人曾经在上海把所有的犹太人迁到一起集中居住,但是并没有搞纳粹式集中营,更没有屠杀过犹太人。梦中出现的情景,是她平时看的关于纳粹德国的影视作品,以及日本在南京进行的大屠杀等记忆元素糅合在一起后的结果。

韩裳已经记不清最早做这样的梦是在几岁了,或许是三岁。刚开始的时候,梦境比较朦胧,对她的影响不算很大,只是有些怪异和恐惧。但是就读上戏表演系,开始学习表演,揣摩各种各样角色的心理后,她的情绪波动变大,梦境就随之频繁。而且她自己在梦里也渐渐清醒起来,这是最糟的地方,无法从梦魇里挣脱的无力感让她倍受打击。

她知道这足以称得上是心理疾病了,如果毕业后从事表演,在各个角色间转换,晚上又做这样的梦,迟早要出大问题。然而她又不愿意把自己的问题托付给素不相识的陌生心理医师,这才决定进修心理学,要

---

① 源自希腊神话的一个故事。弗洛伊德于1897年首次提出,爱列屈拉情结(恋父)和俄狄浦斯情结(恋母)是一种普遍现象,也是许多无意识犯罪的原因所在。在此泛指乱伦倾向。

找出一条自救的路。再者,把自己的心理问题解决了,重新干表演这行,那些心理学也不会是白读的。

不同寻常的梦并非就此一种,比如那个有茨威格的梦,后来又做过一次。梦的进程几乎一模一样,依然听不见茨威格说的话,也看不到房间里其他人的模样。说起来这个梦并不太压抑,可奇怪的是醒来后的状态,就像做了刚才那种梦一样,浑身被抽去了力气。这让她意识到,两种梦可能在本质上是一样的。

韩裳从烟盒里拎起另一支烟,又推了回去。不要再想自己的事,可以起床了。关于费城求助的神秘事件,她还有些想法要实施。

新买的彩色墨盒装进了打印机,一阵充墨的噪音过后,打印机开始继续先前未完成的工作。

喷墨头在光滑的照片纸上喷出五彩斑斓的颜色,每张照片从出口一吐出来,他就将其用玻璃胶贴在墙上。

打印机的叫嚣声持续了很久,其间又换了一次墨盒。总共一百多张照片,墙上都被贴满了。

做完了这些,他的目光在照片墙上巡视了几遍,轻轻点了点头。

照片上一个人都没有,拍的是衣服、裤子和鞋。全都是女式的。

工作才刚刚开始。

他从包里拿出一个长方形的黑色皮套,打开,抽出个金属匣子。他把 USB 数据线接好,显示器上跳出一个方框,系统自动搜索到了这个外来的磁盘驱动器。

他揉了揉鼻子,那儿有些痒。就在他放下手的时候,嗓子眼又迅速痒了起来,他想忍住,但还是立刻低下了头,打了个猛烈的喷嚏。太过剧烈的动作让他的左脸隐隐作痛。昨天就开始嗓子痛,近三个小时打了二十几个喷嚏,他甚至有些担心这样下去,左脸会不会重新裂开。

他点开新的磁盘驱动器。就是因为三天前搞这里面的资料时,被那个保安一个喷嚏打得满脸都是,自己的感冒肯定就是那时被传染上的,现在开始发作了。

费克群小区的监视录像每三小时为一段,按时间顺序排列。他拷来的,是小区两个出入口,从 10 月 1 日至 10 月 19 日的所有监视录像数据。

把所有的录像看完,即便用快进,也要很多天。他暂时把当下的窗口缩小,上网,进入自己的新浪邮箱。他等的那封信应该已经来了。

的确来了。这封信除了一个附件,其他一片空白。

这是个 TXT 文本文件,第一行写着"10 月 2 日上午,出席流江艺术馆开馆庆典",其后都是诸如此类的消息。

这份文件里没有写到人名,但是他很清楚,这是一份从 10 月 1 日至 18 日,费克群出席公众活动的时间表。

有了这份表,他接下来要做的事就会变得更有针对性,也要轻松得多。

头有些痛,鼻根又开始发痒,嗓子却火辣辣的。等着他的是至少几小时枯燥而耗神的工作,在此之前,他打算先出去买药,让这该死的感冒赶紧停止。

第二十章

一夜无梦,费城睡得又香又沉。

自从叔叔去世,他已经很久没有睡得这么好了。刷牙的时候照镜子,黑眼圈还没有退去,但整张脸已经精神了许多。

昨天傍晚,他把签好的合同快递给了杨锦纶,几小时后接到了杨锦纶的电话。他告诉费城,第二天一早——也就是现在,资金就到账。

这让费城十分兴奋,他甚至希望一觉醒来就到两三个月后首演那一刻,急不可待地要品尝成功的滋味。之前笼在心头的阴影,在突如其来的巨大情绪面前被忽略了。

刷牙洗脸,然后跑着出去买了早点来吃,电梯里双脚也停不下来。动能在身体里横冲直撞,他觉得已经准备好,干吧干吧干吧。

实际上,杨锦纶并没有给他太长的时间,虽然合同上的第一场演出最后时限为明年3月,但杨锦纶希望尽量在2007年1月进行首演。

直到现在,剧本的改编还没开始。有了茨威格的原稿,这或许花不了很长时间,但接下去还要导还要演,他又是个新手,指不定在哪里出些岔子,拖长了时间。

在改编剧本之前,有一项最重要的工作,必须立刻进行。整个剧组的班底,现在就要确定下来。演员、音乐、舞美、灯光、道具、服装……所有要请的人,在他看《泰尔》的翻译稿时,就已经在脑海里逐渐成形。

这出戏,有了茨威格的虎皮,和名角夏绮文的出演,其他就不再需要请什么大牌了。相反,在他的构想里,需要加盟的是一批和他自己一样,刚从学校出来,缺乏机会,青涩而锐气十足的年轻人。

费城看着手机通讯录里的一个个名字,笑了起来,开始挨个打电话。

邀请工作进行得很顺利,这样的戏连夏绮文都要动心,谁都明白干好了对未来有多大的帮助。

其中有一个电话,是打给周训的,费城请他担纲道具。周训一口答应,然后犹犹豫豫地问起了茨威格的那个诅咒。

"听起来你要全力以赴地起动了啊,上次那件事,后来韩裳帮到你了吗?老实说,我一个小道具,真要有诅咒也沾不到我身上,倒是你要小心一点。"

"韩裳不相信和神秘主义沾边的东西,她有另一种思路,说这可能是艺术震撼了人的精神世界,产生了负面情绪,而极端的负面情绪就会导致免疫力下降,让人患病。演员都是精神脆弱的,这听起来有点道理。"

"这……我觉得这世界上还是有些东西解释不清楚的,她这样解释,我感觉稍微有点牵强。总之,你自己要小心点啊。"

"我知道的。反正我已经下了决心,什么诅咒不诅咒的,都要搏一回。"费城在说这句话的时候,暗自紧了紧拳头。

"嗯,韩裳的这种说法,倒让我想起一种叫大卫综合征的病。"

"大卫综合征?从来没听说过,这是什么病?"

"我偶尔从报上看到的,米开朗基罗的大卫像你知道吧,好像有很多人看了大卫像之后会出问题。如果说艺术会对人有什么坏影响,这肯定能算一例。具体的,你网上一查就知道了。"

无声画面以三倍于正常的速度飞快播放着,这让进出小区的人的动作变得有些滑稽。

他按那封信里的日程表,挑出一些时段,从最靠近费克群死亡时间的那一段看起,已经看了四个小时。

这是项需要全神贯注的工作,买来的感冒药没一点作用,头痛得厉害,而且变得有些昏昏沉沉。他打算过会儿就歇一歇。如果因为疲惫闪了眼,之前的辛苦就都白费了。不要急于一时,他很懂得这个道理。

一个穿着淡蓝色T恤的身影在屏幕上一闪而过。他连忙倒回去,用正常的速度放了一遍。

因为摄像头的角度关系,只看到了她的侧脸,然后就是背影。这是个年轻的女人,戴着一顶鸭舌太阳帽,下面是一副硕大的墨镜,低着头,完全看不清长相。她正走进小区。

他截了几张图下来,然后调出小区另一个出口这天的监视影像,果然,仅过了二十分钟,这个女人从另一个出口离开。同样,他又截了几张不同角度的图。

干完这些,他站起来,走到照片墙前,来回看了几遍,伸手撕下其中的三张。

一张照片里,是件蓝色的T恤;另一张照片拍的是条牛仔裤;另一张是双运动鞋。

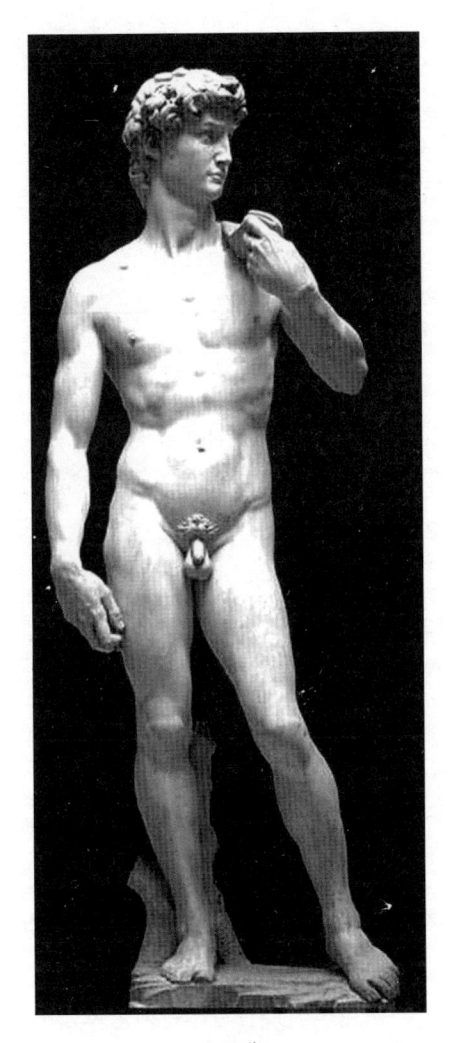

大卫像

他把三张照片和截图反复对比,嘴角慢慢浮现起笑容。

他转过头去,把嘴里嚼烂的口香糖用力吐在墙上。

终于不用再看这些该死的录像了。

他拿出手机,拨了一个号码。

接通了。

"是我。"他说。

"谁?"对方似乎没听出他的声音。

"我是阿古。"他说完就咳嗽起来。

"哦,见鬼你的声音怎么变成这样了。"

"我感冒了。"阿古咧了咧嘴,"你的猜测可能是对的。"

"你发现什么了?"

"我看见她了,10月16日下午,她在那儿待了二十分钟。"

电话那头沉默了一会儿,然后重重吐了口气。

"是的,当然,我早已经和你说过的。"他说,"那么照原先的计划,继续吧。"

"这么做……有必要吗?"阿古问。

对方没有回答这个问题,电话已经挂断了。

"竟然真有这样的病。"费城看着 Google 搜索出的一堆网页,喃喃自语。

公元 1501 年,一块白色大理石石坯在阿尔卑斯山脉卡拉拉山麓被挖掘出来,送到了佛罗伦萨。米开朗基罗就在那里,根据《圣经》故事,雕成了此后进入世界艺术史的经典作品大卫像。他在完成作品后表示,这尊大卫像本就存在于大理石内,他只是把外面的多余部分去掉而已。

雕像起初放在佛罗伦萨市政广场,后移入维奇奥宫,现存于艺术学院画廊。每年都有无数的游客和艺术爱好者在他面前驻足,大卫综合征就在他们中间悄然而起。

关于这种病的记载,最早见于司汤达。他于1817年记录下了自己在大卫像前的可怕遭遇:"这生动的一切如此吸引着我的灵魂,把活力从我的身体中吸走,我一边走着一边担心会倒下去。"

和司汤达有同样遭遇的名人,还包括美国小说家亨利·詹姆斯和马塞尔·普鲁斯特——《追忆逝水年华》的作者。

如今,每年都有数百人在大卫像和佛罗伦萨的其他艺术圣品前犯病,他们的症状有颤抖、抽搐甚至意识错乱。曾经有一名四十岁左右的英国游客参观完乌菲齐美术馆后,就一下子虚脱了。救治他的医生回忆说:"他当时的情况非常严重。他在床上不断翻滚,意识完全混乱了。他说他记得的最后一件事就是,他当时正在看卡拉瓦乔的一幅油画作品,后面发生的事情就一片空白了。"

越来越多的精神病学者开始关注大卫综合征。许多研究者认为,过度接受艺术之美会引发心跳加速、头晕目眩,有时还会产生幻觉。而这,竟然和韩裳的猜测不谋而合。或者说,韩裳对茨威格诅咒事件的解释,更进了一步,不仅会头晕目眩产生幻觉,甚至会导致死亡。

大卫综合征似乎给了韩裳的猜测一个有力的支撑,艺术有这样可怕的威力固然让人吃惊,但一切归于可解释的科学范畴,让费城略微心安。

费城站起来,在房间里踱着方步。归诸科学并不代表就能解决,现在有一堆精神病学者在研究大卫综合征,这个更严重的"茨威格猝死征",凭韩裳承诺的心理辅导,就能让他幸免于难吗?

他快速走回电脑前,上网进入了邮箱。不知道在德国的小望是否给他回信了。

第二十一章

亚历山大和他的军队在泰尔城前的攻势已经持续了一个多月。

他的士兵每天寻找和打磨合适的石块,用投石器抛向泰尔。巨大的石块在空中翻滚着,落在城头或砸烂靠近城墙的房屋。比石块多十倍百倍的箭支呼啸着在天上飞过,足可以射落整群整群的蝗虫。可是这些全都没用,发起的冲锋一次次被打退回来。泰尔城,泰尔人,他们坚不可摧。

亚历山大愤怒,亚历山大沉默,亚历山大亲自冲锋,亚历山大开了一个又一个的军事会议,最终亚历山大发现自己毫无办法。

费城的手指在键盘上飞舞,一幕大戏在显示器背后的虚空中徐徐拉开。

亚历山大此前战无不胜,攻无不克。他有攻城利器,往往几十颗石弹刚打出去,敌人就慌乱起来,一次冲锋便拿下了城。可现在,谁都不知道泰尔还要打多久,能不能打下来。

帕米里奥是亚历山大的大将,每一仗结束,他都能从战利品中获得大量的奴隶,卖掉或充入军队。美貌的波斯少女柯丽是他的战利品,帕米里奥没有把她卖掉,而是送给了亚历山大的释梦师阿里斯但罗斯当侍女。阿里斯但罗斯是最接近亚历山大的人,如果能得到他的友谊,帕米里奥的地位将会更加稳固。

阿里斯但罗斯一直想寻找一位能传承释梦术的人,他发现柯丽很有天赋,准备收她当弟子。

柯丽的家人在战争中死去,她被敌人俘虏,成为下贱的奴隶。她外表乖巧,其实早已经下了复仇的决心。她发现自己越来越接近敌人的中枢,机会就要到来。

阿里斯但罗斯教授释梦术的方法就是解梦,解柯丽的梦。各种各样离奇的梦境被他一一剖析,柯丽发现自己越来越难以藏住心底的秘密,甚至一些已经被自己遗忘的情感都在解梦中被挖掘出来。她对于死去父亲有着异常的感情,这份感情正在慢慢转移到比她年长二十岁的阿里斯但罗斯身上。

如果韩裳在这里,她会告诉费城,柯丽对父亲的古怪情感是最典型的爱列屈拉情结,这是弗洛伊德的核心思想:他认为每个人在潜意识层面都有爱列屈拉情结。而柯丽对阿里斯但罗斯的感情,则再明显不过,是移情效应①,这同样也由弗洛伊德提出。构成这出戏核心情节的情感纠葛,简直就是一个弗洛伊德精神分析的案例。

费城对弗洛伊德并没有研究,不了解精神分析,更不知道什么是移情。可是这丝毫不妨碍他对这出戏所有情节的理解。一切故事的转

---

① 弗洛伊德认为,心理医师在用精神分析治疗病人时,病人常常会把自己的不正常畸恋(比如对父亲)转移到医师身上,这就是移情。弗洛伊德和他的同伴们记录下了多起移情案例,他认为这本质是一种并不真实的情感投射。释梦和对梦境的随意联想是精神分析的主要手段。

折,人物的心理变化,他们的一言一行,哪怕是每一种细微的神情变化,都是那么的理所当然。当他用中文重新组织人物对白,那些话仿佛是他自己说出来的那样自然。不,应该说,好像这个剧本并不是由茨威格写就,而是早就存在于他脑海中,是他自己的作品一样。

茨威格的魂灵在这一刻轻轻地附在他的脊背上,从背部的皮肤紧紧贴入了他的心脏,他甚至可以隐隐约约地猜到,下一个情节,下一段对白是什么。

对于所有的翻译家来说,这可能是最为理想的翻译状态了,然而费城自己,却突然对这种过分的热情洋溢悚然一惊。他把键盘一推,硬塑料撞击在显示器的底盘上,发出咔的一声响。

他向后靠在椅背上,一层虚汗慢慢在皮肤上浮了出来。

他呆坐了几分钟,抓起鼠标,点开了邮箱。

小望的回信很简单,他已经看过一遍了,却还是忍不住再次翻出来。

费城:

　　你说的那四个人,我已经查到了一个,今天有空去次图书馆查,应该都能查到,到时再一并把结果告诉你。

　　你说的麻烦是什么,和这四个人有关吗?还有什么要帮忙的请尽管说,希望你一切顺利。

小望

费城知道自己太心急了,本就不能指望在发出信的第二天就收到回复。但是《泰尔》排演在即,有些事情,他希望能尽早知道并尽早解决——如果可能的话。

小望在信里说的"已经查到了一个"是什么意思呢?就是说,至少已经确认有一个人,是真有其人的,那么他是什么时候死的,是茨威格在自传中所说的时间吗?

费城愣愣地看着这封回信,心里转过许多念头。薄薄的汗终于干了,他定下神,把显示信的窗口关闭。

等到小望全都查清楚,写来下一封信的时候再说吧。

重新点开剧本文档,看着已经写了一小半的剧本,他犹豫着要不要马上接着再写下去。照刚才的速度,他写完整个剧本,恐怕用不了原先预计的那么多时间。

接下来的情节早已经在他脑子里长了根,就等顺着他的指尖发芽开花。

亚历山大围城日久,师老无功,部队从上到下都渐渐疲惫。虽然从没有把内心的情绪在部下面前表露,但亚历山大自己也开始怀疑,将力量都在这样一座坚城下耗尽到底有没有意义。对亚历山大的心意,阿里斯但罗斯察言观色,隐约看了出来。

这个时候,波斯国王大流士派来了一位使臣,给亚历山大带来了一封信。大流士愿意交出10000塔兰特,并且放弃半个波斯的领土,来换取亚历山大不再攻击。亚历山大看过信之后迟迟没有正式接见使臣,他做出高傲的姿态,其实内心却在犹豫。

晚上,亚历山大做了一个梦。在梦中,森林里,篝火边,一个怪物站在他的盾牌上跳舞。他感到这个梦有着不同寻常的启示，急忙召来了阿里斯但罗斯，把梦境告诉他，要他尽快破译出梦的奥秘。

阿里斯但罗斯明白，如何解释这个梦会决定亚历山大对战局走向的决策。他准备慎重地推敲整个梦的细节，同时，也把梦境告诉了他的弟子柯丽，作为她学习释梦的一个范例。

柯丽知道她的机会终于到来了。她给阿里斯但罗斯喝下一种能让人沉睡三天三夜的草药，打算冒充老师的笔迹，给亚历山大写一份释梦的回复。她认为泰尔城是坚不可摧的要塞，她希望亚历山大和他的军队在这里流尽最后一滴鲜血。所以，她要告诉亚历山大，梦预示着他会成功，要他拒绝大流士和平的请求，继续攻城。

然而柯丽却犹豫了，当亚历山大在泰尔城下最终失败，这无疑意味着阿里斯但罗斯错误地进行了释梦，他会掉脑袋。她对他的感情不允许她这么做。在沉睡着的阿里斯但罗斯的床前，柯丽踌躇了三天三夜。最后一刻，她撕毁了羊皮纸，重新写了一份释梦书，告诉亚历山大，这个梦预示着，他应该接受大流士的建议。

阿里斯但罗斯醒来了，他得知柯丽已经替他回复了亚历山大，大吃一惊。在这三天三夜的睡梦中，他已经把亚历山大的梦完全解释清楚，跳舞的人是森林之神 Satyr，而 Satyr 可以拆分成两个希腊字 Thineis Tyros（泰尔城是你的）。他要告诉亚历山大，应该继续攻城。

不顾柯丽的反对，他面见亚历山大，修正了"自己"原先的意见。于是，亚历山大回绝了大流士，把使者赶走，继续进攻，终于攻下泰尔城。

费城没有继续写。刚才曾经有那么一段时间,他感觉茨威格变得非常熟悉,甚至与他合为一体,可实际上,他对茨威格的了解还非常少。他是个什么样的人,经历过什么,他的小说,他的戏剧背后,会不会有故事?他觉得自己对茨威格的熟悉感可能是虚假的,是表面的,是一种错觉。

要让自己的改编变得更扎实,而不流于表面华丽的台词和急转的情节,最好能找个熟悉德语文学、德语戏剧的学者请教一番。

他恰好认识这么一个人,上海戏剧学院的一位教授,他的老师。

费城拿起了电话机。

第二十二章

哀婉的女声一丝丝一缕缕流进心里。

有人说,悲伤到极致,心里会有好似针戳的尖锐刺痛。可《黑色星期天》却不会带给人这样的感觉,那是慢慢渗进血液的冰水,那是悄悄缠上心头的乌丝,它编出一道大网,越收越紧,叫你无处可逃。

韩裳用手捧着心口,她的心跳有些异常。《黑色星期天》的旋律和歌声仍在从电脑音箱里飘出来,让她承受的压力越来越大。

这首乐曲被称为"魔鬼的邀请书",有着相当骇人的来历。1932年,匈牙利钢琴手鲁兰斯·查理斯在爱情失败后写下了这首乐曲。有记载第一个自杀的人是英国的一位军官,他在家里一个人安静地休息,无意中开始听邮递员送过来的唱盘。第一首乐曲就是鲁兰斯·查理斯的《黑色星期天》,当他听完这首曲子以后,受到了极为强烈的刺激,心情再也不能平静下来。不一会儿,他拿出家中的手枪,结束了自己的生命。枪声响起的同时,那首《黑色星期天》还在播放着。此后,在短短的时间里这首乐曲至少造成了一百多人自杀,以至于在各国一度被查禁。不过现在,可以很容易地在网上搜索到这首曲子。

韩裳从前奏就开始有感觉了。前奏演绎了一场交通事故,这是整个故事的开始。一声并不刺耳,但悲凉绝望的刹车声响起,整个世界都

寂静下来,无形的手狠狠捏住她的心脏,不叫它跳动。永恒的时间里,秒针跳动了好几下,仿佛过了许久,然后女声响了起来:

Sunday is Gloomy,

My hours are slumberless,

Dearest, the shadows I live with are numberless

Little white flowers will never awaken you

Not where the black coach of sorrow has taken you

Angels have no thought of ever returning you

Would they be angry if I thought of joining you

Gloomy Sunday

Sunday is gloomy with shadows

……

音乐突然停止了,韩裳的手从鼠标上拿开。她终止了播放器。

旋律还在脑海里若隐若现,但心脏已经没有那么难受了。

听到这里就够了,虽然韩裳不认为自己真的听完这首乐曲会自杀,但她还是选择了停止。

过了好一会儿,她才从哀伤的情绪里解脱出来。在听这首乐曲之前,她已经知道这首曲子的历史,她能肯定自己已经受到了暗示,所以才会如此脆弱。在第一个音符响起之前,她的情绪就因为之前看到的文字资料而变得不太稳定。人太容易受到暗示的影响了,哪怕她就是学心理学的。

《黑色星期天》是她能找到的,音乐对人情绪产生极端负面影响的最典型案例,它导致死亡的人数,远远胜过了茨威格(如果真是这个原因的话）。当然，在这个领域还能找到一些其他的相关传说，比如莫扎特著名的"安魂曲事件"。他在写完《安魂曲》之后，就英年早逝了，他之所以会谱写《安魂曲》，是因为在一天的深夜，一位穿着斗篷，全身都被遮住的人上门委托。在许多的传说中，那个人就是死神。

韩裳发现几乎在所有的门类中，艺术的负面作用都被忽视了。向来人们对艺术的积极影响从不吝惜赞美之词，对它的消极影响视若无睹。

在她的记录簿上有一张表格，艺术的各个分类里，音乐的那一栏现在填上了"黑色星期天"，雕塑那一栏写着"大卫像"，文学作品则当然就是"茨威格"。在这些作品中，显然作品对人类情绪的极端撼动程度和它自身在艺术上被承认的价值并不一定成正比。米开朗基罗是无可否认的大师；茨威格在今天看来，离文学巨匠的程度还有着一段距离；《黑色星期天》和它的作者鲁兰斯·查理斯在音乐史中则完全没有地位。

文学作品里只列出茨威格似乎有些不够，毕竟戏剧剧本写作只是文学写作里的一个并不粗壮的分支。中国古代文学里有一个有趣的门类叫作"檄文"，常常有收到檄文的一方呕血三升之类的例子，但檄文的力量显然并不只是来自艺术。韩裳希望能找到一个办法，证实茨威格的小说作品也含有这样的威力，或许她可以通过群发邮件进行一个大范围调查，找到出版过茨威格小说的出版社询问是否有相关的读者反馈也是个可行的方法。

在韩裳的表格里，还有空着的栏目，比如"绘画"。

有什么样的绘画会强烈影响观赏者的情绪，乃至令身体不适？

韩裳的笔在手上盘旋了十几圈,然后写下"达利"。

这张表格的每个组成部分在她心里来回碰撞着,打碎、分析、还原、交错比较……她肯定在彼此之间一定有着某种联系,戏剧、音乐、绘画、雕塑,它们被不同的人以不同的方式表现出来,中间却隐藏着一个能相互谐振的音阶。所有的线索现在拧成一团乱麻堆在眼前,找出线头,接下来的事就好办了。

第二十三章

严行健接到费城的电话，立刻就给他的这位学生空出了时间。

他知道费城的才华，一直为他毕业后当了经纪人感到可惜。如今听说费城要导一出大剧，算是回到了"正途"，能再帮上点忙，这位快退休的老人觉得挺高兴。

上海戏剧学院位于市中心，正门口是一条不宽的林荫道。比普通中学大不了多少的校区更像个小花园，悠然藏在林荫道的一侧。左邻右里的建筑大多是数十年前保留至今带着古典气息的老房子，只要在周围慢慢踱会儿步，就能沾上点文化气味。不过现在情形已经不同了，学院后门口那条路越修越宽，后来还造了高架，每分钟都有许多辆车在天上地下呼啸而过。林荫道也不再僻静，尽管没有拓宽，车声是断不了的，让人没法安静地走路了。

大多数学生如今在新校区上课，校园里的漂亮女人一下子少了很多。那个在市郊的崭新又宽畅的大校园，对于所有曾经在这个小园子里度过数年时光的学生来说，遥远而冰冷。费城慢慢绕了个圈子，才拐进一座小楼。

严行健的办公室狭小而凌乱，这里所有办公室都差不多。费城自己去泡了茶，自在地在椅子上坐下。

"我恰好翻译过几本茨威格的小说,知道一些他的情况。"严行健的话让费城觉得找对了人,可是他接下来就说了句让费城吃惊的话。

"不过这个人,在文学史上是没地位的。这不仅是我说的,德国人自己编写的德语文学史上就这样定论。"严行健的语气不容置疑,这让费城多少有些当头一棒的感觉。

"可是我看了很多对他的评价,说他是最好的中短篇小说家之一。"费城讷讷地说。

"举一个例子,如果我需要为我所翻译的茨威格的某部小说集写序,当然要讲些好话,你知道的。"

严行健说着笑了起来,他的笑容却并不显得十分世故:"庆幸的是我没有写过有关他的序言或者后记。他在他的年代里一度声望很高,但是真正有价值的东西,往往需要保持一定距离,才能看得清楚。有太多名噪一时的作家被后人遗忘,他只是其中之一。"

"他并没有被遗忘啊,中国有许多茨威格的书迷,听说在国外的普通民众里,他的知名度也还是很高的。"费城开始为茨威格说话。

"是的是的,我只是从文学史的角度说,他的东西没有什么太大的文学价值。"严行健不以为意地挥了挥手,"别的不说,光看他的行文,冗长重复,喜欢用过于华丽的辞藻,照我看他的小说在形容词上面都能大刀阔斧地删一删。"

费城忍不住也笑了:"这倒是,我也有同样的感觉。而且他在自传里还写到,会反复修改自己的小说,以求改到最简洁。我就奇怪,如果他这样子都算最简洁,那不简洁会是什么情况。"

"一个人的自我感觉往往和真实情况相差甚远,这不奇怪。当然,也有一些时代因素。"

"我看茨威格的自传里写到,他的戏在当时很受欢迎,你觉得他的剧本怎么样?"费城对茨威格的了解大半来自《昨日的世界》,这让他在提问的时候有些心虚。

"茨威格写得最好的是小说,连他的小说都不怎么样,剧本就更不值一提了。当然,我没有看过他的剧本,据我所知好像也没有中译本,可是在西方戏剧史,更小一点,在德国戏剧史里,都是没有茨威格名字的。20世纪德国戏剧代表者是沃尔夫、托勒尔和布莱希特。其中以布莱希特最著名,他开创了自己的导演学派,开创了新的剧式,影响了整个世界包括中国的现代戏剧。而在布莱希特之前的德国戏剧,是表现主义统治了舞台,茨威格写剧本,大概就是在这个时期。在这之前,是自然主义运动,当然,现实主义戏剧始终都有它的一席之地……"

严行健就像在上课一样,滔滔不绝地从表现主义、自然主义一直上溯到文艺复兴时期的古典戏剧,以及更早的宗教戏剧和戒斋节戏剧。然后又从横向说了一通德语戏剧对欧洲戏剧发展的深远影响,回过头再强调了布莱希特的重要性。这样把德语戏剧的发展在费城面前来回捋了几遍,甚至列举了重要的演员和剧本,最终说明这样一个意思:你看,茨威格在这里面什么都没干。

费城当然早就了解严行健的谈话风格,但被这么结结实实地上了一课,还是有点蒙。他理了一下思路,发现自称对茨威格有所了解的严行健,并没有说多少和茨威格有关的内容,只是对他进行了一个价值评定:他是个被严重高估的作家。

得把话题拉回正常轨道,不能再让他这么发挥下去了,费城想。

"那么茨威格在当时为什么会这样受欢迎呢?"

"很大程度是因为他对人物心理的刻画很细微,特别是对女性心理,这给当时的读者耳目一新的感觉。实际上,这和弗洛伊德思想在欧洲的大行其道有关。弗洛伊德从最初的乏人问津、倍受攻击到20世纪初受到整个欧洲社会的追捧,被奉为思想的先驱、伟大的导师。他的想法很有市场,也影响了当时的欧洲艺术,文学、绘画、雕塑,精神分析和力比多渗透了每个领域。比如说现在正在美术馆展出的达利作品以及整个超现实主义画派,就和弗洛伊德理论有着深刻的关系。其实茨威格对小说人物心理的许多形容,只是他根据弗洛伊德理论进行的臆想,过分夸张,但很对当时流行的胃口。"

"弗洛伊德?"这个名字让费城想起了韩裳。

"没错。实际上茨威格和弗洛伊德的交往很深,也许比大多数人想象的都更深入些。"严行健搓了搓手,这个动作让他像个老顽童。

"我曾经查过茨威格的一些资料,有个有趣的猜想,你愿意听吗?"他有些不好意思地笑了笑,眼睛里飘过一缕期盼。

"当然了。"费城说。他很好奇,这位老教授仿佛又有什么出人意料的话要说。他一向是个想象力丰富的人,并且总能自圆其说,从前给他们上课的时候费城早已经领教过许多次了。

"茨威格在他的青少年时期就认识了弗洛伊德,他们当时生活在同一座城市——维也纳。在那个时候,弗洛伊德虽然已经有了名声,但影响还远不能和后来相比。想象一下,这样一种交往会是什么样的呢,一个热爱文学的年轻人,他敏锐地觉察到了弗洛伊德的伟大之处,并对他的理论崇拜不已。那么,他必然会把这套理论在自己身上进行实践,你知道,处于青春期的男孩,总是有着这样那样的问题。"

"必然的,茨威格会向弗洛伊德请教关于精神分析的问题如何在自己身上应用,他会试着释梦,甚至如果他碰到了心理问题,会甘愿当弗洛伊德的病人,来验证这套理论的正确。热血沸腾的少年,总是迫不及待地想要为科学做出贡献。说到这里,我想你应该看过茨威格的许多小说吧?"

"看过一些。"费城点头,他这几天恶补了不少。

"从他的小说看来,他简直对弗洛伊德的那套精神分析痴迷到了骨髓里。优秀的作家总是会在新的小说里寻求变化,可是他不,一遍又一遍地充当着弗洛伊德的'精神分析入门指南'。而且,就像我先前所说,他的一些对女性心理的分析,已经近乎走火入魔,那样的情感,实际上一个正常女人是不会具备的。他在小说里把精神分析推到极致,并且不厌其烦地这么做。"

严行健停了下来,费城对他的习惯太熟悉了,知道他就要说出最关键的所在。

"你知道茨威格是怎么死的吗?"他问了个看似无关的问题。

"自杀。"

"他是服药自杀的,你知道他吃的是什么药吗?"严行健眯起眼睛,眼角的皱纹延伸到太阳穴。他得意的样子很天真。

费城配合地摊开手,以示自己一无所知。

"是巴比妥。这种药物有助于睡眠,过量会中毒,很危险。而巴比妥被更广泛应用的,是镇静和抗惊厥。也就是说,它是一种精神类药物。那么,茨威格是为了自杀而特意去买了这种药,还是他本身就长期服用巴比妥呢?"

"你是说,茨威格本身有精神方面的疾病?"

"没错,也许从少年时期茨威格就意识到了自己的精神问题,也许他最初并没有意识到弗洛伊德理论的重要性,只是作为一个病人,去看这位在维也纳城小有名气的心理医生的门诊。而后来他的小说,毫无疑问,就是他释放内心压力的一种方式,他通过写小说对自己进行治疗,他的心理问题通过小说中的人物得到一定程度的缓解。怎么样,我这个猜想是不是很有趣?"严行健笑呵呵地看着费城。

"呃,是挺有趣的。"费城苦笑着说。

"哈,我在创造文学野史,不过,别太当真。"

"……我知道的。嗯,严老师,您听说过茨威格的诅咒吗?"快要告辞的时候,费城终于忍不住问。

"诅咒,什么诅咒?"严行健一脸茫然。

"他在自己自传里提到过的,说每次他的新剧首演,都会死人。我挺好奇的,不知是不是真的。"

"我怎么没印象,呵呵,我们这样的人,看他的自传,大概都不会注意到这些方面吧,笑笑就过去了,没当真也就没往脑子里去。真的搞神神鬼鬼这方面的,也不会去看茨威格的自传吧。怎么,你相信?"

"呵呵……没有,我只是随便问问。"

茨威格是弗洛伊德的病人?

回到家里,想着严行健所说的那段"野史",费城不禁摇了摇头。从前听严行健的课,时常为他的想法拍案叫绝,不过今天的收获……似乎并不很大。

费城坐在电脑前写着剧本,他准备趁着状态不错先赶出来,然后再找一些人看看本子,提些修改意见。夏绮文的意见是肯定要征求的,她既有眼光,又了解茨威格。

想到夏绮文,费城忽然想起,如果她看书速度不太慢的话,那本《昨日的世界》该看完了吧。她注意到那段关于神秘诅咒的描述了吗?

第二十四章

　　早上八点多的时候,门铃把费城叫醒。他有些不情愿就这么爬起来,昨天改写剧本一直到很晚,才睡下去没多久。

　　第二声门铃响起,连毛团都跑到他床前低声叫着提醒他,费城才咬着牙翻身从床上坐起来,光着膀子踩着拖鞋一溜小跑到门口。还没完全清醒的脑袋里盘算着,该是收煤气费的来了吧,又或者是水费、牛奶费?

　　开门之前,他从猫眼里向外张望,顿时吓了一跳。

　　"你稍微等一会儿啊。"他叫了一声,跑回卧室用最快的速度穿好衣服。

　　"不好意思,我刚爬起来。"费城打开门,对夏绮文说。他还没顾得上自己的头发,乱蓬蓬的,有几簇强硬地翘着,有些好笑。

　　"你随便坐,我还没刷牙呢。"费城觉得自己很狼狈,招呼夏绮文坐下,就匆匆去洗漱。

　　把自己全都收拾完了,费城热了杯牛奶,又给夏绮文泡了杯茶。他一时忘记了夏绮文不爱喝茶,被搞了个突然袭击让他现在还有点乱。

　　夏绮文接过茶的时候说了声谢谢。

　　费城这才有闲打量她,妆化得比前几次浓一些,眼睛里的红丝让费城猜想,粉底下的脸色可能不太好,黑眼圈挺明显的。

"我来得太早了,来之前应该先给你打个电话的。"夏绮文抱歉地说。

"哦,没关系。"费城说着客套话,猜测着她突然上门的用意。他可不相信夏绮文是个这么冒失的人,一定是有什么事情。

毛团在一边走来走去,费城想起夏绮文讨厌猫,忙起来赶它。

"没关系,就让它待着吧。剧本的改编还顺利吗?"

"挺顺手的,估计再有个一天就能干完了,到时候还想请你看一遍,提提意见。"

夏绮文笑了笑,看得费城心里一沉。因为他发现,她笑得有点勉强。

"这个戏……"她犹犹豫豫地说了三个字,把费城的心吊得老高。

"或许柯丽这个角色并不太适合我。"费城的心立刻从天花板摔到了水泥地上。怕什么就来什么,费城还是从她的嘴里听到了这样的话。

"怎么会,你不适合演,还有谁能演?"

"嗯,或许我帮你推荐几个人,会有许多人对这个角色感兴趣的。我怕我的档期……"

费城知道夏绮文的档期肯定没有问题,关于这一点他早就向她确认过。她显然只是在寻找借口。

"是不是因为其他的原因,让你不愿接这个戏?"

夏绮文露出为难的神情,有什么事情让她难以启齿。

"你不会是看了茨威格的自传才改主意的吧?"费城向她摊牌了。再兜圈子下去毫无意义。

夏绮文呼吸的频率变快了一拍。

"茨威格说的那个'鬼故事',不会真的吓到你了吧?"费城问。

"我……的确有些担心。"夏绮文转头望向别处,说,"老实说,我很害怕。"

"你真的相信有那样的事情?"费城硬着头皮,做出一副惊讶的模样。他希望自己的演技不要太烂,让夏绮文看出其实他自己也担心得很。

"可是,你叔叔就是在筹备这出戏的时候死了。难道你没有产生任何联想吗?"

"我叔叔有哮喘史的,而哮喘本就很容易致死。那时我不太能接受他的死去,所以才会对警方的调查不相信,现在已经慢慢学着接受这个现实。至于茨威格提到的,什么演他的剧会死人,我觉得这仅仅是一个巧合,不用太在意的。"费城已经进入了劝说的角色,很自如地说出了这样一番话。不过在心底里,还是免不了有些不安,毕竟他是为了这部戏的顺利进行,在说些口不对心的话。

夏绮文看了费城一眼。

费城发现,刚才的话对她来说,说服力还差一些。在她的眼睛里,依然可以看到恐惧。

"如果可以,我当然更愿意把这些事情,当作是一些发生在许多年前的,和我不产生任何关系的鬼故事,把费克群的死当成偶然。可是……"夏绮文说。

"怎么了?"费城的声音有点虚弱。他觉得夏绮文有什么事情没说出来,他的后背开始发冷。

"这两天我很怕。我碰到了一些事情,坦白说我完全被吓到了,所以才会这么匆忙地到你这里来。我真的很想抽身。"

"你碰上什么事了?"

"前天晚上,在我的房间里有一些奇怪的声音。我几次听见,但那时我正在洗澡,水声也很大,所以不太确定。后来我洗完澡,又听见了。"

"怎样的声音?"

"就像你一个人进入一幢古堡,很多年没开的房门慢慢打开发出的吱吱声。"

一阵轻微的战栗掠过费城全身,夏绮文的这个形容让他立刻体会到了当时的气氛。

"我壮着胆子跑过去看。声音是从我的客厅里传来的,可那里什么都没有。但是,通过门上的猫眼,我发现外面走道上的灯是亮着的。那是个红外线感应灯,通常亮起来的时候,说明有人在那儿。你知道那时我是怎么想的吗,在我洗澡的时候,屋子里除了我之外,还有一个人。然后,他轻轻地走出去,轻轻地拉开门又关上,消失在黑夜里了。"

费城觉得嘴里又干又涩,他咽了口口水,但没什么帮助。夏绮文是个好演员,说起故事来绘声绘色,让他仿佛历历在目。他真希望这仅仅只是个故事。

"然后,我发现好像有东西被动过了,我不敢确定这一点。但肯定没少什么,至少我记得的任何贵重物品都在。我开始怀疑起来,真的曾经有一个人在我的房间里吗,那他来干什么呢?如果是个男人,要知道那时我在洗澡,浴室的门完全都没关。总之,事情有些不对劲,但我也想,可能一切都只是我听错了,走廊上的灯光是某个邻居正好在半分钟前经过。可惜我马上就意识到,我住的那幢楼是一梯一户的,邻居要经过我的门前,必须特意通过楼梯间转过来。况且,在昨天晚上,我又听见了那些声音。"

说到这里,夏绮文的额角已经微微沁出了细汗。她说话的语调稍稍拔高,语速也急促了起来。

"声音还是从客厅里传出来,我跑过去,什么人都没有,空荡荡的客厅,然后,外面走道上的灯还是亮着的。只有一点和前天不一样,昨天我把房门用钥匙反锁了,那扇门并未曾打开过。整个晚上,我吓得睡不着,早上起来,早上起来……"

夏绮文忽然停住,深深吸了口气,好像在给自己勇气,好把那件让她恐惧到完全乱了方寸的事情从嘴里吐出来。

费城的呼吸也停住了。他并没有刻意地屏住,只是那口气,在这个时候,怎么都没法从肺里顺畅地呼出。

"我还没请你到我家来过。"夏绮文笑了笑,苍白又无力,"我家的客厅里有一幅画,是位朋友帮我画的油画,我的肖像。今天早上,我发现那幅画有点奇怪。我总觉得哪里不对劲,盯着看了很久。突然我发现,画里的我变了。"

"画里的你变了?"

"画里的我笑了,嘴角向上弯成奇怪的弧线。我记得很清楚,画里的人,本来是不笑的。"

费城的手冰冷。

"会不会……会不会是你记错了画里你的表情?"

"你觉得可能吗？最好是我记错了，我现在不断对自己说，也许本来我在画里就是笑的，我只能这么对自己催眠。可是我甚至都不敢打电话给画家，万一他告诉我，他画的我是不笑的，我该怎么办？"

费城一时说不出话来，夏绮文也没有往下说，房间里安静了很久。

"我想你还是应该问一下为你画像的人，要真是你记错了，虚惊一场呢？而且这事，也不是说一定就和出演茨威格的戏有关系。"

夏绮文看着费城，这让他开始心虚起来。

"老实说吧，我也有点担心，所以已经托了我在德国的朋友，去查证茨威格自传里提到的那些演员的死亡情况。这两天就该有回音了。而且，按照茨威格自传里提到的这几例突然死亡，死的全都是男主角，没说女演员也会有危险，所以实际上，我该比你更怕才对。是否辞演，我想请求你等一等再决定，等你问过了那位画家，等我的朋友把调查的结果告诉我。如果你认识对神秘现象有研究的人，最好也请到家里看一看，听他怎么说。"

夏绮文不说话。

"我想如果我叔叔地下有灵，他会保佑我们的。《泰尔》对我很重要，对他一定也很重要。"

"好吧。"夏绮文说。

第二十五章

从费城家里出来,夏绮文站在路边等出租车。她的精神不太好,所以没有自己开车来。

不远处停着一辆黑色的桑塔纳轿车,上面的司机好像在打量自己。夏绮文推了推架在鼻上的墨镜,也许被认出身份了吧,她想。

最好不要是记者,夏绮文又向那个司机望去,发现他已经转头看别处。她松了口气,这时一辆经过的出租车放慢了速度,她连忙招手让它停下。

刚才桑塔纳司机的脸上好像有道伤痕,是刀砍的吗?钻进出租车,夏绮文的心里对这张特殊的脸还留有一点印象,但很快,这个无关紧要的人就从她的短期记忆里消失了。

阿古当然不会让夏绮文从自己的记忆里消失。他记下了出租车的车牌号,生怕自己跟丢,虽然他觉得夏绮文这时应该是要回家。踩下油门,黑色桑塔纳汇入了车流中。

夏绮文居住的小区和市中心最大的绿地融为一体,还有相当大的人工湖面。去年以来整个上海的房价都有所下跌,但这里仍然维持着每平方米五六千美金的高位。

小区电动门禁系统黄黑相间的杠杆升起,把载着夏绮文的出租车放了进去。它再次落下的时候,黑色桑塔纳也拐了过来。

保安探头向车里望了望,杠杆再次升起。阿古向这名保安微微点了点头,看来他还认得自己。这副面孔很容易给人留下深刻印象。

他把车开进地下车库,停好。夏绮文住的那幢楼在离车库出口不远的地方,阿古走上来,正好瞧见付完钱的夏绮文从出租车里伸出长长的腿。他在树丛的拐角处停住脚步,看着夏绮文用磁卡刷开大门,走入宽敞的大堂。

阿古眼看水晶玻璃的大门又慢慢合上了,里面夏绮文的身影消失在电梯里,这才咳嗽着转身走开。感冒有所好转,但离康复还远着呢。

阿古并没有走得很远,他站在了旁边一幢楼的门口,掏出磁卡在感应器上晃了晃。

"嘀"的一声轻响,锁开了。

阿古推开门,搭电梯到了九楼。903室,他就住在这儿。

费城知道自己很快就可以把整个剧本完成,他现在似乎随时都能进入状态,只要坐在电脑前打开 Word 文档,阿里斯但罗斯和柯丽就会生气勃勃地自己扭动起来。

可是费城没有写,他已经呆呆地出神了很久。

送走夏绮文后,他去厕所洗了把脸,才发现自己的面色惨白吓人。内心深处,他对这件事的恐惧从未消除过。他竭尽全力让夏绮文相信一切只是巧合,实际上每一句分辩的话从嘴里说出来,心里都越发慌张。

叔叔死了,自己差点也死,夏绮文晚上碰到鬼声鬼影,客厅里的油画肖像一夜间变了模样。这些神秘事件在身边逐一发生,把它们串在一起的,除了茨威格的诅咒,难道还有其他什么可能吗?

至于韩裳的那个理论,曾经给过他一点信心,可是如今夏绮文碰到的事情,又怎么用"艺术影响情绪"来解释呢?

一切都在往神秘的方向靠拢,科学显得有点无能为力了。

让费城顶顶沮丧的,正是他自己最后安慰夏绮文的话。茨威格的诅咒,历来死的都是男主演!茨威格自传里,那些可怕的死亡发生时,女演员们可能也经历过灵异事件,但她们毕竟不是没死吗?

也许夏绮文记错了油画里自己的表情,也许她有幻听幻视根本什么都没有发生,也许茨威格只是在自传里开了个玩笑,没有人在演出他的戏剧前死去……费城胡思乱想着,登录上自己的网络邮箱。

今天的网速很慢,打开邮箱花了好长时间。他看见有一封未读邮件,点击上去,又要等待很久。

说不定死亡和性别并没有关系,而是针对这部戏最重要的演员。费城想起了在1912年死去的城堡剧院经理阿尔弗雷德·贝格尔男爵,又修正了一下:针对这部戏最重要的演员或导演。

未读邮件箱打开了,他看见了这封邮件的发件人和标题。没错,就是他等了两天,却好像等了两年的信。

网速更慢了,浏览器的下方跳动着"正在打开网页"的提示,屏幕上却一片空白。费城不知道自己还要等多久,这几分钟比之前的两天还要难熬。他站起来,离开电脑,去给自己泡茶。

叔叔珍藏的铁观音已经被他拿了回来,他取了一些放进紫砂壶里,冲满水,合上盖子,白气从壶嘴里慢慢飘出来。

这套茶具也是叔叔的,他本来从不这么麻烦地泡茶。现在,他以此作为一种怀念。

记得叔叔曾经说过,用繁复的仪式来泡茶,反而能让心平静下来,这是茶道。他还活着的话,就会这么沏上一壶茶,坐在电脑前一边慢慢品着,一边思考怎么进行剧本的改编。

费城在小茶杯里倒满了茶,用唇轻轻沾了沾,挺烫的。他一点点啜着,却忽然愣住了。

费城想起一件事,自己开始改编《泰尔》,是建立在一个基础上——周淼淼完成了手稿的初译。是叔叔把德语手稿原件复印下来,交给周淼淼去翻译的。据费城所知,费克群并不精通德语。

也就是说,费克群并没有看过《泰尔》的剧本。

韩裳的理论对此完全无能为力。一个没有看过剧本的人,怎么可能因为受到剧本艺术魅力的影响而死去呢?

文学的感染力绝对是受到本国语言影响的,费城的改编是根据周淼淼粗略翻译的剧本来的,茨威格的原作再能影响人的情绪,隔了这么厚厚一层,什么东西都传不到他身上了。所以要是韩裳是正确的,他完全不必为此担忧。可现在韩裳的理论就像一块放了几百年的麻布,拿起来轻轻一甩就会抖得到处是破洞。

回想一下,他最初觉得叔叔的死疑点太多,不明不白有点蹊跷。后来知道叔叔的死可能和筹备茨威格的新剧有关,这个诅咒就从费克群的尸体上慢慢爬进他自己的影子里。韩裳给过一线光亮,结果现在他发现,如果叔叔真是因为茨威格而死,那么一线光亮就是个假象!

一个没看过剧本的人死了,他想导这个剧;一个看翻译剧本的人差点煤气中毒,他不仅想导而且想演;一个连翻译的剧本也没看过的人遭遇灵异事件,她将要成为这个剧的主演。还需要多少证据呢,自己还想骗自己多久?

费城停下脚步,不知不觉间,他已经端着茶杯在狭小的空间里转了很多圈。他向不远处的电脑屏幕看去,小望的回信已经打开了。

阿古走进卧室。

卧室里有一排大窗,但现在屋里光线很暗。双层花呢窗帘的厚度让阿古怀疑,它是否还有隔绝声音的效果。窗帘拉拢着,几乎没有留出一点空隙,加上那张六尺大床,就算白天困了想睡觉,也能创造出最易入睡的环境。

阿古并不准备拉开窗帘,让外面的日光透进来。当然,他也不打算睡觉。阿古似乎天生就习惯在黑暗的环境里活动,这让他有一种安全感。

阿古走到窗帘边,侧着身,用右手的食指和中指挑开一条缝,向外瞄了眼。在他旁边,一个黑色的筒状物搁在三脚支架上,圆筒的一端没入窗帘中。

这是架单筒望远镜,阿古略微调整了它的角度,弯下腰凑上去,眯起了一只眼。

他未曾想到,自己居然有这样的好运气,在这个小区里租到如此合适的房子。从这里可以通过望远镜,把夏绮文客厅里的情况尽收眼底——在她不把窗帘拉严实的情况下。而处在夏绮文的位置,是不可能发现有人通过望远镜监视自己的。这是个很容易让玻璃窗产生反光的角度，而在少数不反光的时候，如果夏绮文没有空军飞行员的视力，并且不是有意图地朝这儿凝视的话，也相当安全。

身为公众人物的夏绮文，把自家客厅窗帘完全拉开的时候并不多。虽然她还没碰到太过下作的狗仔偷拍，多少也有些防范心理。更多的时候，比如现在，她会拉上双层窗帘的内层——白色的印花薄纱，这既让她感到安全，又能让外面的天光透进来。

可事实上，在望远镜的高倍放大下，这层薄纱窗帘并不能遮住太多东西。何况阿古已经给望远镜加了个特殊的滤镜，这是个和咸湿佬们最爱的透视镜有点像的光学小玩意儿，通过它，阿古可以基本看清楚夏绮文在客厅里的举动。

阿古看了一会儿，什么都没有看到。夏绮文并不在客厅里，他上楼晚了一些，否则就应该会看见，夏绮文打开大门，弯腰脱下纤细的高跟鞋，穿过客厅走进某个房间。

阿古离开了望远镜。

在旁边的床头柜上，放着一个黑色的仪器，长方形，大约两块红砖大小。

阿古拧开仪器开关，房子里立刻响起持续的沙沙声。和这台仪器相连的还有个小音箱，这种类似电流声的声音就是从音箱里传出来的。

阿古的手指灵活地调节着仪器表面的几个按键，他一连切换了好几次，音箱里却还是没有传来什么有意义的声音。

他又重新轮番切换了一次，在心里默数着：客厅、主卧、客卧、书房，还有那个可以当作保姆房的小间。

只是电流声，没有其他的动静。

阿古惨白的手指一点点纠结到一起,本来尽在掌握的情况忽然出了意外,这是他最最痛恨的。难道夏绮文竟然没有在家里吗,他刚才可是看着她刷开底下的大门走进电梯的。她去了别的地方?这幢楼里的某个邻居家里?

阿古摇了摇头,这不太可能。如今普通城市人的邻里关系都很淡漠了,这样的大明星更不可能随便去串邻居的门。

难道说她发现了自己在跟踪她,甚至监视她?阿古想起夏绮文从费城那儿出来的时候,好像曾经从墨镜后看过他一眼。

他磨了磨牙,脸色阴沉了下来。

这时,他重新切换回了安放在夏绮文客厅里那个窃听器的频率。立刻,他听到了一些其他的动静。他只听了个尾巴,没能完整地听见整段声音,一时无法判断。但几秒钟后,音箱里就传出一声开门声,然后是脚步声。

阿古一步冲到望远镜前,三十多米外的客厅立刻跳到了眼前。

他终于看见了夏绮文,她正从某个地方走出来,出现在客厅里。

阿古松了口气。他现在知道了,先前第一个声音是什么,那是马桶抽水的声音。夏绮文不在任何一间房里,她在厕所里。

夏绮文从外面回来,第一件事就是冲进厕所。回想起来,她走进电梯的脚步的确有些急促。

阿古的脸上浮出诡秘的笑容,心里盘算着夏绮文大概在厕所里待了多少时间。她是在小便呢,还是大便?他抽了抽鼻子,喉结滚动了一下,整个人都燥热了起来。

"阿嚏!"

他的脖子向后一缩,突然打了个喷嚏,鼻涕顿时流到了嘴角,口水直接喷到了望远镜上。

"操!"因为鼻涕的缘故他骂到一半就赶紧闭嘴,心里咒骂着这场该死的感冒,连忙跑到外面找纸巾。写字台上有卷纸,阿古扯了一大把,突然间又连打了两个喷嚏,汤汤水水全都溅在写字台上摊开的报告簿上。这下,身体里刚刚冒起的那股子邪火算是彻底泄干净了。

费城:

你好,你托我查的人,我已经全都查找到了。而且,除了阿尔弗雷德·贝格尔之外,三位演员我都找了照片,随附件一并发给你,希望对你有所帮助。

阿达尔贝尔特·马特考夫斯基(Adalbert Matkowsky),德国人,柏林皇家剧院演员。生于1857年12月6日,1909年3月16日病逝。52岁。死因为呼吸系统问题。

约瑟夫·凯恩茨(Josef Kainz),1858年1月2日生于匈牙利,1910年9月20日因肠癌在维也纳去世。

亚历山大·莫伊西的名字应是Aleksander Moisiu,而不是Alexander Moissi,生于1880年,1935年死于流感。

阿尔弗雷德·贝格尔的原名我查到了,是Alfred Freiherr von Berger,1853年4月30日生于维也纳,1912年8月24日去世。死因未查到。

为什么要查这几个人和他们的死因呢?老实说你这个要求让我有些心里发怵,你到底遇到什么麻烦了,方便的话,能否告诉我,看看还能帮到你些什么。

小望

"是否回复？"程序这样问他。

费城点击了"确定"，双手在键盘上停了一会儿，又把回复页面关闭了。他不知该怎么给小望写回信，也没有心思写。

他拿起夏绮文刚还来的《昨日的世界》，对照着相关的段落。

基本吻合。

唯一的区别在于，茨威格在自传里写，他是于1905或1906年的夏天写作的《忒耳西忒斯》，而原定出演这出戏的马特考夫斯基死于1909年。如果茨威格写完后很快寄出剧本，再算上剧院反馈和马特考夫斯基答应出演并排好日子进行排练这段周期，马特考夫斯基应死于1907年，至多拖到1908年，时间上对不上号。

或许可以通过这一点对茨威格自传里提及的"鬼故事"进行质疑，但费城此时已经不想再自欺欺人了。茨威格的这本自传写于1940年左右，对三十多年前的事情，日期上记不清楚是很正常的事。连他自己都说是"1905或1906年"，在时间上并不是很有信心。很可能他把日子记错了。

费城想起，买来的一堆茨威格小说选本中，似乎某一本有他的作品年表。很快，他找到了那本《茨威格精选集》。果然，在作品年表中，《忒耳西忒斯》前面的年份是1907年。这就差不多了。

莫伊西的死因和死亡年份与自传里的记载完全吻合，对于另两个人，自传里没提死时是哪一年，但就行文间的模糊时间上推算，差不多。

其实，小望的这封信并没有告诉费城什么新的消息，只是让他知道,再不要存什么侥幸心理了,那些死亡都是真的!

扑面而来的恐惧让他坐在椅子上一时无法动弹。费城以前不知道自己这么怕死,可是现在……

要停下来吗?要不就让一切都停下来,把资金都退还给杨锦纶,夏绮文也会很乐意不演《泰尔》,那些已经约好的剧组班底都去回绝掉……

费城咬着牙,在心里痛骂着自己的怯懦。他在和自己趋吉避凶的本能争斗着,不停地告诉自己,像个男人一样,别总想着缩回去。其实已经没有路可以退了。

好一阵,费城才从这种近乎梦魇的状态里挣脱出来。他决定再去找一次韩裳。

阿达尔贝尔特·马特考夫斯基 1896 年出演《唐·卡洛斯》时的照片

约瑟夫·凯恩茨在出演《罗密欧与朱丽叶》中罗密欧一角时的照片

亚历山大·莫伊西在出演《哈姆雷特》中哈姆雷特一角时的照片

第二十六章

"你的论文进行得怎样,我还蛮好奇的,你都考察了哪些神秘现象呢?有听到什么很棒的鬼故事吗?"

向韩裳随口发问的女人,正小心地用纤细的金属叉叉起一个冰激凌球,放进锅里的巧克力液体中灵巧地一滚,染上一层深咖啡色的外衣。她把叉子凑到嘴边,轻轻吹着气。泛着丝般光泽的巧克力流质很快凝固,成为包在冰激凌外的脆壳。她送到齿边咬了一小口,舌尖迎上去,细滑的抹茶冰激凌和浓郁的巧克力融在一起,所有的味蕾都酣畅地绽放开来。

两个女人正在拿哈根达斯新推出的冰激凌火锅当下午茶,坐在韩裳对面的黄惠芸看上去要年长几岁,更有成熟风韵。可任谁都很难看出,她们之间的关系,实际上是一名心理系的研究生和她的导师。

"还没动笔,正处在积累阶段,鬼故事倒是听过很多,你想听哪种,吓人的还是不吓人的,玄乎的还是听起来更有真实感的?"韩裳叉起一瓣猕猴桃,稍微蘸了点巧克力酱送进嘴里,这时她的手机响了起来。

"可以啊,午饭以后吧。嗯,那就一点钟,在我家吧,回头我把地址发到你手机上。"

挂了电话,韩裳朝黄惠芸笑了笑,说:"这个电话是我正在接触的一个案例,很特别。它让我开始有了点新的想法,论文的结构和原本设想的肯定会有调整。"

"说说看。"黄惠芸的目光在一排各种口味的冰激凌球上打转,又选定了个朗姆酒口味的挑在叉子上。

"说起来有点话长,还得要从茨威格开始讲起。"

黄惠芸停下叉子,有些意外地问:"茨威格?是写《国际象棋的故事》和《一个陌生女人的来信》的茨威格吗?"

韩裳点头。然后她一边享受着冰激凌火锅,一边将这个从茨威格开始的诅咒故事说给黄惠芸听,仿佛把这件事,当成一味可以佐着冰激凌球吃的调料。

黄惠芸有点吃惊,没有人能听了这个故事后无动于衷。她问韩裳:"他居然来向你求助,你给了他怎样的建议?"

"我当然不会相信这是什么诅咒的力量。于是我就想,如果不是所谓神秘力量,那么可能是什么造成了这样的后果。情绪的波动有时甚至是致命的,而高明的艺术又很容易控制人的情绪,我想在这方面找一个突破口。"

韩裳详细解释了她的想法,黄惠芸能看出,这位学生在说到她的设想时,罕见地有点兴奋起来。

"我开始在整个艺术领域寻找类似的案例,应该说我找到了一些相对应的例子。我正在试图从这些例子里提炼出共性的东西,某些能明显影响个体,进而在整个社会群体心理中产生广泛影响的东西。下午费城要来找我,听他的口气,好像又碰到了什么麻烦。我想和他多聊聊,一定还会有新想法冒出来,原先的设想会有修正。这个实例,肯定要成为我论文的核心,如果我的设想是对的——"

"如果你的设想是错的呢?"黄惠芸突然打断她。

"如果我的设想错了?"韩裳有些疑惑地看着她的导师。

心理层面上来说,每个人都是多面体,许多完全不同的特质总会集中在同一个人身上。比如黄惠芸,她是一个拥有爱吃甜食爱看电影大片爱看时尚杂志等诸多庸俗都市消费习惯的女人,一个对男人不假辞色对漂亮女学生又过分热情的女人,同时也是一个有着出色头脑在学术上有不凡见地的女人。正是最后一点让她得到韩裳的尊敬,并且愿意认真思考她认真时说出的话。

而现在,黄惠芸反问出这句话时的态度是认真的。

"实际上……"黄惠芸想了想,说,"实际上,我并不赞同你现在的态度。"

"我的态度?"

"或者说,你的立场。你是站在一个研究者的立场,这件事情对你来说,仅仅只是个案例。是这样吗?"

"差不多吧。"

"你对这件事做出一个判断,这个判断完全基于你的世界观,基于你个人的认知,或许……还有一些更个人的因素。"

韩裳避开黄惠芸的眼神,挑了一个可可味的冰激凌球放进巧克力酱里。

"如果你真的是一个旁观者,在某一本书上看到这个案例,你当然可以下一个判断,一边吃着冰激凌,一边翻到下一页,看看自己的判断是否正确。"这位女教授的词锋有时会变得很犀利,韩裳在这方面多少受了她的一些影响。

"可你不是旁观者,你提出你的看法,而这样的看法会直接介入到这宗还没有结束、不知道结果的事件里产生影响。费城不是自己送上门的小白鼠,他把你视作研究神秘现象的专家,而你也答应了提供帮助。我建议你调整自己的姿态,试着和费城站在同一条战壕里想问题。这是我对你的建议,生活并不是纸上的学术。"

韩裳默默地吃着冰激凌。

黄惠芸耸了耸肩,把一段香蕉蘸上巧克力送进嘴里。

"或许是我在管闲事。"她说,"但我想那个费城现在的处境可能很糟糕,你应该把他视作一个向你求助的朋友,而不是个向心理医生咨询的病人。你的建议会对他产生重大影响,所以,不要太过轻率地下结论。"

"你是说,这件事可能有其他的解释,你觉得我的想法有问题?"韩裳开口说。

"我不知道,我不敢就这么下任何判断。实际上,关于这件事,你知道的还太少,而判断又下得过快了。"

冰激凌球和各色水果慢慢减少,两个人陷入了一段时间的沉默中。

"哎,我说,你不会真的以为,心理学能解释一切吧?"黄惠芸忽然开口问。

"它能解释很多。"韩裳犹豫了一下,回答道。

"但绝不是一切。其实,我并不是很看好你做这篇论文,当你积累了足够多的案例,恐怕你过于极端的看法,会导致你陷入进退维谷的境地——如果你不故意忽略很多东西的话。"

韩裳看着她的导师,她不明白黄惠芸说的到底是什么。

"并非所有的事情都能有个令你满意的解释。"黄惠芸说。

韩裳忍不住惊讶起来,她明白黄惠芸的意思了,但她想不到,她的导师会有这样的想法。

"你很喜欢弗洛伊德,那么,你知道弗洛伊德晚年时,他想法的变化吗?"黄惠芸问这位学生。

韩裳慢慢地点了点头:"我知道的。"

"但是你并不相信?"

"我不信。"

黄惠芸笑了,她笑得和先前都不同,就像一个母亲看着自己倔强的女儿。

"我信。"她说,"也许,当这件事情结束后,你也会相信的。"

第二十七章

从猫眼里看见门外的费城时,韩裳就发觉他不对劲。

并不是脸色不好或双眼无神这种明显的表情,而是他整个人都笼罩在一片阴霾中。恐惧、彷徨、沮丧这些负面情绪在他的身体里纠结缠绕着,即便隔了一层猫眼的变形镜,也让韩裳明显地感觉到了。

门开了,费城向韩裳笑了笑,很勉强。

"很少有女人的家里这么干净的,而且布置得很优雅。"他说。

"不用这样恭维,看你的样子,又发生了什么可怕的事情吗?"

费城摸了摸自己的面颊,苦笑:"这么明显吗,看来我不太擅于隐藏情绪。"

说到这里,费城不由自主地叹了口气,才叹到一半,他就发觉了自己这个下意识的动作,借着笑着把剩下的半口气掩饰过去。

"其实也没发生什么事情,只是我收到了一位德国朋友的回信。之前我曾经托他帮我查马特考夫斯基、凯恩茨这几个人的情况,结果证明,茨威格自传里记载的事情,是真实的。"

"这该是意料之中的事吧,茨威格没必要在自传中说这种很容易被戳穿的谎言。"

"老实说,我先前还有些侥幸心理,期望这些全都不是真的。"费城耸了耸肩,他想让自己在韩裳的面前尽量显得轻松些。

"可即便这些都是真的,你也不必这么担忧,还是说……你的剧本改编已经开始了吧,你在梳理人物心理和琢磨对话的时候,感觉自己有什么异常吗?"

"我感觉非常好,改编得很投入,速度飞快出来的东西也很满意,这算异常吗?"

韩裳的眉角稍稍一蹙,费城以开玩笑的语气这么说着,可她却觉得,他还有所保留。

"实际上,我一直在想你提出的设想,好像里面漏洞很多。"费城没让韩裳疑惑多久。

"漏洞?"韩裳的表情看上去饶有兴致。其实她也渐渐意识到漏洞了,只不过这些漏洞由别人提出来,让她在心理上产生了连自己也难以察觉的少许排斥。

"你所说的,艺术对人的心理乃至生理产生强烈的负面效应,这肯定是存在的。有种叫大卫综合征的病,就和你说的非常像。"费城试图尽量委婉地把自己的意思表达出来。

"是的,大卫综合征,我知道这种病。典型的对艺术的欣赏导致生理系统的失控。而且我还找到了其他很多能和我的设想相印证的例子,像《黑色星期天》,很多人因为这首乐曲自杀。"

"这首曲子我也听说过,艺术的确有这种作用。可是,这种作用是在每个人的身上都会体现的,只不过有的人受影响大,有的人受影响小。比方你听了《黑色星期天》,肯定就没觉得怎样。"

韩裳笑了笑,没接话。

"但是我这些天查了些资料,虽然没有直接的证据,也足以判断出,《忒耳西忒斯》《粉墨登场的喜剧演员》《大海旁的房子》这些发生了主演死亡事件的剧目,并非在死亡事件发生后,就此停演。相反,在《昨日的世界》中茨威格自己都间接提及,这些剧后来反复演出多次,并且还在不同国家的许多剧院上演。为什么除了首演之外的演出,没有演员死亡呢?如果真是茨威格的剧本会影响情绪和健康,它的作用怎么可能仅限于首演呢?"

"这并非不能解释。"韩裳把鬓角处垂下的头发拢到耳后,无名指尖在颈子一侧划过,留下道迅速变淡的白痕。当她的辩解连自己都不太确信时,就会做些毫无意义的动作。

"伟大的演员总是极少数,大多数人内心麻木,不容易被真正打动。"说到这里韩裳微微停顿了一下,她想到,如果这么说的话,自己听了《黑色星期天》没有立刻去自杀,岂不是也成了内心麻木?她把这个念头压下去,继续自己的反驳。

"后来的演出没有发生问题,就说明那些演员的内心不够敏感,至少,他们不属于容易被茨威格打动的那种类型,或者说频率不对。再说,你怎么知道没有演员死亡呢?"韩裳反问道。

费城被她问得一愣。

"如果不是茨威格在自传里写出来,没有人会把那几位名演员的死和茨威格的剧本联系起来。如果死的不是这么有名的演员,而是个不知名的小角色,甚至只是跑龙套的,即使是在首演里出事,也未必会引起茨威格这么大的关注。所以,你怎么知道,在之后那么多场不著名的演出里,没有某些内心敏感的演员,因为茨威格的剧本而死亡呢?"

费城觉得韩裳这话多少有点强词夺理，但他没调查过那数百上千场非首演的演出，也不可能做这样的调查，他又不是CIA。

费城开始怀疑自己向面前的这个女人寻求帮助是否是正确的。也许约她去看电影幽会是更棒的主意，可作为一个对神秘主义有所研究的心理学硕士，她难道会不明白，这样的回答固然可能让他哑口无言，却完全无助于解决问题吗？

当然，费城并不会哑口无言，他还有其他更充分的反证可以例举。

"可是我发现，我叔叔死之前，并没有看过茨威格的剧本。他只是在进行筹备，把德文原稿复印下来，交给一个懂德语的学生去翻译。他连翻译稿都没来得及看就哮喘发作去世了。茨威格的剧本有再大的威力，也没办法影响他。所以我说，虽然你的理论可能正确，但依然无法解释这件事。"

韩裳皱了皱眉，似乎想要接话，可费城却接着说了下去：

"还有我险些煤气中毒那次，之前仅仅粗略看过初译稿，再说煤气中毒是事故，和生病完全两码事。而连初译稿都没看过的夏绮文，连着两个晚上遭遇了神秘事件。"

"神秘事件？"

"是的。"费城把夏绮文的遭遇告诉了韩裳。

"这些事情，已经完全超出了你最初提出的理论所能解释的范围了。此外，在我德国同学查实的资料中，有一个人的死因没有查到，就是城堡剧院的经理阿尔弗雷德·贝格尔。在一般情况下，如果贝格尔是病死，那么一定能查到死因，就像其他三位演员那样。所以一个合理的推测是，贝格尔可能并非病死，而是意外身亡甚至死于谋杀。这样一来,茨威格所记载的四宗死亡中,也有一宗是你无法解释的。"

"那么或许贝格尔的死只是一个巧合,与这一连串的死亡无关。"

"巧合?"费城瞪大了眼睛,他现在确信自己来找韩裳是一个错误了。这是一个死硬顽固的狭义科学主义者,不愿意相信任何在她思想体系之外的东西。

"你有没有想过,茨威格并不仅仅只写了这四部剧,在他所写的其他剧首演时,什么事情都没有发生。你既然不愿意相信,这只是艺术的负面作用,那为什么不把一切看成是巧合呢?这只是茨威格本身的神经质所致,他的心思太细腻,这样的人容易把许多无关的事情硬生生联系在一起。他故意忽略了其他的几部剧,而把这四部剧单独提了出来,对读者来说,连续地罗列产生了误读。或许这正是茨威格想要的效果。"

费城连连摇头。

"煤气管道老化而导致煤气泄漏,这不是稀罕的事情,大多数人都碰到过,只是恰好发生在这个时间点,让你和所谓诅咒联系在了一起。至于夏绮文晚上听见的那些动静……"

"全都是她的幻听幻觉,一个人住晚上难免会大惊小怪,是吗?肖像上的变化也是她自己的记忆出了问题?"费城的语气已经难以掩饰失望的情绪。

韩裳摊了摊手,没说话。

"那么,难道我叔叔的死也是巧合吗,只是恰好在这个时间点上哮喘发作并且没有得到抢救?"

"如果你真能这么想,大概就没事了。"

其实韩裳已经发觉,这场谈话已经滑向失控边缘,可是不知为什么,从嘴里又迸出了这样的回答。

费城腾地站了起来,韩裳吃了一惊,上身微微向后撤去。

费城深深吸了口气,说:"我想,我该走了。"

第二十八章

很多人站在教堂里,看上去乌沉沉的一片。他们默默祈祷着,不断有人走上来向她告解。

那些告解的低沉声音进入一侧的耳朵,立刻变成了嗡嗡的呢喃声,从另一侧的耳朵出来,让她难以明白具体的内容。

就这样过了很久,突然之间面前的告解者惊恐地尖叫起来,然后她发现,教堂里所有的人都在尖叫。凄厉的声音穿透了教堂的穹顶,变成了空袭警报的啸叫。

韩裳醒了过来。

刚才费城走了之后,她觉得有些疲乏,好像之前那并不激烈的争论耗去了自己很多精神一样,倚在沙发上就睡着了。没想到又做这样的梦。

手机在响着。铃声是她新换的老上海街头叫卖声"阿有旧咯坏咯棕榔修哇……赤豆棒冰绿豆棒冰……"原本觉得挺有趣,可现在却分外嘈杂刺耳。

接电话前她看了来电显示,是费城打来的。旁边显示着当下的北京时间:13:57,她只睡了不到半小时。

"喂。"

"啊……是我,费城。真不好意思,这两天我的压力比较大,刚才在你这儿失态了,真是很抱歉。"

"哦,没关系的。"韩裳有些意外,费城会主动打电话来道歉。

费城并没有和韩裳多谈,简单说了几句,尽到了道歉的意思就结束了通话。

放下电话,韩裳坐在沙发上发呆。

十分钟后,她重新拿起电话,拨给费城。

"如果你愿意的话,我们再聊一次吧。"她在电话里说。

"当然愿意。在哪里,还是你家吗?"

"我无所谓,都可以。"

"一起喝下午茶吧,找个有阳光的地方。"

这家星巴克在徐家汇一幢购物中心的三楼拥有一块伸展出去的露台,在不太冷不太热也不下雨的时候,坐在露台上喝会儿咖啡是挺惬意的。现在正是这样的时候,而且还有暖暖的阳光。

费城端来了两杯咖啡,一杯浓浓的美式,一杯浇着厚厚奶油的摩卡。后者是韩裳要的。

韩裳接过摩卡放在桌上,捏着杯柄转了半圈。

"怎么?"费城喝了一小口,觉得味道还行。

"本该我向你道歉的,没想到是你先打电话来。"韩裳说。

"这是美女的特权。"费城说,随后他笑了,"哦,开个玩笑。"

"想把自己伪装成绅士吗,总觉得哪里还差口气呢。"韩裳也笑起来,开始用吸管搅动杯中的咖啡和奶油。

"需要糖吗?"费城把糖包推给她。

"不用,星巴克的摩卡本来就挺甜的。"韩裳吸了一口,放下杯子,目光越过了费城的肩膀。下方可以看见商业区的车水马龙,太阳晒着露台上的桌椅和几对两两相坐的人,不论是光还是影,都懒洋洋的。

"其实,在我自己的身上,也发生过一些奇怪的事。"

韩裳淡淡地述说,费城安静地倾听。

"在我三岁的一个晚上,我做了个梦。我梦见自己在一间很漂亮的大房子里,有人和我说话。在梦里我不是我,是个留着胡子的外国人。过了一些日子,我又做了这样的梦,同样的房子,不同的人和我说话,说不同的事情。我渐渐能听明白他们的话,但总是不懂其中的意思,毕竟那时年纪太小。这样的梦开始反复在夜晚出现,后来白天午睡时也会做,还慢慢多了一些可怕的场景,常常让我一身冷汗地惊醒。"

"后来年纪大一些,开始明白,那间大房子是一个教堂,而和我说话的人,是在做告解。梦里的我是个神父。那些穿着制服而且拿着枪让我害怕的,是日本军人和德国军人,还有集中营和毒气室。再大一些,我知道了那个教堂并不是天主教堂,也不是基督教堂,而是个犹太教堂。梦中的我也不是基督教的神父,而是犹太教的拉比。"

说到这里,韩裳笑了笑,对费城说:"其实反复做同一个梦的情况,很多人都有,特别是小时候。"

费城点头:"我也有过,两三次做到相似的梦,不过醒来也会觉得有些怪异。"

"我把我的梦告诉父母,他们和我说,这没什么稀奇的。他们总是这么说,所以在很长一段时间里,我以为每个孩子都和我一样,一年会做十几个差不多的梦,而且年年都做。"

"啊。"费城吃惊地发出了一声感叹,虽然韩裳这么若无其事地说出来,但只要想想就会觉得,这要是发生在自己身上,真的很可怕。

"到十一岁的时候,我知道了更多关于自己的事情,比如我其实有八分之一的犹太血统。"

"八分之一?这么说你祖父祖母里有一个是犹太人?"

"是外曾祖父。"

费城不好意思地笑笑:"我的数学不太好。不过第一眼看见你,就觉得你的长相挺混血的。"

"家里并没有外曾祖父的照片,隔了那么久,家人一般也不会谈起他。所以我直到十一岁才知道这件事。而且我还知道了,外曾祖父在上海的摩西会堂,当了很长一段时间的拉比。一直到日本人把那里划为犹太隔离区,他都是。"

费城呆住了。

"你也想到了吧。太容易产生这样的联想了,我在梦中变成了自己的外曾祖父。而偏偏在我得知自己的血缘身世之前,就已经开始做这样的梦了。这算不算神秘事件?"韩裳笑笑问。

"当然,非常神秘。"费城用力地点头。

"这些梦里其实有些明显失真的东西,比如说我外曾祖父从未进过德国集中营,而日本人对待隔离区里的犹太人,也没有我梦里那么穷凶极恶。这都是现实里看到的读到的在梦里的显现。可是为什么化身为外曾祖父,的确有些难以解释。做这样的梦很不愉快,醒过来之后有许多负面情绪。糟糕的是,这些年来,做这个梦的频率开始上升了。以至于我表演系毕业后,不敢进演艺圈,怕演戏太投入出问题。"

费城点头,对此他完全理解:"所以你又去读心理。"

"是啊,我一方面很害怕,一方面又拒绝相信,这真是由什么不可思议的力量造成的。我告诉自己,这一切是有原因,并且可以解决的。我相信心理学可以解决一切问题。"

最后一句韩裳加重了语气。费城有点拿不准,她是曾经相信心理学可以解决一切问题,还是现在依然相信?她是真的相信,还是强迫自己一定要相信?

"那么……现在解决了吗?"费城问。

"的确可以用心理学来解释。比如我虽然在十一岁才真正意识到自己有一个犹太人外曾祖父,但是在幼年,可能在无意中听到了父母相关的谈论。这些谈论没有进入记忆,却被潜意识记录下来,反映在梦里。而连续做这样的梦,或许是因为童年某次印象深刻的记忆,比如严重的心灵伤害。但问题并没有解决,梦依然在做,而且越来越频繁了。"

说到这里,韩裳停了一会儿,仿佛在消化对自己心理分析治疗没有见效而引起的挫折感。

她吸了一大口咖啡,才徐徐说:"我一直不相信神秘主义,和这是有关系的。要是我的梦和某些灵异的东西有关,意味着我可能永远无法摆脱这个梦魇。这是我对自己进行分析得出的结论,现在我对神秘主义有着天然的排斥,我得对你承认这一点。刚才在家里我对你的态度,就是发现事情难以解释,越来越向神秘靠近时,不由自主的过激反应。"

韩裳都这么说了，费城只有苦笑。

"记得我们第一次见面，在那个沙龙上，我用弗洛伊德的理论来驳斥他们那些灵异经历吗？"

"当然记得，你当时的样子很迷人。"费城注视着韩裳说。

"可是我记得你提早走了。"韩裳对费城一笑。

"那是……我接到了叔叔的死讯。"

"对不起。"

"没什么，已经过去了。"费城摇了摇头。

"其实，弗洛伊德如果活着，他不一定会认同我那天说的话。"韩裳说。

"为什么？难道你故意曲解了他的意思？"

"当然没有，弗洛伊德的确是这么认为的。更确切地说，他曾这么认为。而在他的晚年，关于一些事情，他的看法变了。比如神秘主义。"

"竟然是这样，听起来和牛顿晚年信教一样。"相比于弗洛伊德对神秘主义看法的改变，费城更惊讶于韩裳会把这件事说出来。难道她对神秘主义的看法也开始松动了吗？

"在步入晚年之前，弗洛伊德努力想通过非神秘的方式来对神秘现象作出圆满的解答。其中最多的是借助于他的潜意识理论。他曾经期望有朝一日所有的预兆、心灵感应、灵异、奇迹等现象都能归纳到潜意识心智历程里，而不至于太动摇他学说的根基。那天沙龙上，我在辩论时所引用的，都是这个阶段他的观点。可是在晚年，他几乎全盘放弃了这种努力。"

"弗洛伊德承认神秘主义和神秘现象的存在了?"费城急切地问。

"至少他放弃了用精神分析去解释它们。在《精神分析新篇》里,他是这么说的:'精神分析对最令人感兴趣的问题,即这类事情的客观真实性,却不能给予直接的回答。'此外他还承认,自己对心灵感应一无所知。再后来,演变到在弗洛伊德的一些精神分析案例中,反而通过精神分析,让本来并没有神秘性的东西显出了神秘来。① 他得出一个结论:'梦的解释和精神分析对神秘论是起援助作用的。正是通过这种方法,不为人知的神秘事情才为人们所知晓。'"

韩裳看了一眼对面似乎显得有些高兴的费城,说:"我当然不认同弗洛伊德晚年的这些看法,人年纪大了,就会变得脆弱,头脑也会不清楚起来。这是生理现象,再伟大的人也不例外。"

费城被噎了一下,好一会儿才说:"那你告诉我这些干什么。"

韩裳也稍稍一愣,是呀,自己为什么要说这些?是因为导师的提醒吗?

她想了想,对费城说:"直到现在,我依然不相信神秘主义,也不觉

---

① 弗洛伊德举过这样一个例子:一位妇女向他提到自己曾在早年找人占卜过。占卜者告诉她说她会在32岁时有两个孩子。在向弗洛伊德讲述此事时,她已经43岁了,且由于重病缠身,根本没有希望生孩子。可见,占卜者的预言没有实现。但弗洛伊德没有就此止步。他注意到数字32与2,并运用精神分析对这两个数字作出了解释。他先从病人那里了解到这两个数字实际上与她的母亲密切相关:她的母亲正是在32岁的时候有了两个孩子。于是弗洛伊德对占卜者的预言做出如下阐述:你会与你的母亲有相同的命运的,因此你也会在32岁时有两个孩子的。由此弗洛伊德认为占卜者的预言之所以打动了病人,是因为这一预言揭示了病人心中最强烈的欲望:她想具有她母亲的命运,她想取代她母亲的位置。这个分析实际上对神秘现象的存在作出了肯定,否则占卜者是怎么了解到病人的家庭情况的呢?

得造成所谓茨威格诅咒及你和夏绮文碰到的那些事,是难以解释的神秘现象。但我承认,我的这些看法是主观的,有我个人经历的因素。目前我对这件事的研究,都是建立在非神秘现象的基础上,万一,我是说万一,你的担心有道理的话,从我这里是没法得到帮助的。"

"是……这样子啊。"费城难掩失望之情。

"不知道有一件事情你有没有调查过。"

"什么?"

"这本手稿,是怎么到你叔叔手里的。"

费城眼前忽然一亮。

"如果能搞清楚,你叔叔是怎么拿到这份手稿,再追查到从茨威格写出这本手稿到现在的那么多年里,围绕这份手稿发生过些什么,为什么手稿会在中国,茨威格又为什么没有寄出这份手稿,应该对你有所帮助。说不定你会发现,在几十年前有哪个不知名的小剧团排演过这出戏呢。"

"谢谢你,我居然没想到去查这个。"

"当局者迷嘛。"韩裳一笑。

咖啡都已经喝得差不多了,费城虽然很愿意和韩裳多待一会儿,可韩裳给他的建议,又让他克制不住立刻开始追查手稿来源的冲动。

"那么……"韩裳觉察出了费城隐藏起来的焦躁,向他委婉地示意。

"好呀,下次再请你喝咖啡。我是说真的哟。"

韩裳笑着点头。

一起坐自动扶梯下楼的时候,费城问韩裳:"你梦见变成了外曾祖父,在一个犹太教堂里听人做告解。那么这个教堂,和你外曾祖父当拉比的摩西会堂像吗?"

"我没去过摩西会堂。"

"没去过?"费城吃惊地问,"我记得那里是对外开放的吧。"

韩裳默然不语。

"我说,你不会是在逃避吧。"

"是有一点。"韩裳低声说。

"你是不是从来都没有去核实过梦境里见到的东西?你怕梦里见到的都是真的,这样心理学就没办法进行解释了。可逃避不能解决任何问题呀,你应该去看一看,这是证明神秘现象是否存在的最好办法。不管你得到肯定或否定的答案,都一定比你现在什么都不做来得强。"

韩裳一句话都没有说,直到出门。

分手的时候,她也只是对费城点了点头。

费城知道,自己的话恐怕产生了一点效果。

第二十九章

费城在手机的通信记录里找了半天,才翻出周淼淼的电话号码。他本来以为再也不会和这个贪财的小姑娘打交道的。

"你好,我是费城。"

"费城?"

"我是费克群的……"

"哦哦,知道了。你好,呵呵,你好。又有什么东西要我翻译吗,我上次翻译得还不错吧,专职搞翻译的也不一定能比我强呢。而且我速度很快的。这次是多少东西,量大吗?"

周淼淼自说自话地讲起来,听得费城直皱眉。

"其实是为了另一件事。"

"哦……"周淼淼高昂的语调立刻拉下来。

"关于上次你翻的剧本《泰尔》,嗯,的确翻得不错。"费城还是姑且恭维了她一句,毕竟现在是要向她打听消息。

"我就说嘛,那里面有好多难翻的段落和词语,要不是我……"

费城立刻就后悔了,电话那头的家伙完全不懂得什么叫谦虚。上次见面还畏畏缩缩的,现在本性大暴露了,比原来更不讨人喜欢。

"有件事想问下你。"费城好不容易找到个空当插进去问,"我叔叔当时请你翻译的时候,说过些什么吗,比如他是怎么拿到这个剧本的?"

"啊?没有呀,他怎么会和我说这些呢?"

"关于剧本的来历,一点都没提起过吗,你好好想想,或许他顺口对你说过一两句相关的话呢。"

"嗯……嗯……"周淼淼嗯啊了半天,好像在费劲地进行回忆,可是终究还是回答"没有"。

费城失望地放下电话。还有谁可能知道些什么呢?

费克群一直不事声张地进行《泰尔》的筹备工作,费城连这件事情都不知道,手稿是怎么到他叔叔手里的,当然更没有头绪。唯一可以确定的是,这份手稿并不是他叔叔拥有很长时间的藏品。

费克群并没有收藏手稿的习惯,只在近几年,才开始收集一些他自己觉得有意思的古怪玩意儿,比如那个春宫烛台。再说,以费克群的性子,要是早拿到这个剧本手稿,不会拖到现在才来筹备改编演出的事。

和韩裳喝完咖啡后,费城的心情好了很多。现在至少有一件事情可以让他去努力追查,而不像之前那么茫然无措。当然这并不是心情好的唯一原因。今天韩裳对他的反应,让他相信下次再约她出来,应该不会被拒绝。

有些想法他本想和韩裳好好讨论的,但后来的话题有所变化,就没能说出来。韩裳先前提到,茨威格并不是所有的剧本都在首演前死人。费城当然知道这一点,他还知道没死人的那几部剧是《一个人的传奇》《耶利米》《沃尔波内》和《穷人的羔羊》。和韩裳一样,费城专门查过。

在费城看来,茨威格把没出事的《一个人的传奇》《耶利米》《沃尔波内》《穷人的羔羊》四部剧略过不说,有可能是这四部剧的演员中,并没有特别著名的,所以不在诅咒范围内。但是,在《海边的大房子》事件中死去的阿尔弗雷德·贝格尔男爵,也不算是很有名的导演呀。他猜想或许有些事情茨威格没有在自传里写出来,一些足以让茨威格确定,这的确是诅咒,而不是巧合的事情。否则,在自己有一半剧本没有出事的情况下,茨威格不应该有如此强烈的,以致在自传中都难以克制而流露出来的恐惧情绪。或许,是某种预感?

费城意识到自己走神了,情不自禁地想到了韩裳,然后思绪就偏出了原先的轨道。

有时候开下小差再回来,会有和原来不同的思路。现在费城就想到了一个人,费克群最有可能和他谈起手稿的来历。

对担任初稿翻译任务的学生,费克群当然不会说些多余的话,可对持有资金的杨锦纶就不一样了。

费城立刻拨通了杨锦纶的电话。

"这方面啊,克群倒没有和我谈起太多。"杨锦纶的回答让费城在失望中又有些期望。

"您能记起的,不管多少,请都告诉我。"

"'最近拿到了个很棒的东西',嗯,记得最开始他就是这么和我说起手稿的。"

"我叔叔说的是'最近'?"

"嗯,没错。"

这说明费城的判断是正确的,这手稿不是什么压箱底的宝贝,而是刚得的。

"他说起是怎么拿到的吗？"

"让我想想，记得有一次聊起过的。对了，原话记不得了，他说是朋友送的。但没提是谁送的。"杨锦纶说。

"太谢谢了。"

"怎么，你要在这手稿的来历上做文章吗？嗯，这倒是个不错的宣传点。"

"呵呵，先把来历搞清楚，再看看有没有搞头。"费城将错就错，也不去澄清杨锦纶的误解。

似乎开始明朗了，是一位朋友在近期送给费克群的。

以费城对叔叔的了解，费克群不会随意收不熟悉人的礼物。

费克群的朋友圈，随着他的死已经消散了，可是费城却想到了一个很有效的法子。说出来会觉得并不稀奇，但想到这点需要在脑子里转几个弯。费城觉得自己的思路很清晰，身体微微发热，甚至有就要揭开真相的预感。或许这是种错觉，不过到目前为止，追查得很顺利。

需要的东西不在手上，费城一刻都等不了，赶到费克群的住所，找出了他的手机。这位送出诅咒手稿的人的名字，应该就存在手机通信录里。他打算用笨办法，照通信录里的所有人名，一个个打过去。

手机早没电了，费城等不及，一边充电一边打。尽管他不久前在网上看到一个帖子，里面严厉禁止这种行为，因为这有触电的可能，并且已经有人被电到满脸焦黑。

费城没有用自己的手机拨打，因为对名单里有很多人来说，如果看到一个陌生来电，可能会选择不接。当然，也许还有一点点恶作剧心理。

这的确是个有些诡异的情景。在死者的屋子里,用死者的手机拨出电话。而对铃声响起接电话的那些人来说,他们从来电显示上将看见一个死人的名字。

真的有很多人被费城吓到,向他们略微解释一番后,费城能分辨出那些突然轻松的呼吸声。

费城的心里也渐渐松弛,通过这种奇怪的方式,他的压力好像转嫁出了一部分。

费克群存在手机里的名字并不多,对只打过几个照面的人,他只会保留名片。当然,纵使名字不多也超过了一百人,费城不停歇地打着,天色慢慢变暗,而后全黑了。

没接通或关机的人,费城都在纸上记录下来,以便换个时间再打。就这样到晚上11点,他已经把手机通讯录里存着的人全都打了一遍。

有七个人没联系上,其他所有人,都说自己没有向费克群赠送过茨威格的手稿。

费城现在不那么确定了,自己要找的人,在剩下的七个里吗?

他摆弄着掌中的手机,看了一遍短信,没发现值得注意的,又开始看近期的通话记录。

原本费城并没有期待真从通话记录里发现什么,他只是有些不甘心,顺手再折腾折腾这个小匣子。不过,在通话记录里的已拨电话一项中,有个手机号码让他稍微注意了一下。

用手机往外拨电话,往往是拨给认识的朋友,对费克群来说更是这样。反映在手机中的已拨电话里,因为拨出的号码都是存在通讯录里电子名片上的,所以号码列表上都是一个个人名。在这样一张表上,偶然跳出一组由十一个阿拉伯数字组成的手机号码,就特别显眼。

在费克群手机的设定里,同一个号码多次拨入(拨出),后拨入(拨出)的会在通话记录中覆盖掉之前拨入(拨出)的,永远只显示一次。这个陌生的手机号,是费克群10月18日21时19分拨出的。通话持续了八分多钟。

接着,费城又在手机的已接电话里找到了这个号码,拨入时间同样是晚上:10月17日21时47分。打了不到两分钟。

应该是比较熟悉的人才会在这个时间打电话吧,可怎么通讯录里没有存进这个人的名字呢?

费城想了想,开始拨打这个号码。

铃声响了,他从一旁的包里取出手机,却发现拿错了。

是另一个手机。知道这个号码的人并不多。

是阿古吗?他心里想着,往显示屏上瞄了一眼,目光立刻就定格了。

他犹豫了几秒钟,还是按下了通话键。

"对不起打扰了,我是费克群的侄子费城。"一个年轻的声音传入他的耳朵。

"谁?"他问。

"哦,我是费克群的侄子。"

"你打错了。"他的语气中有点不耐烦。

"啊,怎么会呢,我在我叔叔手机的通讯记录上查到,你打过电话给他,他也给你打过的啊。"费城惊讶地说。

他的呼吸突然停顿了一下。

"什么时候的事?"他问。

"十月十七八号。"

"哼。"他发出更不耐烦且有些不屑的笑声,"我前天才刚换的这个号。"

"啊,对不起,是我打错了。对不起啊。"费城道歉,挂断了电话。

他把手机扔回包里,眯着眼睛想了一会儿,然后发出"嘿"的一声,摇了摇头。

他取出阿古今天快递给他的报告,在指尖蘸了点口水,翻开,又研究了起来。他的动作平静而慢条斯理,好像从来都没有接过那个电话,一切都在他的计划中。

费城放下电话,心里还是觉得有点怪。

那个和叔叔通过电话的人,为什么立刻就停了这个号码呢?他是不是一听到叔叔的死讯就这么干了呢?那本手稿会不会就是他送的呢?

另外,刚才和他通电话的那个人,声音听起来,似乎有点耳熟。

费城有一项很特别的本领,他对记忆别人的声音有着惊人的天赋。哪怕只见过一次面,只要听过说话的声音,基本就能记住。所以很多时候他是靠声音来记人的。

所以他极少会有这样"似乎有点耳熟"的情况。要么就是听见过的,他立刻能记起来声音的主人是谁,哪怕只是电视剧里只有一句台词的龙套角色。要么就是不认识的陌生人。

费城想了一会儿就放弃了,或许是在某次坐地铁,挤在同一个车厢里听过说话声音的路人吧。

第三十章

塔罗牌的背面是一样的,翻开之前,你不知道自己选到哪一张。翻开之后,以为可以看到未来,实际上,依然有着无数的分岔。等到一切发生的时刻,转回头去看,其实全都在选定的那张牌里。

命运就是这样的。

阿古又在玩塔罗牌。

他曾经不信命,现在很信。可能不能把命算出来,他不知道,而玩塔罗牌,主要也不是为了算命。

翻开的这张大阿卡娜,是"塔"——一张倒置的"塔"。

这张牌看上去就很乱,乌云、雷电、坠落的人、崩塌的残片。倒置的"塔"和正位的"塔"有多少区别呢,阿古拿不准。看上去,除了那两个头朝下摔落的人,变成了头上脚下之外,似乎没多少改变。

这不是个好兆头,会有控制外的情况发生。想到这里,阿古皱了皱眉,扭头往夏绮文的方向看了一眼。当然,只是往那个方向看一眼而已,中间隔着窗帘和数十米的距离,除了架在窗前的望远镜,阿古什么都看不见。

阿古把塔罗牌装回盒子,为自己的小小担忧吹了声悠长的口哨表示嘲弄。

口哨声在房间里盘旋了几圈,低落下去之后,阿古听见了声音。

这是一声婉转的哀叹,深深吸入的空气在五脏六腑绕了几个来回,从合成了缝的嗓子眼里游丝一样挤出来,又慢慢低沉,带着十分的不情愿。

而后是一声极轻的吱呀声。

"现在才起床。"阿古咕哝了一声,在本子上记下夏绮文起床的时间:2006 - 11 - 3,09:43。他的眼前描绘起夏绮文卧室里的情形:夏绮文才坐起来,正靠着床背,也许一时间还不想下床。她穿着某件丝质睡衣,多半是吊带的,因为刚坐起来,衣服散乱着,可能一边的吊带滑落下来,露出半抹胸。

窃听器传输回来的声音开始多了起来。夏绮文下床蹬上拖鞋,一拖一拖发出沙沙的声响。而后是几分钟的静默,她在上厕所,因为没有关上门,所以阿古装在客厅里的那个灵敏的窃听器,收到了两声低沉的喘息,让他又一次兴奋起来。

《达利塔罗牌之塔》(郑昌涛临摹)

而后是卫生间里一些叮叮当当的碰撞声,细微的电动马达声和水声,夏绮文开始洗漱了。

所有的这一项项,阿古全都记下来,详细、精确、清楚。他会有很多联想,肾上腺素分泌激增,周身燥热,口津增多,但这些全都不会影响到他"干活"。他努力让自己越来越有克制力,只有先克制自己,才能把握别人。

阿古侧着耳朵,分辨着各种各样的声音,以此判断夏绮文此刻正在干什么。这是一项非常耗神的工作,并且有很多时候,光从声音并不能知晓一切。比如现在,阿古猜想夏绮文正在吃早餐,但毕竟不能确定,更不知道她吃的是什么。好在,这并不重要。

夏绮文的脚步声又在卧室里响起,她似乎向着床走过去。脚步声停下之后,响起轻微的窸窣声,这是一些小颗粒在狭小空间里相互碰撞,才会发出的声音。

阿古立刻猜到了,夏绮文是在床头柜拿起了那个药瓶。于是,他又在记录上增加了一条:10:33,早餐后,服用……

一会儿,阿古又听见另一种窸窣声。这是脱衣服的声音,夏绮文把睡衣换下来了。他嘴里发出啧啧声,用手狠狠搓着嘴角的疤。

他站起来,在房间里转了几圈,苍白的脸色泛起病态的红晕,呼吸也急促起来。

他又想到了那张塔罗牌。要把一切都掌握在手里,这个想法让他最终下了决定。

他拿出手机,拨了一个号码。

"我是阿古啊。"他说。

"哈,阿古,这次打算要哪种货?"一个细细的声音兴奋地问他。

第三十一章

韩裳还清晰记得,就在大前天,她是多么狼狈地从美术馆里逃出来。要不是正巧碰上了费城,她就那么直挺挺摔在地上了。

这么难堪的经历,让她现在只要看见美术馆的大门,心里就会涌起强烈的羞耻感。

如果是以前的她,一定在很长的时间里,都不会再来这个地方,直到时间把心里的记忆磨成一片薄影。

所以,走进达利展馆门口的时候,韩裳自己都觉得不可思议。窘迫感依然存在,而且把她的脸烧得发烫,仿佛正在欣赏达利作品的那些参观者,和大前天的是同一拨人,都曾目睹了她的失态一样。但同时,她还有些喜悦。韩裳知道自己时常会反应过度,一个心理正常的人,负面情绪的强度不会这么大,持续性也不会这么久。她终于试着开始不再闪躲了。面对痛苦总是能让人成长。

一尊泛着淡金色光泽的青铜雕塑立在达利展馆的入口。韩裳若有所思地看着她,上次来的时候,这尊《燃烧中的女人》并没有引起她太多的关注。

这个面目模糊的年轻女人穿着一件由火焰织就的衣服,她的左腿和胸腹布满了一个个抽屉,她的上身后仰得厉害,叉子从火袍的尾部升起来,正好托住女人背部突起的棍子。

这是件充满隐喻的雕塑,达利所有的作品都不例外。弗洛伊德解释抽屉是女人隐藏性欲的象征,火焰也往往意味着女人性爱的冲动,托住棍子的叉子对性的暗示则更加明显。

韩裳觉得这个站在火里的女人就像自己,当然,与性无关。超现实主义永远不会只有一种解读。

抽屉锁着女人内心最深处的秘密,对弗洛伊德来说,这个秘密就是性,对韩裳来说则是另一些东西。可是达利雕塑上的抽屉并没有紧锁,而是微开着,意味心里的秘密就要公之于众。对这样的现实,她似乎还有些抗拒,右手轻掩着嘴,左手向前伸出作势要阻挡什么。可是背后的叉子牢牢支撑着,让她无从闪躲,脚下的火焰又炙得她没法就此止步不前。

这分明就是韩裳现在的状态,抗拒,却还是来到了这里。许多的秘密,也许就要慢慢揭开。

真正让韩裳却步的,不是上次出的丑,而是达利。

从来没有看哪次展览给过她这么直接的冲击,强烈到让她产生幻觉并当场晕眩。艺术家的作品都附着着他们的精神,而达利创造出来的那些扭曲的、怪异的、神秘的东西里,有某些特质直刺入了她内心,扎进她一直不愿面对的精神内核里。

今天她来到这里,就是下定了决心,看看达利到底会带给她什么。上一次她已经感觉到了,在自己都看不透的内心浓雾里,有东西和达利的精神产生了共鸣,它们有着相同的频率。现在,她隐约又觉着了,它正要破茧而出。

《燃烧中的女人》,达利,1980年,青铜
(郑昌涛临摹)

《燃烧中的女人》就像一个标志。停在她面前,韩裳还只有些模糊的预感,跨过她,进入前后左右都是达利作品的展厅,世界立刻就不一样了。名叫达利的怪异力量在这个世界里横冲直撞,她甚至每走出一步都要小心翼翼。比起上一次,她受到的影响更厉害了。

韩裳努力让自己看起来和别人没有两样。达利的能量在她面前汹涌咆哮,周围所有人都一无所觉。

和上次来时相比,今天的人要少一些,但仅有的几张长椅也都已经有人先坐着了。韩裳想赶紧先找一个支撑点,她走到一根粗大的圆形立柱旁,伸出手,用尽可能自然的姿态,扶在柱子上。

就在她的右边,是达利的另一件青铜雕塑《蜗牛与天使》。一个振着双翅奔跑的天使站在蜗牛的壳上,由矛盾而带来的怪诞张力每个参观者都能感受到。

解说小姐正在向一位年长者解说这件作品:蜗牛在达利的艺术世界里占据了很重要的位置,因为它反映了达利的精神之父——西格蒙德·弗洛伊德的心理哲学。这件作品,起源于达利去拜访弗洛伊德时,在屋外看到了一只挂在自行车上的蜗牛,由此他联想到了一个人的脑袋,那就是弗洛伊德的脑袋。

韩裳向蜗牛的壳看去,这像弗洛伊德的脑袋吗?

乍看上去,这就是一个普通的蜗牛壳,和人的脑袋除了形状一样是圆的之外,并没有多少相同之处。可是,当她的目光落在蜗牛壳表面的螺旋图案上,就不由自主地被那一圈一圈向内旋去的线条吸住。花纹开始转动,变成了一个湍急的旋涡,整个世界都被向内扯动,包括韩裳。

旋涡慢慢消散的时候,韩裳看见了一张躺椅。她知道自己又陷入

《蜗牛与天使》,达利,青铜,1977—1984
(郑昌涛临摹)

了幻觉,但这次,她并没有急着挣脱,而是试着看清楚她身处的这个幻境空间。这个地方,她似曾相识。

躺椅上有人,但只能瞧见他的后脑勺。这个人和躺椅好像合为了一体,散发出一股衰败的暮气。花白的头发凌乱着,没有生机,像个假头套。

她努力想要跑到躺椅前面,看看这个人是谁,或者,这间屋子里其他地方的模样。但是视角并不完全受她意志的控制,她开始看到一些别的东西,一些其他的人。

熟悉的感觉再一次降临,韩裳想起来了,她曾经梦到过这个地方的。当她意识到这一点的时候,就看见了茨威格。

依然是上次在梦里见到时的装束,衬衣、裤子和微微低着的头,一模一样。这次她看得更仔细了,他眼角的皱纹都没有放过,茨威格已经上了年纪,肯定有五十岁了。

她仍然听不见茨威格在说什么,她觉得这很重要,但就是听不见,一切就像在放默片。实际上,茨威格并没在说话,他的神态更像在倾听。

房间很大,但没有阳光,窗帘是拉上的,很严实地把内外隔绝开。

这似乎是个秘密的聚会。是的,聚会。韩裳知道,房间里并不止两个人。

这是在欧洲吧,屋里的陈设打扫得很干净,但韩裳能看出上面蒙着历史的尘灰。这一幕距离今天有很长时间了,至少也将近七十年。因为弗洛伊德是在1939年死去的。

韩裳突然因为自己这个判断而吃了一惊。为什么会想到弗洛伊德,他和这一幕有关吗,那个睡在躺椅上,只露出半截后脑勺的死气沉沉的老人,就是弗洛伊德吗?她想了起来,是因为那个蜗牛壳,眼前才出现了这些幻觉的。而且,弗洛伊德早年在维也纳做心理医生时,就是躺在一张躺椅上和他的病人交谈的,因为这样可以和病人产生隔离感,让病人能自如地把内心的话吐露出来。

视角不知怎么一转,让韩裳看见了屋里的第三个人。这是个三十多岁的犹太人,至少看起来是犹太人。和茨威格一样的犹太鼻,上唇也留着胡子。他的面容平静,可是眼角却不时抽动一下。韩裳不认识这个人,可是却觉得他很熟悉,甚至比茨威格和弗洛伊德更熟悉,怎么会这样呢?

是她的外曾祖父吗?比她梦里更年轻些,下巴上的大胡子也没留起来。是他吗,他怎么会出现在这里?

对了,参加聚会的都是犹太人呀,弗洛伊德也是。这个特征代表着什么?韩裳刚这么想,就看见了一个非犹太人。

这个坐在椅子上,叠起二郎腿,面貌英俊留着两撇细巧胡子的男人,是个西班牙人。他消瘦的身躯里蕴含着巨大的力量,正是这种力量,才把韩裳拉到了这里。

达利的神情比先前那几个人都自在一些,他的目光游移着,似乎现在正在说话的那个人,并不能完全吸引他的注意力。

忽然之间,达利好像看见了本不应存在于这间屋子里的韩裳,朝韩裳望了过来,并且冲她诡异地一笑。

韩裳吓了一跳,正不知该怎么办,却发现达利消失了。在她面前的只是一把空着的椅子,并没有达利。

疑似弗洛伊德的脑袋还露在躺椅上,茨威格和熟悉的犹太人也在,但是达利……那只是一把空椅子。

刚才那是幻觉吗?哦不,自己已经在幻觉里了啊。

韩裳情不自禁地揉了揉眼睛。

真的揉了眼睛,居然在幻觉里能控制自己的动作了吗?

当她放下揉眼的手,幻境如潮水般退去,她又看见了蜗牛。

韩裳知道自己并没有沉浸在幻觉里很久,因为解说小姐和那位老人还在身边不远的地方。她正在为老人介绍墙上贴着的一组照片。

"这张照片是年轻的达利和布努艾尔的合影,布努艾尔后来成为享誉世界的电影大师,但这个时候,他和达利都还没有多少名气。值得一提的是,他们两个拍这张照片的时候,正在合作搞一部电影,虽然布努艾尔是导演,但实际上达利的意见很大程度上左右了电影的进程。这部名为《一条安达鲁狗》的短片后来引起巨大反响,载入电影史。这部短片有着强大的震撼力,以至于主演在刚拍完影片就自杀了。"

韩裳突然打了个冷战,她几步走到解说小姐面前,问:"主演自杀了?"

"是的。"解说小姐肯定地点头。

"能说得详细些吗,为什么自杀?"

"呃……"解说小姐抱歉地回答,"我也不是太清楚具体情况,好像那部影片的主题就是关于青春和死亡的。或许是太入戏了吧。"她冲韩裳笑笑,继续为老者解说其他的照片。

解说小姐并不是真的对达利有多少了解,而是照着主办方提供的解说文本解说,问得深一些,超出了文本的范围,她就不知道了。

一个因为达利作品而死去的主演,和茨威格诅咒相区别的是,他是演完才死去,并且是自杀。

此刻在韩裳脑海中翻滚的,并不是一个艺术对人情绪的极端影响的证明案例。她觉得在茨威格和达利之间,有着某种神秘的联系,或许还要加上弗洛伊德。这是她的直觉,是向来被她所排斥的,可现在,她开始认真考虑某些可能性。一些说不清楚的,和艺术未必有关的东西。茨威格、达利和弗洛伊德,他们身后的阴影在某一点上交汇了。

第三十二章

阿古觉得头有些不舒服。不是因为感冒,他的感冒已经快好了,而是长时间集中精力听夏绮文家里传来的各种声音,并且一一分辨出来太耗神了。

夏绮文现在在书房里,没有动静。或许在看书,或许在发呆,或许在干些他听不出来的其他事情。窃听器毕竟是一种比较古老的手段了。

又有声音传来。

是夏绮文拿起了电话。

阿古在夏绮文家的固定电话上做了点手脚,不但夏绮文说什么可以清楚偷听到,电话那头的声音也能听个大概。

一连串的按键音,电话通了。夏绮文深深地吸了口气,又慢慢吐出。

她在给谁打电话呢?阿古心想。

电话接通后,那头第一时间并没传来说话的声音。

"喂?"

"啊,我是夏绮文。"

费城心里咯噔一下,又怎么了?他有些担心。

"哦,你好呀。"费城让自己的语气变得热情又欢快。

"你好,剧本改编得怎么样了?"夏绮文问。

听起来她的语气很平静,可费城却不觉得这是个好消息。他觉得这是刻意维持的平静,否则,在这样的一句询问中,应该还有些期待才对。

"非常顺利。实际上,已经基本改编完了。现在我正从头再看一遍呢,自己挺满意的。一会儿我传到你邮箱去吧,你给我提点意见。"

"好的,不过我可能提不出什么意见,算是先熟悉一下剧本吧。"

"这可有点谦虚了,我是说真的啊。"费城笑着说。

夏绮文浅浅一笑。

"那……"费城觉得夏绮文不是为了问这一句才打电话来的,但他又实在不想主动挑起某个话头。

一时间,电话两头都在各自思量着,踌躇着,没了声音。

"我还是怕啊。"夏绮文终于又开口了,声音明显虚弱了下来,"我一直很不安,很不安。整夜都睡不好觉,吃了三粒安眠药都不起作用。我觉得我已经受到诅咒了,费城,我一定已经受诅咒了。"

"怎么会呢,不会的。"连费城自己都觉得,这样的安慰很徒劳。

"你叔叔,费克群他一定是因为这个诅咒死的呀。费城,你能骗自己说,从没这么想过吗?"

"是的,我想过的。我也很怕,觉得叔叔的死和这个诅咒有关系。为了这个,我去查了很多的资料,还托朋友在德国查。可是绮文姐,就我现在所掌握的资料,就算诅咒真的存在,那些德国演员真的因为诅咒而死,每一出茨威格的新剧,也只在首演时会死人,而且只会死一个人。"

"只会死一个人?"夏绮文好像松了口气,"真的吗?"

"真的,每次只死了一个人,其他的剧组成员全都没事。"费城肯定地回答。

"你这么说,我心里就踏实一点了。真不好意思,女人总是对这些事情比较……"

"哦不,这件事情……的确有点怪异。"

"不过说实话我现在的状态很差,很快就要组团开排了吧,我这个样子,到时候不知道是不是会影响到排演。"

"没问题的,绮文姐,你一定能调整过来的。"其实费城很想问夏绮文,她有没有问过为她作肖像的油画家,画上的她原本究竟有没有笑。但他忍住了,好不容易劝得她有点安心了,再提这个话题,很危险。

放下电话,费城发现自己的两侧鼻翼泛起了一层薄汗,有些腻。他明白,夏绮文只是希望有一个人告诉她"一切都会没事的",顺应她的意思,自己扮演了这个角色。夏绮文肯定已经对自己做了很多心理建设,再被人鼓励一下,就能暂时安下心来。

刚才所说的劝解之辞,费城自己也不相信。在搞清楚诅咒的真相之前,任何判断都有点自欺欺人。何况他自己差点煤气中毒,夏绮文连续两晚听见不明声响,再加上油画上的微笑,要是真的死了一个人诅咒就不再起作用,怎么来解释这些事情呢?

费克群的手机通讯录里,昨天没联系上的七个人,今天都找到了。和他担心的一样,这七个人里,并没有人送过手稿给费克群。或者说,没有人承认做过这件事。

是和他通过电话的这一百多个人里有人在说谎,还是另有其人?某个不怎么熟悉的人吗?他又想起了昨天最后打的电话,那个似曾相识的陌生声音。

费城想到了第三种可能,就是叔叔没有对杨锦纶说实话,这份手稿并非一位朋友送的,而是别有来源。这就太复杂了,叔叔死前接的最后一个神秘电话,和这份诅咒手稿有关系吗?

费城曾经以为,可以通过查找手稿的来历,探寻诅咒的真相,现在看来,这条唯一的线就要断了。

联想到那通现在都没有查到拨入者身份和通话内容的电话,费城不由心里一动。直到如今,在网上还时不时会冒出一段关于这通电话内容的新猜测,也不乏宣布自己就是打电话人的无聊者。网上充斥着海量却极少有效的信息,但对现在没有一点头绪的费城来说,倒不失为一个能寄托最后期望的途径。

费城写了一个帖子,没敢写费克群,也没写诅咒,只是在帖中询问,有没有人知道茨威格未公布的戏剧手稿的事情,特别是一部名叫《泰尔》的手稿。他在帖尾留下了自己的一个免费电子邮箱,承诺提供有效信息的人,会得到重金的酬谢。

写完后,他把帖子发到几个流量大的 BBS 里,看看过段时间会有什么收获。

发帖的时候,他忽而想到,把这作为新剧的宣传手段,也是个很棒的点子。雇些人在网上造势,神秘的手稿是怎么被发现的,为什么没有被公布,这么一步步在网上先炒起来,《泰尔》正式上演的时候就更轰动了。

他摇了摇头,怎么想到这上面去了。

干完这些,费城站起来,伸展着身体,在房间里慢慢踱步。焦虑或碰上难题的时候他总是这样,要是有别人看见,会觉得这个习惯有点古怪。遇到障碍的时候,他会转向绕开,最后绕成一个个不规则的圈。

追查手稿的来源,还有其他的法子吗?他想到了冯宇,要是这个刑侦队长在这儿,一定有一大堆的有效手段可以用吧,或者,要不要专门去雇一个私家侦探呢?

费城开始回忆一些看过的侦探推理小说,想象着一个专业人士会做些什么。首先他们会对杨锦纶进行更详细的盘问,很可能会得到更有效的线索;他们会从中国电信那里调阅费克群的近期短信记录;会对手机中那个陌生号码展开调查;会对一百多位费克群的朋友进行更有压迫力的问话,也许其中的一些人听费克群谈起过《泰尔》,就像杨锦纶那样,也许其中的有些人被识破在说谎。

还有,《泰尔》原稿。

那上面或许有指纹,或许有其他可以推断出前一任拥有者身份的痕迹。外面的装订本和里面的原稿是同一时代的吗?是手稿到了中国才装上去的吗?装订本本身也可能查到些什么的。

想到这儿,费城打开书橱,取出《泰尔》的手稿原件。自从拿到周森森的翻译件之后,他就没再碰过这份原件。费城不懂德语,原稿对他来说只是一件从叔叔那儿继承来的藏品,他本打算空下来的时候,给这件藏品准备一个适合保存的盒子。

他仔细端详了装订本,想象着是否可以发现×××印刷厂之类的小字。结果让他失望,只在封二的左下角,看见几个他搞不明白意思的英文字符,显然是一组缩写代码。

他慢慢地翻阅手稿内页,满眼都是和英文有些相似的德文字,他试图分辨有什么是后来加上去的痕迹,所以尽管看不懂,仍然耐着性子看下去。

其实费城知道发现什么的可能性太小了,这可不是字画,每一任的收藏者会把自己的图章留在画面的一角,手稿的保存者当然要尽可能维持手稿的原始性,怎么能在上面随便涂写呢。

手稿的纸张质地很好,保存得不错,但每掀开新的一页,费城还是很小心。大半本手稿翻完了,任何值得注意的地方都没发现。

费城心里叹了口气,要么还是请个侦探吧,自己太业余了。

正要翻到下一页,费城忽然停住了。他就用手指捻着这一页纸,仔细看了看正反两面,确认自己是否真的发现了什么。然后,他把这一页翻过,又飞快地向后翻了好几页,端详了一会儿,再往回翻了一页,才停住。

这一页上,除了茨威格在数十年前留下的字迹外,并没有别人留下任何内容,但这并不代表没有其他痕迹。

费城侧看、俯视、拎起来对着光看,眉头越皱越紧。

他放下手稿,又在屋里开始踱步转圈。几分钟后,他猛地停下,一转身出门去了。

第三十三章

男人一手扒开女人的眼皮,另一只手上握着剃刀,刀锋锐利,向女人的眼珠割去。

这是《一条安达鲁狗》的剧照,影片就是以这样一幕开始的。就这一幅照片,已经足以令韩裳想象影片营造的怪异氛围。

韩裳通过网络查找到了这部拍摄于1928年的影片的详细情况。当她看到《一条安达鲁狗》的剧本是达利写的时,不禁吓了一跳。

在当时来说,这实在是一部疯狂的影片。影片只有十七分钟,没有剧情,都是些诸如爬满蚂蚁的手臂、趴在钢琴上的死驴子、埋在沙漠里被虫子吃掉的男女主角等不停流转切换的影像。它们基本来自于达利的梦境。

这是一部超现实主义电影,充斥着暴力、欲望和迷幻的情绪,而残酷怪诞的影像给观众带来视觉上的震撼。在影片刚刚完成时就选择自己了结生命的主角名叫彼埃尔·巴切夫,他是达利亲自挑选的。

实际上这个彼埃尔·巴切夫本身是个正在服用麻醉剂,时常精神迷狂的家伙,达利指定他来演《一条安达鲁狗》就是看中这一点。这是几个疯子在一起干的事情,事后有一个疯子自杀,其实也不算太出人意料。

茨威格在1938年把达利引见给弗洛伊德认识，这是达利生命中的大事件，他罕见地兴奋、期待和惶恐。因为他和茨威格拥有同一个精神之父——弗洛伊德。可是，这两个儿子对父亲的思想却有着截然不同的传承方式。

茨威格用弗洛伊德的精神分析，剖析笔下人物的心理状态，由外而内，把人物的内心切成一丝丝一片片，展示在人前。达利却推崇无意识，也就是弗洛伊德所说的潜意识，把人们并不知道的内心从混沌黑暗里挖掘出来，堆在画布上，由内而外，却不加任何的梳理和分析。

这两个人都获得了巨大的成功，无论以何种方式展现人的心灵，一样能给人带来灵魂深处的震撼。不过在韩裳看来，达利给人的冲击要比茨威格的小说更强烈。

拥有同一个精神来源的两个人，都有人因为他们的作品而死亡。尽管彼埃尔·巴切夫是自杀而不是病死，比起茨威格神秘的诅咒来要容易接受得多，但是，仍然很难让人不产生

《一条安达鲁狗》剧照，第二排站在女主角身边从窗后向外看的男演员即彼埃尔·巴切夫

联想。而现在,韩裳已经不会像从前那样,刻意回避和扼杀自己的想象。她仍然信奉科学和心理学,可是这种信奉不应该是封闭式的,要是连这样的想象都不敢面对,只能说明自己内心的信念不够强大。

难道说,诅咒的源头会是弗洛伊德的思想吗?

这位心理学史上里程碑式的人物第一次揭开了蒙在人心上的黑布。如果真如神秘主义论者所说,人的意识和内心有着不可思议的神秘力量,那么弗洛伊德的精神分析,他对潜意识的发现,在让人们对内心看得更清楚的同时,难道不是拉动了锁住神秘力量的阀门,打开了潘多拉之匣吗?

从这个角度来说,茨威格和达利用他们的艺术天赋把弗洛伊德思想直接传递给了大众,用各自不同的方式撬动着千千万万人心里的那只黑匣子,如果不发生一些神秘的事,那才叫奇怪了。

这样解释似乎顺理成章,但问题是,在我们的内心某处,冥冥之间,真有科学难以解释的力量存在吗?

手机震动了一下,是短信。

"往你的邮箱发了封信,你看一下。"

短信是费城发来的,韩裳走到电脑前坐下。

"有什么事不能电话里说呢?"她一边打开邮箱,一边想。

费城重新回到家里的时候,手里拎着个小小的塑料袋。里面装着他转了好大一圈才买到的东西——黄豆粉。

他把封装好的一小袋黄豆粉从塑料袋里拿出来,放在书桌上。然后把手稿翻到有问题的那一页。他看了看手稿,又瞧瞧黄豆粉,直到现在,他都不能确定,自己想出的法子是否有效。这要试过才知道。

他像要做菜一样,捋起了自己的袖管——他确实会烧菜,尽管味道可能不怎么样。但这都是好些年前的事了,来上海之后他就没怎么下过厨。

费城突然想起了这件事并不适合在书桌上做,连忙拿了张一次性的塑料桌布铺在餐桌上,把阵地转移过去。

拿起黄豆粉的时候,费城才发现得用剪刀先剪开。不过他已经不耐烦跑一次,抓着袋口用力一扯,薄薄的袋子立刻被这股蛮力破坏出一个大洞,一蓬细细的黄色粉末飞溅出来,好在他事先铺好了桌布。

费城把黄豆粉在桌上倒成一个小丘,手稿在小丘旁边翻开。这两种奇怪的配料会做出什么样的菜呢?

费城右手拿起手稿,平端在半空,左手抓了一小把黄豆粉,撒在纸张表面。他重复了好几次这个动作,直到把黄豆粉均匀地在这一页的手稿上覆盖了薄薄一层。

然后,他开始水平地来回抖动手稿。

黄豆粉末在纸张上颤动着,相互碰撞滑动,许多粉末从纸张的边缘飘落到桌子上。随着抖动持续时间的延长,手稿上残留的黄豆粉越来越少,并且往一些地方开始集中,而不再是开始时的均匀一层。

在超市里挑选黄豆粉的时候,费城选了一种研磨得最细的。和面粉相比,黄豆粉要更滑一些,不容易粘附在纸张表面,方便抖开。更重要的是,黄豆粉是黄色的,而面粉是白的,会和纸张的本色混在一起,不易分辨出来。

现在,这些黄色细粉在手稿上延着一定的线路聚集起来。在刚开始的时候，这种聚集似乎没有任何规律，东一堆西一堆。费城觉得留在纸上的黄豆粉可能还是太多，等不及它们自然掉落，便轻轻吹去一层，果然，剩下的少量黄豆粉开始形成花纹了。

到这个时候，费城已经连续抖动了将近十分钟，手臂的肌肉开始发酸了。花纹的形成给他鼓了气，他知道自己的方法是可行的，咬起牙抖得越发卖力起来。

很显然，在这本手稿里，曾经长期夹着某件表面凹凸不平的东西。现在虽然这件东西不见了，可是已经在纸张上留下了痕迹。单单用肉眼观察，没办法从写满了字的纸上看出，这些浅痕所组成的到底是什么图案，所以费城想了这个办法，用黄豆粉来还原出那件东西的模样。

几分钟后，绝大部分的黄豆粉，都汇集到了纸张上的凹痕里。于是，蓝黑色的字迹间，一个模模糊糊的淡黄色图案出现了。

费城小心地把手稿慢慢放到桌上，擦了把额头上的汗珠，找来数码相机拍下图案。

接下来，费城把照片传到电脑上，用 Photoshop 开始处理图像。先把图案的背景换成了空白的，又把图案的边缘清晰化，线条勾勒得更清楚明晰。这是个细致活，要一点一点地修，而眼前的这个图案，又非常的复杂，对费城这个非专业人士来说，更加考验耐心。

等到能做的都做完，费城相信，原样已经恢复了六七分。留下这些痕迹的是一面长方形的浮雕牌子，长时间紧紧压在手稿里，把凸起的浮雕印在了纸上。他忽然省起，现在看到的样子是反的，忙又把图案做了镜像反转处理，这才对。

刚才在慢慢做图像处理的时候，费城心里就在琢磨，这到底是什么。

一个脸被头发遮住的人吗？他的面目模糊，却又似乎在注视着你。他的身躯应该是站着的，可是腰部以下的躯干异化了，没有了腿，好像软化成了其他什么东西。是火焰，还是波涛？

他的身后又是什么，那层层叠叠向外铺展开的图案，好像有许多种可能。最靠近身体的应该是翅膀，可其他那些是什么，都是翅膀吗？仿佛天使，可费城记得天使最多也不过几对翅膀呀。

还有一种东西，它遍布在似火焰似波涛的图案里，遍布在似翅膀非翅膀的叠影中，它甚至成为了背景，在长方形画面的任何角落都若隐若现。黄豆粉拓下的图像清晰度有限，所以大多数地方它都看不清楚，可是它的数量多，东拼西凑能还原出完整的单个图案。最醒目的一个嵌在浮雕人物的胸膛上，那不是心脏，而是眼睛。

许多只眼睛，无处不在的眼睛。

费城深吸了口凉气，这么多眼睛让他觉得心头有点发瘆。

黑猫毛团趴在地上，看着电脑里的图像，一声不吭。在绝大多数时间里，这只猫安静得好像不存在一样。

这个还模模糊糊的浮雕，已经透出几缕阴气了，如果能亲眼见到原物，又会是怎样的感觉？这块浮雕牌雕刻的是什么，是前一任手稿的拥有者夹在书里的吗，会不会是茨威格的东西，它和神秘诅咒有关系吗……

许多个问题在费城的脑海里盘旋，他不知道答案，但好在终于有了新的线索。

这个牌子会有什么用处呢，单纯的艺术品？从拓下来的图案就能给自己以异样的感觉这一点来看，原品肯定具有相当高的艺术价值，可是在费城的印象里，在长方形牌子上做浮雕而不是蚀刻，只有中国的玉雕有这种传统。

中国玉文化有数千年的历史。在明朝中晚期，一位叫陆子冈的玉雕师把产自和田的白玉切割成长6厘米、宽4厘米、厚约1.5厘米的长方形牌子，在上面用浅浮雕刻出花鸟鱼虫和人物，姿态高妙，自成一方天地，他的作品被称为"子冈牌"。自那以后，在玉牌上进行雕刻就流行起来，现代也逐渐从浅浮雕发展到高浮雕。可是这种玉雕，其内容都是花鸟图案或佛像，再就是一些传统故事，绝不会出现如今电脑里这样的雕刻。

这块牌子上雕的东西，是某个宗教里的神，还是某个民间传说里的英雄，又或者是个怪物？

一片茫然的费城还是只能沿用老办法：通过网络寻找真相。他又在网上发了一些新帖，把拓下来的图片照片一并放上去。然后，费城顺便看了看先前发的帖子，结果令他失望。回复者寥寥无几，帖子已经沉到几页之后去了，而且回复的那几句都是在灌水，没有任何实质帮助。为了让更多的人看见，费城决定每隔一段时间就自己来回复，把帖子顶到论坛的第一页去。

当然，费城没有忘记韩裳。这条新的线索是因为韩裳的提醒才发现的，费城给韩裳写了封信，并且附上了照片。信件发送成功之后，他给韩裳发了个手机短信。

门铃声把阿古吓了一跳。

怎么会有人按门铃呢,他心里狐疑着。

门铃再次响起,急促而连续不断地叫着,好像门外的人已经等不及,恨不得砸碎门冲进来一样。

阿古嘴角的疤跳动了一下,脸色更白了。在暴躁而疯狂的门铃声中,他蹑着步子,慢慢走到门前。他没有通过猫眼向外望,那样会把光遮住,从而使门外的人知道屋里有人。

他把耳朵附在门上,想听听外面还有什么动静。

"有人吗?"一个不耐烦的声音在外面大声喊道。

阿古愣了愣,犹豫了一下,把眼睛贴着猫眼向外望,然后把门打开。

"快递。"门外的汉子粗声粗气地说,把一个纸箱子往阿古的手里一放。

"怎么这样按门铃。"阿古把签收完的单据递回给他,皱着眉说。

汉子一撇嘴:"按了一下没反应,以为没人呢。这么晚才来开门。哎呀你们小区的保安真是麻烦,就上来送个东西还问东问西。"他完全不觉得自己有什么问题,唠唠叨叨说个不停。

阿古面颊上的长疤又是一跳,狭长的眼睛眯起来,盯着快递员。

汉子像被毒蛇盯住,不由得住了嘴,脖子向后一缩。他干咳了一声,把单据胡乱塞进大背包里,冲阿古嘿嘿笑了笑,转身快步离开了。

阿古看着这名快递的身影消失在通往电梯的转角处,嘴角露出一丝笑意。他把门关上,用刀割开把箱子缠了一圈又一圈的封装胶带。

阿古把箱子里的东西一件件取出来,清点完毕,他打了个电话。

"货收到了。速度很快。"阿古说。

"别被抓到,抓到的话,也别说是从我这儿拿的。"

"你以为我要干什么？"阿古反问。

"嘿嘿。"那边不阴不阳地笑了几声，"我可不管你买去干什么。"

阿古也笑了，然后挂断了电话。

韩裳读着费城写给她的信，有些讶异。

在手稿里留下的这么点不起眼的浅痕，居然被他发现了？还想到用黄豆粉让这些痕迹现形，真有点侦探小说的味道。费城在她心里的印象一直是个惶恐无助的求助者，昨天喝完咖啡最后的那几句话让她的看法有了小小的改变，现在她忽然觉得，这个男人还能找出点让人欣赏的地方。

点击下载邮件的图像附件，韩裳有些迫不及待地想看看，那幅怪异的黄豆粉图案是什么样子的。

下载很快完成了，ACDSee 程序自动开启，一张长方形的照片出现在显示屏上。

一个个光点在视网膜上汇成完整的图像，与此同时，一个从未见过的影像在脑海中一闪而过。

一个词在她嘴里脱口而出。

"Metatron！"

第三十四章

门开了,阿古走出来,反手把门轻轻关上。

时间将近傍晚,日光黯淡。楼道里的感应灯在阿古跨出门的一刻就亮起,它们已经开始工作了。

阿古抬头看了看灯,那天晚上,这样的灯让他差点暴露。

电梯开了,里面有个五十多岁的妇人。她看了阿古一眼,立刻移开了目光。

阿古拎着手提箱,从容地走进电梯。

不过,因为脸上的疤,不管他实际上情绪有多平静,看上去总是有些狰狞。

电梯平稳地行驶到一楼,门缓缓打开。瘦小的妇人疾步走出去,手上那个有着明显双C标志的黑色香奈儿包甩在还没完全缩进去的电梯门上,发出一声闷响。

阿古仍是不慌不忙,在电梯停稳之后,提着箱子走了出去。

夏绮文的黄色保时捷从地下车库里驶出,在阿古的目送下,朝小区出口开去。

阿古没有跟上去,他根本没去开自己的黑色桑塔纳车。他知道夏绮文要去干什么,电话监听让他对夏绮文的行程了如指掌,一位朋友的酒吧开张,她去捧场,不会很早回来。

进入夏绮文居住的那幢楼需要专用的磁卡,这里每幢楼的磁卡都不同,所以阿古有的那张用不了。但这很简单,两分钟后,一个住户用磁卡刷开了这道门,阿古跟在他后面,尾随着进了电梯。

"几楼?"电梯里,那个人问。

阿古看了看楼层按键,他去的是12楼。

"10楼,谢谢。"

那个人在"10"上按了一下,向阿古善意地笑笑。

阿古向他微微点头示意,像这样并不因为他的外貌而表现出排斥感的人不多。哪怕他只是克制住了心里的厌恶,起码也说明风度不错。

10楼到了,阿古出电梯的时候,又向那人笑了笑。

绕着楼道走了半圈,阿古推开楼梯间的门,往下走了两层。

夏绮文住在801室,锁着的防盗门难不了他多久,这是基本技能之一。

阿古在玄关弯下腰,打开手提箱取出两只厚厚的棉鞋套套在运动鞋上。这是他自己缝的,可以保护主人家的昂贵地板,当然这不是最主要的作用。唯一的坏处是不能走得太急,否则容易滑倒。

打开的手提箱放在玄关的一侧,客厅的边缘。里面除了刚才拿出的两只鞋套,剩下的是些电子小玩意儿。

阿古的手插在裤袋里,踩着鞋套,在客厅里慢慢移动着,无声无息,像个幽灵。

这是他第一次认真打量这个客厅,现在他有充足的时间,可以从容地做他想做的事情。

阿古看得很仔细，没有放过任何一个角落。墙上的大幅油画当然吸引了他很多注意力，夏绮文在画框里注视着他，漆黑的眼中流转着神采，唇齿间的那抹微笑让人心动。

阿古有些不自在，不管他走到客厅的哪个角落，都能感觉到画中女人的目光落在自己的后脖颈上。他甩了甩头，这只是心理作用。

在这个几十平方米的空间里盘旋了很多遍之后，阿古终于选定了。他踮起脚尖，从装饰橱的最上一格取下了件陈列品。

这是个用五彩的干草茎编扎成的人头像，肯定是夏绮文某次海外旅游或出外景带回的纪念品，瞪着眼珠张着嘴，还戴着尖尖的布帽子，造型夸张。

这个工艺品有着很好的弹性，从内到外完全用植物做成，草茎和草茎之间有很大的缝隙，塞个小东西进去不成问题。

阿古从手提箱里挑了个针孔摄像头出来，从干草人头张开的嘴塞进去。他拿着人头后退了几步，抬头边看这件东西在装饰橱里将要摆放的位置，边调整镜头，觉得差不多之后，又拨了拨旁边的几根草茎，让它们不至于挡住镜头，又可以略作掩饰。

阿古把人头放回橱里，抬头盯着它的嘴看，然后满意地笑了笑。就是他自己，离开了这点距离，也很难发现针孔摄像头的存在了。

这个摄像头放置的角度以及这一款的性能，保证可以拍到夏绮文在这个客厅里的大部分活动。这样一来，阿古就可以把夏绮文的一举一动完全掌握，而不用再去费神地猜想这个声音是什么，那个又是什么。

接下来，在每一个房间里，阿古都在极隐蔽的地方装上了针孔摄像头,干完这些,在手提箱里,还多出一个剩下。

阿古看着多出的这个,嘴角情不自禁地弯了起来。每个房间都已经有了,这个摄像头,是为另一个地方准备的。

他拿着摄像头,走进了厕所,装进了抽水马桶里。做着这件事的时候,他觉得身上的每根汗毛都抖动起来,兴奋得难以自已。是的,要让夏绮文在做任何一件事的时候,都处于他的监控之下。

这些摄像头已经开始了工作,可是它们拍摄到的影像资料,不可能实时地传到住在另一幢楼的阿古那儿,那太遥远了。他得在这套房子里找个地方,安放蓝牙接收器。

这很简单,阿古在夏绮文的书橱里找了个灰尘最多的区域,那儿有一排《简明不列颠大百科全书》,他抽出一本,把薄薄的接收器夹进去,重新塞回原处。他已经设置好了,六个摄像头会同时把拍到的图像传到接收器里的 8G 微型硬盘上,成为六个影像文件,通过 USB 接口,可以直接连上电脑播放。这样的容量,可以连着录四十八小时以上,在此期间,阿古找个时间再溜进来,换上新的微硬盘和电池就行了。

现在,离夏绮文可能回来的时间还早得很,阿古打算在这个豪华的家里再多待一会儿。他在主卧室的床边看见了那个没标签的药瓶,夏绮文每天早上和晚饭后都会吃药,她似乎并不随身带着,阿古猜测她不愿被人看见。如果晚餐不在家,她就会在晚上睡前补吃。

阿古不知道这是什么药,上次偷偷潜进来的时候,他拿过其中的一粒,随后交给了那个人。现在阿古要搞清楚的是,夏绮文每次会吃几颗。他拧开盖子,点了点剩下的数量。嗯,一次两颗,一天两顿。

阿古四处转悠着,他对这个漂亮女明星的私生活有着别样的好奇,这几天的监听更让他的好奇心快速膨胀到难以克制的程度。他拉开各个橱门和抽屉，查看她的电脑，想看看能找到她的哪些隐私，当然，他很小心，不会弄乱什么。

离开的时候，阿古经过客厅，抬起头望着咧着嘴的干草人头，露齿一笑。他忽然猛地转过头，另一边的墙上，画框里的夏绮文也在向他微笑。

阿古摸着口袋里的那个小东西，这是从夏绮文书房的某个抽屉里找到的。

"不乐意我带走这件东西吗？"他对着画中人自言自语，耸了耸肩，打开房门走了出去。

第三十五章

费城的小腿被一只横伸出来的老朽的手拍了一下。

此刻他正走在离家不远的一座人行天桥上,下了天桥的大街拐角上,有一家每天晚饭时间就会排起人龙的小吃店,他打算用那儿的虾肉锅贴来解决晚饭问题。

天桥上有许多摆摊的小贩,席地而坐。从弹眼落睛的羚羊头骨到细巧的号称藏银的饰品,形成了个微型的小商品市场,好些刚下课的女生撅着屁股围在那儿,叽叽喳喳很热闹。

费城当然挨着人少的地方走,小腿被人拍一下的感觉是很怪异的,他连忙停下来,低下头看看怎么回事。

那只干瘦的手早已经缩了回去,它的主人正坐在一张小木凳上。从他和费城之间的距离可以想象得到,这个老头刚才一定俯下身子,斜着探出手才能拍到费城的腿。那显然是个古怪而可笑的姿势,可是现在,清瘦的老头变得一脸正经,用手捋着山羊胡,或许就是刚收回来的那只手,向费城微微点头。他的这个姿态肯定是练过的,很有高人的架势。

老头坐着的小板凳前,铺着挺大一方太极图,旁边还写着各种卦辞。在老一辈被无神论洗脑,新生代又被西方星象学完全俘虏的当代中国,这种古老的纯中国流算命先生,在大城市里受到冷遇一点都不奇怪,以至于要用这种方式招揽生意。

费城皱了皱眉,如果是从前,他一定拔腿就走,现在却居然有点犹豫了。这九成九是个江湖骗子吧……

"老板,算一下吧,不准不要钱。"老头一开口就把刚才营造的一点点形象全都给毁了。

费城自嘲地摇摇头,转身就要走。

"等等,你最近不顺吧。"

"嗯?"

算命先生见费城有了反应,立刻详加解说起来:"你脸上有黑气呀,最近碰到大麻烦啦,一定要我来帮你开解才行。看看你的印堂,你们现在小年轻都不懂这些呀,我是看你危险才拉住你的。来,看看你的手相,别担心,你觉得说得不好,不要你钱。"他说着站了起来。

但凡设摊算命的人,最懂察言观色,费城知道自己这几天的脸色就没开朗过,老头多半是见自己心事重重,才这么说的。

老头拉着他的手,又是揉搓又是琢磨,搞得费城弄不明白他是摸骨呢还是看手相。然后他才意识到,自己在无意之间已经把左手伸了出去。

明知道眼前的人很不可靠,却还是给他看了手相,说明潜意识里,自己就像个快要溺水的人,碰到一根稻草都会牢牢抓住。和韩裳接触了几次,费城也能用潜意识来分析一下自己的心理了。

忽然之间,费城心里涌出一股强烈的厌恶,对这个老头,更对自己。什么时候,自己竟这么脆弱了?

老头一边看他的手相,一边说:"阴气重啊,阴气重,你灾星上身了。身上要挂点红的东西,家里门口挂个平安符,找点避邪的东西,挂个铃铛什么的。不过你的情况严重,这些也保不住平安,得用我的秘法才行,你再让我好好看看。"

费城低头看地上老头写的广告语:通晓前生后世,让你趋吉避凶,铁口神算,祖上单传易经八卦秘法……

这十足是江湖骗子的口吻,所谓再好好看看,用上他的秘法,肯定就是要付钱了。费城立刻把手抽了回来,居然会在这种人身上浪费时间。

"我不算了。"费城扔下这句,转身就走。

"哎,哎。"老头在后面叫他。

来买锅贴的人已经排成长队,好在还没到最高峰。费城花了十五分钟买了三两锅贴,坐在简陋的店里蘸着醋慢慢吃着。这时他又觉得,自己刚才是不是太冲动了?自己确实碰到了神秘事件,哪怕那个老头九成九是骗子,也该多问几个问题,试试他的本事再说。万一他真懂点什么呢?

费城很快吃完了十二只锅贴,用纸巾简单抹了抹嘴,起身往家走。

如果刚才那个老头还在的话……

老头果然还在。看见费城又回来了,并且走近他的摊位步伐放慢时,脸上露出笑容,站起来对费城说:"你真是有大问题啊,你自己也知道吧。"

费城挤出一丝笑容,正在想该问他些什么,好试出他有没有真材实料时,忽然看见老头的脸色变了。

他的小眼睛瞪了起来,目光中闪着惊慌,嘴微微张开,胡须颤动,好像突然发现了什么可怕的事情一样。

费城被吓了一跳,老头的这副样子不像在演戏,难道他真的看出了什么不祥之兆?

"怎么了?"他忍不住问。

老头瞪着眼珠没有回答,脸上的神情却越来越紧张。

费城忽然觉得不对,对面老头好像不是在看他,而是在看他身后很远的地方。

还没等费城回头看,老头"哎哟"一声,弯下腰一卷地上的家什,转身就跑了。

对面那些小摊贩的东西比较多,比老头慢了几拍。

"来了来了。"费城听见张皇的压低声线的喊声,转眼间所有的摆摊者都作鸟兽散了。

然后,几个穿着制服的人出现在天桥的一端。

原来是城管来了。这些无证摆摊的人被抓住,要罚很多钱的。

看着一下子空荡荡的四周,费城叹了口气,继续走回家的路。

下了天桥,费城经过一家正在处理便宜商品的小店,一律都是五元。其中有很多是过了季的东西,比如风铃,夏天早已经过去了。

费城买了一串风铃,他想起了算命老头的话:挂个铃铛。

反正只要五块钱,就当多个装饰。费城这样对自己解释。

回到家里,费城踩着椅子,在天花板上敲了颗钉子,把这串由许多根金属管子组成的风铃挂上。就在玄关的前方。

他坐到电脑前,开始继续《泰尔》剧本的修改润色。风铃的叮当声时常传入他的耳中,第一声响起的时候,他还吓了一跳,然后才想起,在客厅里,有一扇小窗开着。

毛团好奇地跑到风铃下方,看着这个不停发出动听声响的小玩意儿。

风铃声中,《泰尔》的中文剧本终于完成了。写一遍再改一遍,费城觉得这出剧已经像熟透了的果子,可以伸手去摘了。

该把剧组的人都聚起来了。定好开排的时间,联系租场地,盯一下道具服装和灯光的落实工作……费城的大脑里飞快地闪过接下来要做的事,一切就绪,这辆车就要开动起来了。

可是,在心底里,总有个刺耳的杂音。那是对危险的直觉,一种本能的畏惧总是在他大脑稍稍空闲的时候跳出来,警告他:停下来,把一切都停下来。

当然,费城不会放松关于手稿的追查,何况现在已经有了线索。但是,从现在这点线索,到最后解开诅咒之谜,中间还有许多的路要走。

等到一切都有圆满答案,诅咒的阴云完全驱散再开始《泰尔》的排演吗?费城的理智告诉他,这是不可能的。

费城又一次上网,看看自己发的那些帖子。他知道自己太急不可耐,这才离发帖没过多久。

果然没有人知道那是什么图案,有些人在回帖里作了许多猜测,但明显不靠谱。

急躁、慌张、恐惧、怀疑,这些负面情绪又一点点浮了出来。费城强迫自己暂时不去想和诅咒、手稿有关事情,因为现在烦这些没用。他已经决定了,要是几天内这条线索没有新进展,他就去请个私人侦探,让他去查清手稿的来历。现在,还是把注意力再次挪回到即将正式运作的剧组将要面对的一大堆事务上去。

该给周训打个电话了,这出剧的道具可不能马虎。找来手机的时候,费城才发现,他有一条未读短信。刚才出去吃锅贴的时候没带着手机,一定是那时收到的。

是韩裳发来的。

"你发给我的信看到了,我认得,那是梅丹佐。我把大概的情况写在回信里,你可据此在网上查更详细的资料。"

费城像被打了一针强心剂,跳起来跑回电脑前。

他怎么都没想到,韩裳居然认得!

第三十六章

就和费城曾经猜测过的一样,梅丹佐果然是一位天使。

Metatron 源于字根 meta-(次于)及 thrones(王座),即代表"最靠近王座者"之意。梅丹佐在犹太教神秘教派中被一致认定为"天国的宰相",他同时有众多面貌和名称,如"神之颜之君主""火之天使""契约天使""天使之王""小耶和华""不出世的伟人""天之书记""人类的扶养者""暗的支配者"等等。

和其他据犹太教记载诞生于一百五十亿年前的天使不同,梅丹佐非常年轻。他诞生于八千五百年前,生前是圣人以诺,死后被大天使米伽勒接引上天。而这位以诺,就是著名的挪亚方舟主人的曾祖,也是传说中吸血鬼始祖该隐的长子。

梅丹佐是所有天使中最接近神的存在,他的形象是背生三十六翼,有三万六千只眼。浮雕上,梅丹佐背后那层层叠叠如虚影般的翅膀和仿佛无处不在的眼睛,正是犹太教传说中梅丹佐真实的形象。

浮雕上刻画的人物不是胡乱虚构出来的,而是现实宗教里的形象。费城玩味着其中的意蕴,和这件艺术品的特殊形式联系起来,他觉得很可能浮雕牌有着纯艺术之外的意义。

这件东西不太可能出自中国人之手,会不会是和手稿一起带入中国的呢？梅丹佐是希伯来神话传说中的天使，而茨威格又是犹太人，这其间有关系吗，它原本就是茨威格的藏品吗？

想到这里，费城突然明白了韩裳为什么会认得，她身上不就流淌着犹太人的血脉吗，对犹太传说中的人物形象，当然一眼就能认出来。

就在费城被梅丹佐困扰的时候，知道更多的韩裳，心中的疑团也更大更复杂。这时她已经早早地躺在了床上，睁着眼睛想着之前发生的事情。

和费城想的当然不一样，韩裳从来没有研究过犹太教，她连《圣经》都没好好看过，既不信仰犹太教，也不是基督或天主的信徒。犹太血脉除了在她的外形上留下些痕迹之外，几乎对她的生活没有一点影响。

所以，她本不该知道梅丹佐的。

可是，就在她看到费城传过来的图片照片的刹那间，Metatron 这个词，更确切地说是这个音节就从脑海里、从血脉中跳了出来。没头没脑，无因无果，就这么在内心的混沌中响起，并且从嘴里传出。

每个人都会有突如其来的古怪念头，这种不知从哪儿闪出来的想法是潜意识乱流里偶尔冒起的小浪花，和正常思维比起来显得荒诞不经。有闪念没什么好奇怪的，可是这个突然出现的 Metatron 带给韩裳的冲击，和随之而来的异样感，让她觉得非同寻常。于是她照着音节把这个词拼出来，试了好几种拼写可能，才在 Google 里找到了 Metatron——梅丹佐。

当韩裳把梅丹佐和照片上的形象一一对应起来时，先是强烈的震惊,而后是一阵慌张。分明从来没有接触过的东西,怎么会从内心的某个地方冒出来了呢?

如果发生这种情况的,是向她进行心理咨询的病人,韩裳会告诉她:第一种可能是在你不经意的时候,曾经见过相关的资料,也许只是惊鸿一瞥,没有进入记忆,但却留在了潜意识里;第二种可能是你有一段很不愉快的记忆,被大脑自动屏蔽了,当作没发生过,这种状况也不算非常罕见。

但是发生在自己的身上,韩裳却很难再用这样的理由来说服自己了。

就算从前知道梅丹佐,看过他的形象,在乍一瞧见费城的照片时,正常的反应是熟悉感。因为照片上的图案是还原出来的,并不精确,很多地方是模糊的。况且梅丹佐是宗教传说中的天使,没有具体而确切的样子,不同的艺术家塑造出来的梅丹佐,都会有所差别。这样一看见就脱口而出,除非见过在手稿上留下这些痕迹的原物,并且对它非常熟悉。这可能吗?或许,是在某些被遗忘的梦中?

数数最近碰到的难以解释的事情,数量已经累积到让韩裳对纯粹的心理学解释越来越缺乏信心。不管理智上愿不愿意相信,韩裳阻止不了这样的想法:在一切的背后存在着一个原因,一个神秘轴心。

而梅丹佐所代表的意义,让韩裳产生了远比费城更丰富的联想。梅丹佐是最接近上帝的天使,他负责倾听凡人的祷告,再传达给神,他是一座桥梁,一头是凡人,一头是上帝。要是她之前所作的那个大胆到荒唐的设想成立,那么梅丹佐的形象正好可以被其收纳。

难道不是这样的吗,茨威格传承了弗洛伊德的思想,而弗洛伊德的思想又无限逼近了人内心深处的真相。如果人的内心、人的精神真的不是科学所能解释,而属于神秘领域,那么弗洛伊德不正是梅丹佐的化身吗!

第三十七章

夏绮文把车停到车库里的时候,松了口气。

走出车库,夜风吹在额头上,让她微微有点晕眩。

本不该开车去的,结果喝了酒,一路开回来的时候胆战心惊,好在没出事。不过,玩得很开心,已经很长时间没有这么放松过了,连假面舞会时也没有,不知不觉就喝过了量。

夏绮文轻轻叹了口气,要是有个男人在身边该有多好,这种时候就会把自己平安送回来,再扶着她上楼。

她花了一点时间,摸出磁卡刷开大门。

电梯门关上,向上升去。狭小的空间里响起嗒嗒嗒的声音。

这是夏绮文脚上的高跟鞋不停地踩在电梯地板上发出的声响,她双脚小幅度地来回跺着地,仿佛很冷。

这是老毛病了,她的肾功能不太好,总是尿频尿急,这个问题已经让她在许多场合尴尬过许多次了。今天喝了酒,尿意上来更难忍。好在这是私密场所,没人看见她现在的难堪模样。

越要到家的时候,小腹的酸胀感越是让她咬紧牙。电梯从上升到停止一瞬间的失重感,让她窘迫得下腹、臀部和两腿的肌肉一下子收紧,闭上眼睛,从鼻腔里哼出一声叹息。

再次睁开眼的时候,电梯门已经打开了。夏绮文走出电梯,两步之后变成了小跑,钥匙已经拿在手里,她飞快地打开门,胡乱踩了双拖鞋,拎包甩在客厅的沙发上,冲进了厕所。

她似乎听见包里有什么东西嘀地响了一声,不是手机。显然她已经顾不上去弄清楚究竟,褪下牛仔裤坐到马桶上,随着急促的水流打在陶瓷上,她整个人都松弛下来,微微张开嘴长长出了口气,脸上泛起一层薄薄的红。

阿古把这些声音都听在耳里。

他本来正在吃夜宵。一碗滚烫的方便面,放了许多辣料,吃得他呲呲抽着气,脸上的伤疤泛起红光,额头渗出细汗。

监听设备里一传来夏绮文开门的声音,他就停下了筷子。然后是重重关门的声音,急促的脚步声。因为夏绮文没来得及关厕所门,所以,他装在客厅里的灵敏度颇高的窃听器,还收到了一点从厕所里传出的轻微声响。

如果装在夏绮文家里的微型摄像头,能像窃听器一样,即时地把图像传过来该有多棒。阿古的眉角跳了跳,无声地笑起来。他决定明天一有机会,就潜进去,把拍到的东西搞过来。

抽水的声音传来,阿古端起方便面,重新吃起来。

只是,还有一个小问题,他一边呲呲把面吸进嘴里,一边想。

那个在夏绮文的客厅里,隔一会儿就嘀地响一声的是什么?明显是从夏绮文回到家才有的,是手机短信吗,不像啊……

夏绮文从厕所走出来，又听见了自己包里传出的声音。

鸣叫声以固定的频率，隔五六秒钟就响一次。

到底是什么东西？夏绮文想。她往斜躺在沙发上的包走去，忽然记起了什么，脸色立刻变得古怪起来。

鸣叫声是从一个打火机大小的匣子里发出的，上面有个小红灯闪动着。夏绮文用手捂着嘴，满脸的不敢相信。

怎么可能会有这样的事情？

夏绮文急匆匆地跑进书房，找出这个小东西的包装盒，细细地阅读说明书。

当她再次返回客厅的时候，脸色已经变得很难看了。

她拿起还在叫着的小匣子，在客厅转了一圈，靠近装饰橱的时候，上面小红灯闪烁的频率明显加快了。她慢慢移动着匣子——实际上，这是一个防止被偷窥的电子探测器。最近几年，网络上的偷窥视频越来越多，有段时间演艺界的女明星们人人自危，生怕在更衣室换衣服或厕所方便的时候被针孔摄像头拍到。这个探测器能在一定距离内侦测到摄像头发出的电子讯号，其实原理她也不很清楚，只听说台湾的许多艺人都用，就托人买来。这小玩意儿一直扔在包里，从来没有过动静，没想到第一次发挥作用，竟然是在自己家里。

夏绮文搬了张椅子，脱了鞋踩上去，很快，她就从那张嘴里发现了摄像头。

阿古觉得夏绮文今晚有些异常。现在时间已经很晚了，照理她应该忙着卸妆，洗澡，做皮肤保养，准备睡觉。可是从窃听器里，他听见的却是她在各个房间里不停的脚步声,还有搬动桌椅的声音,以及其他一些他判断不出来源的声音。

她在干什么事情呢?阿古摸着下巴,想不出答案。

还有,嘀嘀声尾随着夏绮文的脚步,她到哪里,就响到哪里,这到底是什么?

夏绮文还从来没有让他这么摸不着头脑的时候,看来,只有等他拿到监视录像,才能知道答案了。想到这里,阿古庆幸自己先前装了那些监控摄像头。

当夏绮文掀起抽水马桶的盖子,弯下腰,终于发现了用强力胶粘在陶瓷后沿底部的最后一个针孔摄像头时,羞辱和惊恐交织在一起,让她忍不住大声骂了句脏话。

幸好不久之后,她就在书房的那本《简明不列颠百科全书》里找到了蓝牙视频信号接收器。这意味着没有什么让她难堪的东西流出去,现在她只要报警就可以了。

想到报警之后的麻烦,夏绮文就觉得头脑发涨,这肯定会是接下来一整个月娱乐记者最津津乐道的话题。但这事一定是要报警的,太可怕了,居然有人偷偷潜进家里,装了这样的东西,他到底想干什么?

夏绮文回想着最近是否得罪过什么人,那些狗仔虽然可恶,但还不至于做出这样的犯罪行为吧。

还有,在报警之前,先清点一下有没有少掉贵重物品,虽然她隐约觉得,侵入者并不是为了钱财来的。

贵重的珠宝首饰和名表都没动过,有些甚至放在相当显眼的位置。

夏绮文皱起了眉,这可不是一个好现象。

她走到写字台前,准备拿起电话拨打110报警。这个时候,她瞥见了放在写字台一侧的手提电脑包。

她是个做事情很求完美的人,这种习惯在许多生活的细节里都有体现。比如她用完手提电脑,放回包里的时候,一定会把电源线、鼠标等固定放在最合适它们的地方,而不是胡乱塞进去。同时,电脑包的拉链也会注意拉严实。

可是现在,电脑包的拉链没有完全密合,留了一小段没有拉起来。就只是一小段而已,对别人来说这很正常,可夏绮文却觉得,似乎有人动过自己的手提电脑。

她拉开电脑包,看了看里面各个配件的摆放,好像挺正常。是自己多心了吗,或许只是偶然一次没有拉紧而已。

夏绮文把手提电脑从包里取出,打开并按下了启动键。

开机画面闪过,进入 Windows XP 操作界面,她看了一眼右下角的电池残留电量,心立刻沉了下去。

还有86%的电,可前一次,她是充满了电再关机的。

那个可怖的侵入者,没有拿走她任何财物,但是却打开过她的手提电脑!

他还干过些什么?

虽然在厕所的马桶里发现了一个针孔摄像头,可其他每个房间也都发现了,如果仅仅为了偷窥,不需要这样。

不是为了偷窥,那是为了什么?

一个词从脑海里跳了出来:监视。

自己正在被监视!

夏绮文手足冰凉,她记起了那天晚上,门外走道上突然亮起的灯光,她还欺骗自己那只是过度敏感的感应灯的小故障。愣了一会儿,她开始查看自己的一些物品。

拉开一个抽屉,那儿有一小包东西。

夏绮文清点了三遍。

"天哪。"她喃喃地说。

"天哪。"沉默了一会儿,她又说了一遍。

那包东西,少了一根。

夏绮文的呼吸急促起来,本该早已经不起作用的酒精好像又开始让她晕眩了。扶着桌子镇定了片刻,她倒了点温水,从卧室的药瓶里取了两颗药吞下去。

"该还的总是要还。"她低语着,然后找出一根 USB 数据线,把蓝牙视频信号接收器连上了电脑。

微型硬盘上存下来的视频文件可以用暴风影音直接播放,她快进着这些无声的影像,终于看到,客厅里草人嘴里的那个摄像头,在最开始的时候,录到的那个人。他正面朝着自己,露出白森森的牙齿笑着,嘴角长长的疤痕蜈蚣一样扭动着。

这张脸,只要见过一次,就不会忘记。

夏绮文当然记得,就在昨天,她从费城家里出来的时候,曾经见过这样一张脸。夏绮文还记得,他坐在一辆停在路边的黑色轿车里。

她曾经以为,这只是个长相可怖的路人。

第三十八章

太阳很好，并且没有风，暖洋洋的。这大概是今年正式入冬前，所剩无几的适合出游的好天气了。

韩裳走在上海东北角一片老城区的街道上，早晨上班的高峰已经过了，这儿依旧车水马龙，行人不断。阳光在地上洒出一片片的树影，弄堂口有老人站着坐着扯家常，一股让人浑身闲适松散下来的气息扑面而来。

可是这些韩裳全都感觉不到，在她的眼中，黑云压城。前方空气里的每个分子都拼命挤在一起，让她每迈出一步，都要花许多力气。她咬着牙，按捺着狂乱的心跳，不回头。

这是她的一个心结，直到今天她下定决心来到这里，才知道自己的心理障碍竟然已经严重到这样的程度。

前方，汇山公园里常青树的郁郁树冠已经可以望见。哦，现在这里叫作霍山公园了，这曾经是在上海的犹太人的墓地，韩裳知道，她的外曾祖父威尔顿就葬在公园里的某个角落，但她从来没有去扫过墓。

霍山公园就像一个标志，它提醒着韩裳，六十年前上海的犹太人聚居区，就快到了。

韩裳的母亲极少提起这位外曾祖父，更多的原因，不是他死得早。

韩裳的犹太血统，完全是通过母系这一脉传承下来的。外祖母十六岁就生下了她的母亲，1946年，外曾祖母独自一人生下了外祖母。而外曾祖父到底长什么样子，连韩裳的外祖母都没有亲眼见过。

实际上，这是一个不光彩的故事，一个让后代羞于提及的出身。

1945年的秋天，二次大战的胜利和日本人的投降让整个上海都在狂欢，四马路①上，一个喝得醉醺醺的犹太人拉了个流莺过了一夜，他出手阔绰，让这个本已有意改变生活状态的流莺下定了决心就此从良。

可是两个月后，女人发现自己怀孕了，十个月后她生下了一个女孩。明显的外貌特征解决了困扰她很久的难题了，她知道这女孩的父亲是谁了。她跑到犹太人聚居区，根据记忆中的模样一家家问，很快就得知，女儿的父亲是摩西会堂的拉比——劳德·威尔顿。但这是从前的事了，这位拉比的精神从一两年前就开始出问题，幻听并伴随阵阵难忍的头痛。很快他无法再担任拉比，而且大量饮酒来对付头痛，不久前喝得烂醉翻进黄浦江里，捞上来的时候早已经没气了。

一个有精神问题的男人和一个妓女的后代，当然不会乐意提起这样的祖先。

韩裳的心结并不仅仅是如此而已。这么多年以来，她一直在和自己的梦境对抗。对这些梦的排斥，慢慢延伸到了她的外曾祖父，和有关他的一切。在她拼命地要用心理学理论来证明这些梦境并非神秘现象的同时，更下意识地拒绝来到和外曾祖父有关的场所。这种拒绝变成

---

① 四马路，旧路名，即今上海福州路。因位于大马路（今南京东路）以南的第四条路而得名。旧上海的妓院，基本都集中在四马路沿线。

了恐惧,并且越来越严重。

走在这里,韩裳才知道自己苦心经营的心理防线有多么脆弱。每走一步,都能听见心中堤坝崩裂的声音。她知道自己现在的情况,在精神科上叫作惊恐发作,就像有人恐高,有人恐速度,有人恐幽闭一样,治疗的方法不外乎两种:一是药物,二就是让病人做她最怕的事,超出惊恐的极限。但是,第二个方法有危险性,并不是所有人都能在超出极限后恢复正常,有人会精神崩溃。

韩裳沿着霍山路向前走,已经走过了霍山公园,很快就要到舟山路了。漫无边际的恐惧潮水从堤坝里渗出来,似乎随时都会轰地咆哮奔腾起来,将她淹没。可是,恐惧之外,有一丝别样的情绪在心底里滋长起来,有点熟悉,有点怀念,有点恍惚。

走到舟山路和霍山路的丁字路口,韩裳拐到了舟山路上,眼前的这条小路一边开满了卖服装的小店,另一边则是长排连在一起的有尖顶的老房子。

韩裳的目光被那些老房子吸引了。这些由青红砖建成的高大建筑,有着太多犹太人的痕迹。每一处楼道入口,都是由红砖砌就的漂亮拱门,拱门的穹顶上还有个小尖角,就像阿拉伯的宫殿。窗户也都有半圆形的顶,两边有柱子拱卫着,柱子的上端还有漂亮的花纹,像虎爪,却还要复杂优美些。总之,在这些建筑的每一个角落,都能找到让人赞叹的细节。

韩裳的视线向上移,头慢慢仰起,终于看见,在一个个尖顶上,那些虽经岁月流逝却仍非常醒目的白色十字架。在看到十字架的瞬间,内心的堤坝崩塌了,洪流宣泄,冲刷着她全身每一寸肌肤,连最细微的神经末梢都通了电似的战栗不止。

可是,把她淹没的并不是恐惧。刚才还厚厚实实蒙在心头的恐惧不见了,而那一星点儿的熟悉、怀念却放大了一百倍、一万倍。突然爆发的情感将她击倒,许多影像的片断流光一样在她眼前掠过,她什么都抓不住,就像夜晚的流星,能看清楚的只有尾迹,一条又一条。

1937年至1941年,大批从欧洲各国逃出的犹太难民从西伯利亚辗转逃到日本神户,因为日本政府拒绝他们,其中不少难民来到上海。上海先后接纳了三万多名来自欧洲的犹太难民。1943年2月,日本当局命令所有1937年后抵沪的犹太难民迁入"无国籍难民隔离区"。这个隔离区包含有十五个街区,其中心位置,就是以这条舟山路为中轴,从霍山路到唐山路的区域。

而摩西会堂,就在和舟山路十字相交,位于霍山路和唐山路之间的长阳路上,从这里走过去,只是三分钟的光景。实际上,这些外墙上有十字架的尖顶建筑围起了一个居住区,那里面很有上海风格的弄堂,和摩西会堂仅仅只有一墙之隔。

"哎,你怎么啦,不舒服吗?"

韩裳闻声抬起头,一个老人正微微俯下身望着她。

"哦,没什么,我没事,谢谢您啦。"韩裳连忙从地上站起来。

她见老人仍满脸担心地看着她的脸,这才觉得面孔上湿漉漉的。她不好意思地笑笑,取出纸巾擦干脸上的泪痕,又向老人道谢,迈步往前走去。

满溢的情感宣泄干净了,现在韩裳浑身轻松自如。她知道,这一次的惊恐发作已经过去,从自己现在的状态看,甚至可能完全康复了。她眼前所看到的一切变得无比亲切，这建筑这街道，和她的血脉连在了一起。

就这么慢慢走过去，在街角左转，仿佛只是几个呼吸间，摩西会堂就到了。

这儿是长阳路62号，大门左边的铜牌上写着"摩西会堂旧址——俄罗斯犹太人建于1927年（犹历5688年）"，右边的铜牌上则写着"犹太难民在上海纪念馆"。

摩西会堂是幢三层建筑，以青砖为主，每层的分隔和沿窗有一条条的红砖带，简洁美观。白色的拱门有巴洛克的风格，在拱门的上方，有个硕大的六芒星。

韩裳花五十元买了张参观券，走入摩西会堂。

礼拜堂里有许多西方人在参观，韩裳猜测他们可能是犹太人。她不想混在一起，从旁边的另一扇窄门往楼上走去。

韩裳记得一些事情，虽然她不知道这些记忆是怎么来的，不过现在它们就像常识，在她的脑子里扎了根。或许它们本就在那儿，只是才显露出来罢了。

二楼有几间屋子，韩裳知道，这些屋子是后来隔出来的。在当年，二楼只是一个宽敞的回廊。礼拜日，威尔顿拉比站在一楼的礼拜堂，面朝耶路撒冷所在的西面诵经，男人们坐在礼拜堂里，而女人们就站在二楼的回廊上。

如今，隔出来的屋子成了陈列馆，四面的墙上挂满了照片。

这些全都是黑白的老照片，照片上的那些人，就是当年住在这片隔离区内，在这座摩西会堂里做过礼拜的犹太人们。

摩西会堂近照

韩裳看着这些照片,她觉得每一张照片都是这么熟悉,仿佛照片里的那些人,她全都认识一样。

每看一张照片,韩裳心里的惊讶就多一分。越来越多异乎寻常的记忆,让她一时间茫然失措,不知道到底有什么样的事情发生在自己的头上。

她走到另一面墙前,映入眼帘的是一幅家庭合影,居中的小女孩秀美可爱,她叫什么名字来着?韩裳正要去看下方的照片解说,却突然闭上了眼睛。

薄薄的眼皮隔绝了光源,她静下心,让回忆慢慢浮上来。

她叫……格尔达,是的,小格尔达,她一点都不怕生,很容易就和附近的中国孩子玩在一起。还有她的父亲,有一手不错的按摩手法,那些有余钱的人常常请他做上一个小时的按摩。

韩裳睁开眼睛,照片上的小格尔达欢快地笑着,和回忆中的身影慢慢重合。她的视线向下移去,心里默念着照片下方的解说:

> ……小格尔达一家,1939年由于纳粹德国对犹太人的迫害,经维也纳辗转来沪。住在公平路唐山路交界处的一幢二层老式民房,格尔达的父亲为有钱人做按摩师攒了点钱,五年后在自家楼下开了一家鞋店,1949年新中国成立前夕,一家人离开上海,定居澳大利亚悉尼。

格尔达家开鞋店的事,并不存在于韩裳的神秘记忆里。算起来,那是1944年的事,威尔顿的精神,在这时已经出了问题。

事实已经证明,她的梦境,和她的外曾祖父有着神秘的联系。其中固然有扭曲和虚假的成分,比如梦见纳粹毒气室和日本军人大屠杀,一位摩西会堂的拉比不可能经历过这些事情。然而更多的,则是在六十多年前曾经发生过的事,曾经存在过的人。

她不知道这一切是怎么发生的,难道说基因的传承会带着人的记忆,在某一个后代身上突然觉醒吗?以现今的基因科学来说,这是荒唐的假想,但事实是它真的发生了。

或者说,这是一个神秘现象?

导师说对了。她现在已经越来越不知道,那篇关于神秘主义的论文,该怎么写。

从某种意义上说,她的生命和三代之前的祖先在一些地方重叠了。她还不知道,这对今后的自己,会意味着什么。

现今挂在摩西会堂里的犹太人老照片

不知呆呆站了多久，那些原本在一楼礼拜堂参观的外国人陆续都到了二楼。韩裳从照片陈列室里出来，走到楼梯口，往上看了看，发现三楼也已经有许多游客，决定回到一楼。

从六芒星下走进礼拜堂，长长的座椅静卧着，空空荡荡，只有她一个人。

她四下环顾，这些座椅都是新添的，墙和廊柱也被粉刷过。一些老照片挂在墙上，分别是老上海时的几座犹太会堂和犹太人沙逊在上海造的各式房子的留影。她抬起头，天顶上有漂亮的吊灯，上海的许多老建筑里，都留下了类似的吊灯，可韩裳知道，这灯也不是原来的了。

只有房子的格局没有变，还有……这脚下的地砖。

犹太教反对偶像崇拜，所以在摩西会堂里是见不到任何偶像的，整个礼拜堂里只摆有圣柜。圣柜里曾经供放着记录犹太教经典《摩西五经》的羊皮卷，当然，现在圣柜只留了个空壳，羊皮卷肯定不在了。

圣柜放在礼拜堂前方特意隔出一个的小间里，初次看见的人可能会对这样大房间里套一个小房间的布局感到有趣。

韩裳向圣柜的方向看了很久，她很仔细地打量着这个没有门的浅浅隔间，然后慢慢地走上去。在许多次的梦境里，化身为外曾祖父的她就是站在这里讲经的。

关于这里的梦并不仅仅只是这样，曾经有一次，她梦到过一件非常特别的事情。

1943年，日本人宣布在上海的虹口区建立犹太人隔离区，所有在1937年之后进入上海的犹太难民，都必须集中到隔离区内，不得随意外出。这种近似于集中营的设置，引起了犹太难民的普遍恐慌，特别是当时,耸人听闻的梅辛格密杀令①刚刚被曝光,谁都不知道日本人会干出些什么事来。

摩西会堂就在日本人划定的隔离区内,即便是犹太教的神职人员,一位拉比,也会对未来感到忧心忡忡。在一天晚上,威尔顿把一些值钱的东西偷偷藏在了一个隐蔽的地方,留待日后觉得安全了再行取出。这个藏东西的地点,就在眼前的礼拜堂内,确切地说,就在圣柜前,他经常站立的地方。

韩裳不知道到底藏了些什么东西,她的记忆来自于二十多年来所做的数百个梦境,在某个梦里,化身为威尔顿的她亲手把装着贵重物品的木箱藏了进去。

这个梦是真实的吗?

这么多年过去了,木箱还在吗?

韩裳的心跳加快了,她看了看四周,暂时还没有第二个人进入礼

---

① 1941年12月太平洋战争爆发后,日本原本的亲犹太人以换取资金的"河豚鱼计划"终告失败。于是,德国法西斯准备对上海犹太人下手。为此,盖世太保驻日本首席代表梅辛格上校专程来到上海,下达了"最后解决"上海犹太人的密杀令,其周密的计划是:首先利用上海犹太人在1942年犹历新年(公历9月)合家团聚之际,以突然袭击方式围捕所有在沪犹太人,不让一人漏网;接着,用果断措施"解决"这些犹太人。至于用什么方法来"解决"他们,梅辛格提出了三个供选择的方案:一是用几艘旧船将犹太人运至东海,然后让他们在海上随波漂流,饥渴而死;二是强迫犹太人去黄浦江上游废弃的盐矿做苦工,使他们劳累而死;三是在崇明岛上建立集中营,在营中用犹太人做医学试验,使他们在痛苦中慢慢死去。后来,由于走漏了风声,引起上海和世界犹太人的强烈反抗,日本当局也迫于种种因素而没有接受,德国方面按照希特勒"最终解决"思想精心炮制的屠犹计划最终未能实施。

拜堂。

她走到浅得只有一米多深的圣柜室前,低下头。顶上有几盏小射灯照着圣柜,但仍然比礼拜堂的其他地方暗得多,韩裳弯下腰,仔细地往地上看。

是的,箱子藏在地下,威尔顿在地上挖了个洞,放入木箱后,重新盖上和其他地面一样材质的盖子。这儿就剩下地砖还是从前的,所以如果梦是真实的,箱子很可能还在。

然而,在刚挖好这个秘洞的时候,还可能从盖子上的地砖新旧程度,看出和其他地方的不同,可现在过去六十多年,时间早已经把一切痕迹都洗去了。一块六十多年前的地砖和一块七十多年前的地砖,有谁能分辨出来?

至于盖子周围的缝隙,相信当年这么弯下腰细看,肯定可以发现痕迹,现在几十年的灰尘积下来,也把缝隙填补掉了。

韩裳努力回忆梦中放置箱子的具体位置,看了看四周,蹲下身子,用左手拇指的指甲沿着面前几块地砖的接缝划动。

突然,指甲划下去感觉和先前的硬邦邦有所不同,稍稍向下陷了几毫米。韩裳兴奋起来,沿着这块地砖的周围用指甲划了一圈,划痕相当明显,多年积下的灰土被指甲剔了出来,翻开在划痕两边。韩裳捏紧拳头,忍着痛用力敲了敲这块地砖,又敲了旁边的,脸上露出了笑容。

找到了!

她站起身,低头看着那块地砖,笑容又慢慢不见了。找是找到了,可怎么才能在不惊动别人的情况下,把盖子打开呢?

从刚才敲打的回声看,区别不太明显,说明盖子有一定的厚度,这又没个拉的把手……

韩裳去厕所洗了手,然后走出了摩西会堂。

为了取出外曾祖父留下的宝藏,她需要一些工具。

第三十九章

阿古避开阳光,站在阴影里,看着夏绮文驱车离开。

他没有跟上去,因为一切在今天就结束了。不需要再跟着她,也不需要进行其他任何形式的监视了。

昨天半夜里接到那个电话之前,阿古以为他至少还要在这儿待一个星期。现在他要做的,就只是趁夏绮文离开的时候,把所有的监听监视器材全部回收。

三分钟后,阿古轻轻地打开了夏绮文家的房门,像主人一样神态自如。

套上鞋套,他从玄关绕出来,脚掌像猫一样,轻起轻落,走向放着草茎人头的装饰柜。

他踮起脚,把人头拿下来,右手中指伸进草人嘴里一勾。

什么都没勾到。

"嗯?"阿古略有些错愕,把人头拎起来,朝它张大的嘴里看去。

原来是在另一侧,刚才勾错了方位。他把针孔摄像头取出来,塞进口袋,又取出了客厅里的窃听器,向下一间屋子走去。

几间屋子转下来,只剩下书房和厕所里的东西还没收拾。

阿古推开厕所的门,他的心情在这一刻变得忐忑不安,居然会这样连他自己都觉得奇怪,性冲动让人变得不正常了。

装在抽水马桶里的摄像头,位置是最容易发现的一个,但这也只是相对而言,如果不是把腰弯到很低,冲着那儿看的话,是不可能发现的。而且要是夏绮文发现了这个摄像头,怎么可能在刚才还这么正常地出去参加她预定的社交活动?阿古为自己刚才竟然有些紧张感到好笑。

阿古弯下腰,一眼就看见了摄像头,它好端端地在那儿。他笑起来,伸手把它扯下,至于残留的胶水痕迹,就不去管它了。就算被发现,夏绮文也不会想到,这里曾经粘过这样一个玩意儿。阿古并不打算把录像传到网上去,这会给自己带来不必要的危险,这样的东西,自己看着意淫一把就够了。

书房里的摄像头和窃听器也都取了出来,最后阿古抽出那本《简明不列颠大百科全书》,把里面夹着的接收器拿出。

他几乎想要立刻就把接收器连上眼前的电脑,看看拍下来的东西,不过还是克制住了。不急在这一刻,干这一行,缺乏自制力和耐心往往会造成严重的后果。

客厅里,阿古站在油画前,对画中的女人微笑。

"再见。"他说。

说完,他走到玄关,弯腰取下鞋套。这个时候,他忽然听见了外面有声音。

他的听力本来就很好,这些天竖着耳朵听窃听器传回的各种声响,更加敏感。那是走道里电梯打开前叮的一声响,接着是脚步声——穿高跟鞋的脚步声,朝着这个方向来了。

阿古的身体一下子僵直了。

夏绮文居住的小区，是上海最顶尖的高档住宅区之一，比之相对来说在这方面不太讲究的费克群住的小区，还要更高出一个等级。在这种小区的住户，基本上都享有一梯一户的待遇，同一层的邻居，都不会在电梯里碰见，现在走出电梯的，只有夏绮文。

可夏绮文怎么会这么快回来？她该整个上午都有事的。

阿古还在震惊中，脚步声已经在门前停下，然后传来摸索钥匙的声音。该死的，果然完全都失控了，那张牌算得还真是准。

阿古已经无心再考虑夏绮文为什么会突然回来的问题，他要面对的是现在怎么办？

各种各样的念头在脑袋里左冲右撞，他的手碰了一下左胸口，那儿有个硬硬的东西，是放在夹克内袋的一把弹簧刀。

不，这是个糟糕透顶的主意。或者，趁开门的瞬间挥拳把夏绮文击倒，然后逃走？这也好不到哪儿去，如果不能在第一时间击晕她，他连这个保安严密的小区都未必能跑出去。而且警察可以找到满屋子的指纹，这不怪他大意，他根本想不到会面对这样的情况。

可在这几秒钟之间，还能让他想出什么完美解决方案？

阿古一步步向后退去，他想在哪里先躲一下，如果夏绮文一回来就上厕所，他有机会在她觉察前悄悄逃出去。

钥匙已经找出来了，现在夏绮文正把钥匙塞进防盗门里。里外有两道门，他还有一点时间，得快点。

阿古一边尽量快地后退，一边注意不要发出声音。可是左脚总是会在地板上弄出点声响，他低头一看，该死的，该死的，刚才他已经把左脚的鞋套脱下来了，现在每一步都会在地板上踩出个淡淡的鞋印来。

钥匙开门的声音忽然停止了。

并没有防盗门拉开的声音,钥匙声反倒停下了。

阿古顾不得想为什么,他弯下腰,拿着左脚的鞋套飞快地擦着地上的鞋印。擦到第二个鞋印的时候,门外的人忽然"啊"地低低叫了一声。

阿古的动作突然停了下来,那不是夏绮文的声音。

然后,他就听到脚步声快速远去。

阿古愣了会儿,然后一屁股坐在地上,长长舒了口气。

居然会碰到这种事,那个女人一定是住在楼上或楼下的,按错了楼层,直到钥匙开不了门才发现。

背上凉飕飕的,内衣全都湿了,这下可把他吓得不轻。

缓过劲来,他赶紧把地上的鞋印擦干净,夏绮文的确不会这么快回来,但现在,他觉得多在这儿待一分钟,就多一分的危险。

他连开门的动作都变得小心翼翼,第一时间观察了走道里的情况。当然,一个人都没有。把夏绮文的房门和防盗门关上,他又扫了一眼最外面的防盗门,很坚固,看上去是建造商原配的,和他住那套的差不多。怪不得刚才跑错楼层的女人没在第一眼就认出不对。

等回到了自己的地方,阿古的心才彻底落地。他禁不住想,刚才如果真是夏绮文出门忘带了什么东西,又回来取,后果真是不堪设想。

得让自己放松一下,阿古找出 USB 数据线,把蓝牙视频信号接收器连上了电脑。

两秒钟后,电脑提示找到了新硬件,然后在驱动器序列里多了一个"H 盘",这就是接收器上的微硬盘。

打开这个新增加的 H 盘,阿古呆住了。

这上面居然只有一个视频文件。而且这个视频文件很小,根本录不了几分钟的内容。

见鬼,肯定是没调试好,故障了。可是现在后悔也已经来不及了。

阿古用鼠标双击仅存的这个视频,要是故障的话,这个文件多半也是打不开的。

让他大吃一惊的是,画面出现了。出现在画面上的,不是夏绮文家五个房间中任何一间的情景,更不是厕所,而是一张纸条。

一张正对着镜头,几乎占满了整个画面的纸条。这让阿古可以把纸条上写的内容看得一清二楚。

第四十章

午后的舟山路比早晨安静，老人们习惯在这个时候午睡，来往的行人和自行车也都慢悠悠地来去。

韩裳戴着一顶棒球帽，帽舌下是一副茶色墨镜，长发梳成了辫子，穿着夹克和牛仔裤，背着个大大的帆布背包。她的装束和上午完全变了，像个来上海旅游的背包游客。

她要去干的事情可不算正大光明。在从前，韩裳根本不能想象，自己有一天会像好莱坞大片里的间谍一样，偷偷从一间博物馆里窃出藏宝——现在摩西会堂的性质基本就是个主题博物馆了。可现在她对自己说，这本来就是属于外曾祖父的东西，作为他的直系后代，取回来理所当然。

其实韩裳对于箱子里到底藏着多少财物并不太在意，而是去做这件事本身对她有着太大的诱惑。每个人都有冒险情结，在一生中总会有那么一两个时刻，血液突然沸腾起来，做出些事前不可想象，事后觉得癫狂却回味无穷的事来。

在今天，多年的梦境成真。取出藏宝也是她梦境成真的一部分，这对韩裳来说，更有着特殊的意义。为此，她精心筹划了一番，从装束的变化就可以看出端倪。韩裳不想让摩西会堂的工作人员一眼就认出，这个女孩曾经在上午已经参观过一回。这个主题博物馆地方很小，可看的也就只是一些照片和六十多年前犹太人的生活用品，对普通游客来说，有些乏善可陈。就算专程到访的犹太人，一个多小时就能看得通通透透。要是被工作人员发现，有个中国的年轻女孩一天之内花了一百块的门票费，上午下午各参观了一回，未免太过奇怪。只要引起了别人的注意，恐怕这就真成了不可能完成的任务了。

为了取出外曾祖父在六十三年前埋下的箱子，韩裳不仅改头换面，更跑了超市和五金店，买来实施取宝计划所需要用到的东西。她的大号旅游背包里装着一大堆物品，以便应对多种情况。

在售票处付了五十块钱，韩裳让自己尽量像个初次到来的游客，克制着内心的焦急与期待，走出不紧不慢的步调，四下张望着进了礼拜堂。

这次她的运气不如上午好，礼拜堂里正有一批游客。

韩裳站在他们的身边，做参观状，不久之后，这批游客离开去了楼上参观，可没等她走到圣柜间，又进来一批。在所有的参观者中，只有韩裳是中国人，这让担任讲解的工作人员来回打量了她好几眼。

这样下去是不行的，总是待在礼拜堂里不挪窝会越来越碍眼，到时候就算没参观者了，说不定工作人员也注意到自己了。

或许是多心，韩裳觉得，刚才陪着十多位游客上楼参观的头发花白的老年讲解员，在离开礼拜堂的时候看她的眼神有些异样。

此刻，礼拜堂里仍有两位散客，看样子都有犹太血统。从他们的年纪看，不可能在这里附近居住过，但或许是当年逃难到上海的犹太人的后代，来寻访父辈祖辈当年留下的痕迹。

韩裳扫了一眼这两个人,发觉他们并没有注意到自己,正被墙上的照片所吸引。趁现在没有摩西会堂的工作人员在,她决定试试做些什么。

韩裳再次走到圣柜间前,那个被她确认过的地砖呈正方形,每边约两尺长,基本隐蔽在圣柜间里面。但问题是,以圣柜间这么浅的进深,又是开放式的无门格局,她根本没办法躲进去取宝。只要她弯腰对地砖动任何手脚,就会有半个身子暴露在外面。即便礼拜堂里没有人,因为大门始终敞开着,所以从外面的院子里,甚至只是卖票的人从售票处的小窗口里探出头来,都能把她的怪异举动收入眼底。

现在院子里并没有人,礼拜堂里的另两位游客也正背对着韩裳。她抬起头四处看了看,谢天谢地,没有看见监控系统。

韩裳卸下大背包,往圣柜间门前一竖,把问题地砖挡在了后面。然后她从背包里取出数码相机,打开电源,镜头嗞地伸了出来。

这是她准备的掩护之一:装作一位对礼拜堂特别是圣柜间产生了浓厚兴趣的摄影客。这为她在圣柜间前的逗留,以及面对圣柜间搞些小动作找到了理由。但这个理由无法支撑太长的时间,因为圣柜间太小了,就算是拍照,也不可能对着这个空间或许不到三平方米的地方拍上十分钟吧。

韩裳抓紧时间,蹲在旅行包旁边——这个位置正好把门口的视线也挡住了。她一手举着照相机装模作样地晃来晃去,一手取了张湿巾纸出来,在地砖上擦了几下,扔到一边,又从包里捞了几个小吸盘。

这些买自超市的吸盘,正规的用途是吸在光滑的表面,如家里厨房厕所的瓷砖上,挂抹布等东西。每个吸盘的吸力包装盒上有注明,承重是7.5千克。这已经是她仓促间能找到的吸力最大的一款了。

这里地砖的表面平滑程度和瓷砖不能比,有细微的起伏,这对吸盘的吸力有负面影响。用湿巾先擦一下,一是让表面更干净,二是让表面湿润。二者都能暂时增加吸力。

韩裳在地砖的中央位置,呈品字形安上了三个吸盘。她把相机交到左手,右手抓住吸盘背面的三个挂钩,吸了口气,舌尖顶着上颚,慢慢用力向上提。她的脸还若无其事地看着其他方向,镜头这儿照照那边对对,仿佛在研究要从什么角度拍摄会比较好。其实要是有熟悉的人,会发现她的表情是僵硬的。

韩裳右臂的力气越用越大,手指被细细的钢挂钩勒得生疼,地砖还是没有松动的迹象。等她差不多用上了八九分的力气,一个吸盘先松了,然后是第二个,最后一个也没能再坚持多久。啵啵啵三声轻响,宣告了她第一次努力的失败。

这当然不是说,她已经用上了将近五十斤的力气。除去表面不平的因素,更重要的原因是她同时拎三个吸盘的挂钩,至少有两个吸盘受到的拉力不是垂直向上的,很容易松开。

这种情况韩裳想到过,她并不气馁,取出湿巾纸擦了地砖左右两侧的边缘部分,一边一个又安了两个吸盘上去。

韩裳把数码相机挂到胸前,两手各抓住一个吸盘,用力向上提。虽然现在比刚才还少了一个吸盘,但注意好角度和平衡,产生的实际拉力却要更大。

韩裳手里一边使劲,眼睛一边留神别人的反应,同时祈祷着没人会在这当口从门外进来。她现在是蹲着背对门口,双手伸进被大背包挡住的区域,模样很古怪。

一切顺利的话,她只需要30秒的空白时间。

盖子本身的重量肯定不会这么重,可是那么多年没有动过,附着的尘灰已经把盖子和周围黏结在一起,她得付出数倍的力气,才可能把盖子打开。

韩裳感觉到,地砖已经有些松动了,她心里一喜,手里更加了把力气,同时又在担心,这两个吸盘能不能吃住劲。

就在这个时候,礼拜堂里的两名游客看完了最后一面墙上的照片,转过身来。两个人几乎不约而同地注意到了韩裳,这太自然了,韩裳现在的样子,实在很难让人不注意到她。

韩裳撞上他们投来的诧异目光,心里慌乱起来,右手忽然一轻,一个吸盘松了。她顾不得为再次失败沮丧,向那两个人若无其事地笑笑,拿起胸前相机朝圣柜间比画起来。

韩裳知道自己的掩饰有多拙劣,好在他们礼貌地并未表现出过分的关注,多看几眼是免不了的,但很快就走出礼拜堂继续上楼参观去了。

等到礼拜堂里只剩下韩裳一个人,她才感觉到自己的心脏急促地跳动。她把还吸在地砖上的那个吸盘扒下来,扔进背包里。看来这种方式行不通,刚才被吓一跳前,地砖才开始有一点松动,韩裳凭着手里的感觉知道,就算没被打扰,这两个吸盘也差不多到极限了。

用来通马桶的长柄橡皮泵应该可以把地砖吸起来,可把那样一个大家伙用在这里是不现实的。韩裳的确还有个备用方案,但那需要一点点时间。

为了赢得这些时间,她需要一个新的伪装。

韩裳把旅行背包的口拉到最大,然后从里面取出一件又一件的东西:一把小圆凳,一个折叠画架、一块画板、几支铅笔、两瓶饮料、零食和书。

她把画架打开,架上画板,坐在小圆凳上,面对着礼拜堂里的那一排排空空长椅,仿佛就要在这个地方开始写生。

至于其他那一大堆东西,都被她杂乱地放在了身后——那块地砖以及它的周围。实际上,现在看起来,整个圣柜间好像就变成了她堆杂物的小仓库。

她做这些的时候从从容容,连心跳都恢复了平缓,只是在做完之后,才四下打量了一眼,从背包里取出一只橡胶手套戴在左手,又拿了支小玩意儿出来。

这是一支"超强力胶"——包装上就是这么注明的,还有一些夸赞效果的词语及对孩童使用本品的警告。

刚才她把东西放在身后的地砖附近,看似随意,其实空出了地砖中央,现在,韩裳把淡黄色的强力胶挤在地砖中间,用左手把强力胶抹成圆形的一团。然后,她拿起几件零食中的一件,一大罐精装的花生,把强力胶抹在罐子的底部。这罐子是用坚固的硬塑料做的,用来做地砖的"把手"很合适。

干完这些,她把花生罐底朝天放在一边,脱下手套,转回身开始用铅笔画起了素描。

强力胶需要暴露在空气中六到八分钟来获得最大的黏性,在这段时间里,韩裳重新拾起扔了好几年的绘画基本功,认认真真地画起眼前的礼拜堂。

铅笔在画板上掠出沙沙的声响,阴影和线条开始在纸上重新构建出礼拜堂的模样。几分钟后,一批新的外国游客进入礼拜堂参观,他们注意到了这位漂亮的素描者,有些人走到她的身侧看她的画,微笑然后走开。

韩裳搁下笔,转回身拿起花生罐,拧开盖子往嘴里扔了颗花生,然后把罐子放了回去。这一次不是倒置的,就放在地砖的中央。韩裳用力向下压了压,让罐子和地砖结合得更紧密,喝了口饮料,继续画画。

她估算着,等这批游客离开礼拜堂的时候,强力胶就该让花生罐成为合格的"把手"了。

圣柜间是礼拜堂的重要组成部分。韩裳坐在这里画画,就等于把圣柜间挡住了,对参观者来说,这多少是个妨碍。幸运的是并没有人和韩裳计较这些,顶多从她的侧面看看圣柜间里面的情形。而韩裳和大背包身后的地上,占满了半个圣柜间的饮料、铅笔盒、书、花生罐等东西,让几位游客莞尔一笑,没人怀疑其中的玄机。

又过了一些时候,这些游客开始陆续走出礼拜堂,其中一个看样子只有四五岁的小女孩,金发碧眼,脸粉嘟嘟可爱极了。她早就开始注意画画的韩裳,跟着父母往礼拜堂外走,走了一半又跑去韩裳身后,要看她的画。

女孩小巧的身子毫不费力地就钻到了韩裳的身后,她只顾着抬头,却没想到韩裳在地上放了许多东西,哗啦啦踢倒了一片。

韩裳听见声音,连忙回头。女孩倒是没有摔倒,却低头直愣愣地看着地上。

韩裳跟着她往地上一看,顿时紧张起来。

乌龙茶瓶子倒了,书踢飞了,铅笔盒倒翻着散在一旁,可是在地砖的正中央,花生罐稳当当坐着,没动分毫。

小女孩儿盯着看的,正是花生罐。

还没等韩裳反应过来,女孩忽然弯下腰,用手推了推花生罐。

罐子纹丝不动。

韩裳吓了一大跳,情急之下连忙把她的手拉开。

"安娜!"女孩的父亲喊。

小女孩抬头看了韩裳一眼,转回身飞快地跑回她父亲身边,急促地说着些什么。

韩裳咬着嘴唇,看着不远处的正在说着话的父女,心里期望着他们快快离开。可她看见那位父亲直起腰,向她走过来。

"那个……"韩裳张着嘴,不知该怎么解释。

"对不起。"他用英语对韩裳说,"我的女孩太顽皮了,给你惹了这样的麻烦。"他说着弯下腰,扶起倒在地上的乌龙茶,就在花生罐不远的地方。

"哦没关系没关系。"韩裳手忙脚乱地抢在他前面把地上的东西收拾好,"你的女儿很可爱。"

"呵呵,是的。"他向韩裳笑了笑,看了一眼花生罐,转身离开。

回到女儿的身边,他拍拍女孩的脑袋,领着她走出礼拜堂。

真是惊险,韩裳松了口气,把其他东西都清理出这块地砖,只留下花生罐。然后,她保持着正对画板、背对圣柜间的姿势,向后伸出两只手,握住"把手",用力向上拔。

一次、两次、三次,地砖松动了。她用尽全身的力气,脸也涨得通红,终于手里一轻,花生罐被她拔了起来。

"呵……"她舒展开眉毛,吐了口气,慢慢地把花生罐以及连在上面的盖子放到一边,侧过身向后看。

已经移到一边的盖子比三根并拢的手指还厚一截,原先盖着的地方现在露出一个小上两圈的洞,里面放着个棕色的小木箱,大小能放进一本32开的书,和梦里见到的几乎一模一样。

韩裳伸手搭着木箱的两边要拿出来,用力一提,木箱刚挪了窝又从她的双手间掉了下去。怎么这样沉?她再加了把力气,终于把木箱拿出来,放入背包,怕是有三四十斤啊。再准备把盖子回归原处的时候出了问题,她发现盖子居然没法合契地放回去,总是有一侧翘在外面。她猜测大概是方向弄错了,正要再调整一下,却猛然听到一个人在她耳边说了一声"啊哈"!

韩裳吓得魂飞魄散,转头一看,正是那位摩西会堂的讲解员。

他大约六十多岁,这时板着脸,微微低下头盯着韩裳。以他的角度,毫无疑问,正能看见那块一头稍稍翘起的地砖。

完了完了,韩裳慢慢地站起来。竟然没有听见他走过来的声音,终于取到外曾祖父留宝的那一刻,她因为太激动而丧失了警觉。

"你……"讲解员拉长了声音问,"怎么想起来在这里画画的?"

"啊?"

"怎么会在这里画画呢?"他又往地上看去。

"哎呀,还在地上放了这么多东西,这后面是圣柜呀。"他说。

"啊……我……"韩裳没想到他竟然没提地砖的异状,然后发现,这位讲解员的老花眼镜还挂胸前。真是上帝保佑,他没看清楚地上的情况!

韩裳还在庆幸,就看见讲解员把老花眼镜戴了起来,刚缓过来的一颗心又沉了下去。

"画得倒是不错。"讲解员评价着韩裳未完成的素描。

"你赶紧画吧,画完把东西都收拾干净,你在这儿,多少会影响到别人参观的啊。"

"好的好的。"韩裳忙不迭地点头。

真是差点要得心脏病呀,韩裳看着讲解员走出礼拜堂,脸色从几分钟前的涨红变成了青白色。太危险了。

她调整了盖子的方向,很快就放回了原位,但善后的工作还有许多。

首先她要把花生罐弄下来。拿出一根细钢锯,贴着罐底和地砖的接缝慢慢来回拉,不能拉得太快,那样会发出过大的噪音。锯开一小半,再用力一掰,顺利取下罐子。

然后要把地砖上干了的强力胶水印去除,否则很容易被发现,立刻就能怀疑到她头上。这次的工具是砂纸,只需要一只手,伸到背后一点点磨,十分钟后,所有痕迹清理完毕,再没出什么岔子。

走出摩西会堂的时候,她背上的大背包已经没法把拉链完全拉上,画架的一端露在外面。外曾祖父的遗物会有怎样的惊喜呢,韩裳期盼着,弯腰钻上一辆出租车。

第四十一章

站在镂空雕花的铁门口,按响门铃,费城还在琢磨着,周训到底是为了什么事情把自己叫来。

今天上午,费城接到周训的电话,他也正想打过去,问问道具的方案完成了没有,准备得怎么样,有什么困难。周训说要不你就过来当面聊,而且,我还有事找你。之后又强调了一句,是一件对他自己无所谓,但对费城很重要的事情。

在这样的当口,对费城很重要的事情只会有两种,一种是和《泰尔》有关,一种是和茨威格手稿有关。

周训头发乱糟糟地来开门,眼角还有眼屎,好像才睡醒一样。费城知道,这家伙干活的时候从来不注意仪表,邋遢惯了。

进了门在客厅里坐定,周训扔给费城一沓东西,全都是他画的《泰尔》道具设计图。一边让费城看着,一边说着他的设计思路和一些细节。

"很不错。"费城看着这沓设计草图,相当满意,"就是不知道做出来以后的效果怎么样。"

"我已经做了一部分,来来,我带你去看。"周训似乎忘记特意把费城叫来是为了什么事,已经完全沉浸在对《泰尔》的热情工作中了。

周训把费城领到三楼的一间屋子,这是他专门的道具室,许多道具就是在这里做出来的。费城从前参观过,现在一看,比那时看到的更乱了,四处铺满了各种东西,多数是他叫不出名字的玩意儿,还有很多是单纯的材料或半成品。

这里是周训的半个卧室,他进了这间屋子,就像鱼到了水里,特别自如,连他此刻的邋遢外形,都显得和这间屋子极为相称。

周训灵巧地绕开地上的各种障碍物,指给小心跟在他后面的费城看一些东西。

"这是盾牌,我刚上了漆,准备过几小时再做些修饰。这是亚历山大的权杖,这是阿里斯但罗斯的占星盘,这是个银酒樽,就是柯丽让阿里斯但罗斯喝下药的那个,这可是真银的,我爹的藏品。"

"你的速度还真快呀,刚拿到剧本才多久,就整了这么多东西出来。"

周训得意地嘿嘿笑着。

"回头你把要准备的道具清单列一份给我,我看看有没有漏掉要补充的。"

"好嘞,交给我你就放心吧。"

"那……训哥儿,你找我来到底是什么事?"费城忍不住问。

周训耸耸肩:"让你来验收一下我的成果啰,看看我有多么努力在工作呀。"

"啊……"费城有些失望。

"走吧,给你看看其他东西。"周训领着费城走出道具室,却并未下楼,而是推开了三楼的另一扇房门。

"带你参观一下我爹的藏品陈列室,他和我爷爷一样,喜欢搞收藏,半懂不懂的,收了许多东西,我看六成都是假的。"

这间屋子比周训的专属道具室要干净整齐得多,当然,这是另一个参照系等级太低的缘故。因为藏品实在太多,挤满了所有的陈列橱柜,从青铜器、玉器、瓷器、木制品到金银制品,从祭祀用的鼎、杯、盏、茶壶到佛像,每一件藏品背后都有一段故事,这一屋子的藏品,细细品味几天几夜都看不完。

不过费城此时可没有细品的心情,他走马观花地看着,不知道周训是什么意思。

"昨天夜里我在网上瞎逛,想着去上戏那个BBS瞧瞧,正巧就看见你发的帖子。"

费城发那两个求助帖的时候,在上戏校友常去的BBS上也发了。那儿的流量虽然不如国内几大名牌高校的BBS站,可彼此都是校友,对求助会更重视些。而且上戏毕业的人基本上都属于在"江湖"上混的,乱七八糟的东西听得多看得多,提供线索的可能性更高。

"真是巧了,你看看这个。"周训说着,从他面前的橱里取了一件东西交给费城。

入手冰凉,沉甸甸的,一块长方形的黄铜牌子。

"梅丹佐!"费城脱口而出。

金色火焰翻卷,三十六只翅膀叠影重重,无数只眼睛逼视,威严中带着诡异。和从茨威格手稿中拓下的图案相比,这件原品带给人的震撼要超出一百倍,扑面而来的说不清道不明的感觉,让费城确信,做出这件作品的人,有着无与伦比的艺术天分。

"梅丹佐？什么梅丹佐，你知道这雕刻的是什么？"周训问。

"是的，韩裳告诉我，这是犹太教中的大天使梅丹佐。呃，你这件东西是从哪儿来的？"

"是我爹的藏品呗，具体来历我可不知道。不过你在我这里慢慢喝茶，他四五点就该回来了，你自己问他。"

先前在出租车上的时候，韩裳就差点忍不住要看看箱子里装了些什么，好不容易熬到回家，她把大背包放在客厅的地上，里面的东西一件件取出来，最后，把最下面的木箱捧到桌子上。

这箱子相当重。刚才放在背包里，背包带压得双肩死沉死沉的。

里面到底装了什么东西？

一位犹太教的拉比，她的外曾祖父劳德·威尔顿，会在这个小木箱里，留给她些什么呢？关于外曾祖父的所有回忆，那些梦境的点点滴滴，在这一刻全都汇聚到了这个木箱上。

木箱没有上锁，只是用个铜搭扣搭着，一拨就开。

韩裳的双手轻轻扶在箱盖的两边，有一瞬间她仿佛觉得，又回到了那个梦境里，化身为威尔顿把这个箱子放进圣柜间前的密洞。六十多年的时间在这个不新也不旧的木箱前停顿了，她有莫名的预感，当打开这个木箱，会有什么东西从里面喷涌而出，在她和外曾祖父之间，形成一条精神纽带。

箱子打开了，毫不费力，无声无息。

韩裳吸了口冷气。

虽然她已经料想到，箱子里肯定有些财物，但真的看到那一排黄澄澄的光芒,还是吓了一跳。

怪不得箱子重,最上面的那一层,整整齐齐排满了金条,也就是在当年被称为"大黄鱼"的东西。

韩裳拿了一条在手里掂了掂,大约一斤。

这样的金条居然铺了两层,韩裳数了数,一共三十二条,也就是三十二斤,怪不得这么重。

金条的下面是一个个首饰盒,里面有翡翠戒指、钻戒、镶祖母绿宝石的胸针……这些首饰的式样现在已经不流行了,但做工精致,更重要的是,上面的宝石质地都很好。

威尔顿在1935年就到了上海,并不是后来那些被纳粹迫害到一无所有的犹太难民,所以韩裳猜测他多少有些财富。可这个箱子里的东西价值之丰厚还是让她吃了一惊,一个神职人员就有这么多钱,这和犹太人的经商天分有关吗?

眼前,光是黄金就值一两百万人民币。在首饰盒下面,更有两张存折。一张是美国花旗银行的,32000美元;一张是美国大通银行的,45000美元。这实实在在是一笔巨款,韩裳记得,1944年布雷顿森林体系建立时,35美金可兑换一盎司黄金,而现在一盎司黄金差不多值600美元。这么一算,这两笔存折上的美元放在今天就是一百多万,而且还没算上那么多年的利息。

钱人人都喜欢,韩裳也不例外,不过她很快就收拾好惊讶喜悦的心情,把注意力集中到存折下面的东西上。

在这个箱子里,最上面一层的金条价值不如下面的首饰,而首饰的价值又被再下面的两张存折比了下去。可压箱底的东西,却是一本看上去十分普通的簿子。

韩裳把簿子从木箱里拿出来,却不防一个东西从簿子里滑出,当的一声掉在桌上。

这是一块长方形光溜溜的青黑色金属,像是青铜,在左下角似乎刻着什么。更奇怪的是,她觉得这件东西,非常熟悉。

韩裳把这块金属拿起来,一入手她就感觉到了,另一面上有明显的凹凸不平。

她先看了这一面左下角的刻字——"C.C.",然后,把它翻了过来。

"啊!"韩裳张大了嘴,她怎样都不会想到,会在她外曾祖父的木箱里,看到这一件东西。

梅丹佐浮雕!

和费城传给她看的照片一模一样,而且,那种曾经在什么地方见过的感觉,更加强烈地袭来,让她一时之间呆住了。

她的外曾祖父为什么会有这件东西?

这块浮雕牌是在茨威格手稿里留下痕迹的那一块吗,恐怕不是,但肯定有所关联。那么劳德·威尔顿和同是犹太人的茨威格,会有什么关系吗,他们差不多是同龄人呢。

韩裳觉得,自从碰上费城,开始接触到茨威格手稿的诅咒事件之后,她的生活就被影响了:突然频繁起来的梦境,在达利展馆的幻觉,回到外曾祖父曾经生活过的地方,直到现在看见的这件青铜浮雕作品。费城就像一个触媒,在她身上引发了一连串的反应。而今,韩裳骇然发现,在自己身上发生的神秘事件,竟然和费城碰到的难以解释的诅咒事件,隐约有着某些联系。

青铜的质地泛着幽光，让梅丹佐看起来森然可怖，那些或开或合的眼睛里，有着让人心悸的神秘。韩裳又翻过来，看着背后的"C.C."，这应该是创作者名字的缩写吧。

韩裳把青铜浮雕放在一边，拿起了薄薄的本子。这件浮雕原本是夹在本子里的，或许，威尔顿会在这本本子里，揭开她的疑惑。

翻开第一页，韩裳愣了。

这一页上写满了字，但她一个都不认识。

这是希伯来文。

"这是一个商标。"周泽人把玩着手里的梅丹佐浮雕说。

"商标？"这个答案不但让费城吃惊，连周训都对他父亲的话很意外。

"是的，说穿了它就是一个商标，所以说犹太人会做生意呢，居然能想出这么一招。"向别人细述藏品的来历，是让周泽人最感惬意的事情，他吹散杯中毛峰升起的白雾，饮了一小口润润喉，娓娓道来。

"1937年之后，因为纳粹迫害，大量犹太难民涌入上海，可是在那之前，上海已经有一些犹太人在经商了。这个商标，就是其中一个犹太人创建的。这个犹太人叫肖特曼，是德国人。1934年1月30日，当时已经执政一年的希特勒颁布了《帝国重建法》，虽然离他开始对犹太人的迫害还有段时间，但肖特曼敏锐地觉察到了危险的降临，和他父母兄长一起，举家搬到了上海这片被称为'冒险家乐园'的土地。"

"肖特曼的哥哥是名收藏家，有许多的收藏品。不幸的是，他在来上海的路上患了病，几乎刚到上海就死了，他的所有收藏品，就归肖特曼所有。肖特曼对这些大概没太大的兴趣，他在上海开了个泰丰拍卖行，从哥哥的收藏品里挑了一部分，作为拍卖行新开张的拍品，吸引大上海各路有钱人，第一时间就打响了名气。泰丰拍卖行的一炮走红，不单因为拍品不凡，还因为肖特曼搞的一个噱头。就是这个了。"

周泽人说到这里，举起手里的梅丹佐浮雕晃了晃。

"每一件拍卖出去的东西，泰丰拍卖行都会附赠一件梅丹佐铜牌，这就相当于泰丰拍卖行拍出物品的品质保证。你们看。"周泽人把浮雕牌翻过来，将左下角刻着的两个小字母指给费城和周训看。

"TF，就是泰丰的缩写。这件东西本身就很漂亮，是肖特曼把他哥哥的一件藏品当模子做出来的，拍一送一，谁都乐意。这个噱头很成功，再加上肖特曼定了条规矩，凭这块铜牌，拍下商品的人可以在两年内把拍品原价退回，泰丰只收点手续费。实际上，在泰丰拍下商品的人大多是有身份的，怎么会去退。凭这个不用付出多少代价的承诺，和附赠的精美铜牌，泰丰一炮而红，泰丰和梅丹佐铜牌都成了响当当的牌子。不过，肖特曼嗜赌，最后把家产都输光了，这个拍卖行只风光了四五年就转给别家，慢慢没落。在这几年里，有数百上千件商品拍卖出去，也就有同等数量的铜牌流出，说起来并不算珍贵。我看这东西很漂亮，就收了一个。其实最想收藏的还是这块铜牌的原型，也就是肖特曼哥哥的藏品，那才是真正的艺术珍品，只是不知现在流落到哪儿去了。"

原来，在茨威格手稿里夹着的，只是一个商标。这就说明，手稿曾经是泰丰拍卖行的一件拍品。如果手稿是肖特曼哥哥的藏品之一，那么，手稿是怎么从欧洲传到亚洲的谜团就解开了。

费城没想到,就在他刚以为,追查手稿是怎么到叔叔手里的已经断了线索的时候,又获得了另一条线索。或者说,这是线索的另一头,他可以回过头来从六七十年前的泰丰拍卖行,查找这份手稿之后流落辗转的经历,也可以向前追溯,肖特曼哥哥是怎么从茨威格那儿得到了这份手稿。

第四十二章

费城在周家一直留到了晚饭后，周训和他父亲的热情使他难以拒绝。当年泰丰拍卖行在拍出手稿的时候，肯定会有对拍品的详细说明。这份说明极可能会解释手稿的来历，比如最初是谁先从茨威格手中得到手稿的。而这件手稿最后被谁拍得，拍卖行也必然要写进交易记录存档。但查找一家现在已不复存在的六七十年前的拍卖行所留存下来的文献资料，要不是周泽人热心帮忙，费城还真不知从何入手。

一个多小时的时间里，周泽人打了几十通电话。常常一个朋友问上去不知道，又推荐其他人，到后来一个电话打过去，已经是隔了六七层的关系。最后，终于有了着落。

泰丰拍卖行在 1939 年盘给了一个叫李鸿德的山西人，拍卖行的名字没变，但为了节省成本，已经不再附送梅丹佐铜牌，当然也没有凭牌两年内退货的承诺了。到 1945 年，经营状况不善的泰丰拍卖行被鲁意斯摩拍卖公司①吞并，1949 年新中国成立后，因为反对商品经济，拍卖业受到极大限制。1952 年鲁意斯摩拍卖公司老板苏鸿生自杀，整个公

---

① 鲁意斯摩拍卖公司是中国最早的拍卖公司，于清同治十三年由英国人在上海开办。

司停业整顿，并入了上海市古玩市场。1958年，上海市古玩市场改成了公私合营，1966年"文革"开始后一度停业，到1970年11月，房屋、设备、库存商品全部并入上海市工艺品进出口公司，1978年10月才恢复对外营业，改名为上海文物商店。

从数十年间这一连串的变迁，就知道周泽人要打听清楚这些需要花多大的精力。最后他问到了一位年过八旬的上海市古玩市场老职工，据他回忆，从鲁意斯摩拍卖行转过来的存档资料，在"文革"期间毁掉过一些，剩下的，在20世纪80年代末90年代初，捐给了上海档案馆，作为中国早期拍卖史的文献资料。至于属于泰丰拍卖行的保存下了多少，他也说不清楚。

留给费城的，就是自己去上海档案馆查资料了。这两天，对茨威格诅咒的追查接连有新的进展，完全出乎他的意料。这样下去，很快就能查清楚真相吧，或许可以赶在正式进场地开始联排之前呢。想到这里，费城觉得心里踏实了些。

在周训家里，费城就定好了，第二天中午所有剧组成员一起吃顿饭，彼此见面熟悉一下，商定正式排练的时间。他一个个人通知过来，只是夏绮文的电话怎都打不通。他向周训告辞，打算回到家里晚些再打打看。

费城挥手叫了一辆出租车坐上去，车在繁华的大街上穿行，窗外的夜景很漂亮，只是他满腹心事，无心欣赏。

出租车拐进一条僻静小路。司机是个老上海，开了十几年的出租车，对市里大大小小的道路比掌心的细纹还要清楚。哪怕是再繁华的中心区，在主干道之外也会有许多为老司机准备着的小道，不但近，而且车少不容易堵。"

可是这一回司机失算了,他不好意思地向费城道歉:"真是的,平时这条路不堵的,而且这种时候,哎呀,前面肯定是出事了。对不起啊,等会儿到了地方,我给你车费扣掉一些。"

这是市中心的一条单行道,虽然在黄金地段,可是在费城的印象中平素车流量一直不多,属于闹中取静的绝佳地方,可是现在却排了长长的车阵。被挤在这里,都没办法掉头,只有认命地随着长龙一点点往前挪。

又往前开了一点,费城听见了特殊的警报声,他摇下车窗,声音更清楚了。

"这是救火车还是救护车?"他问司机。

"救火车,看来哪里着火了,这附近可都是高档住宅区啊。"

费城把头伸出车窗,夜色里看不出是前方哪里出事。

好不容易熬到了前一个十字路口,有几个交警正在指挥交通。右边的路口封了,那本来也是条单行道,于是所有车辆只能笔直开。同时相交这条路上的车由于前路被封也不断地汇进来,一条路挤进了两条路的车,难怪堵。

费城直着脖子往禁止通行的那个路段看,救火车的声音已经停了,看不见车停在哪里,应该是开进了某个小区。此外,他还看见好几辆警车停在路边,警灯一闪一闪。

"怎么还有警察,出什么事了。"司机嘟囔着,"哟,还有拿着步话机的,好像是大阵仗呢。"

随着交警的手势,出租车再次开动,驶过路口。前面的路况明显改善了,看来只是堵这一段。

费城扭回头,看着那段被封的路,心里的不安越来越重。

"就在这里停一下。"开出去两三百米,费城突然对司机说。

"啊,这里?"司机稍稍带了一下刹车,车速慢了下来。

"对,就这里。"

出租车靠边停下,费城付了车费,推开门下车。他的脸孔僵硬,面色难看,朝刚开过的路口疾步走去。

现在是晚上9点15分,这条原本就行人不多的小路上,并没有因为火灾而聚拢许多围观者。

两个年轻的警察从前面的小区里转出来,似乎还是实习的学警,和费城擦身而过。他们急促地交谈着,语气间似乎有些碰到大案子的兴奋。

"来得晚啦,没看到尸体,已经运走了。"

"死人有什么好看的。"

"那可不能这么讲……"

费城心里又紧了紧,果然不是单纯的火灾。

前方小区的门口,停了一溜的警车,至少有七八辆。一辆消防车从小区里开出来,紧接着又是一辆,看来火已经被扑灭了。

费城拿出手机,在通信录里查到那个名字,对了一下地址,没错,就是这个小区。他踌躇是否要拨过去,最后还是把手机塞回去,往出事的小区里走去。

没走多远,一个保安脸色凝重地走来,费城叫住他问:"请问三号楼往哪边走。"

保安打量了他一番,用手往前方指:"就是前面车库出口旁边这幢。"

顺着他的手看过去,三号楼下停了好几辆警车,还有一辆消防车。看来出事的就是这一幢。

费城心里的阴云浓得快要让他窒息,这样的情景,让他仿佛回到了十五天前的那个下午,他叔叔的楼下也是这样停满了警车。

但他还是要向前去,或许是他猜错了呢。

"你去三号几楼?"保安在后面问。

"八楼。"

"八楼出事啦。"保安压低声音说。

费城没有停下,也没有回头,反而加快了脚步,向三号楼走去。

七八九三层楼的灯都暗着,抬头望上去,黑乎乎看不清楚。大楼入口处有两个警察守着,但却没几个居民围在这里,反倒是在十几米外大楼的另一侧围了许多人。

费城走入人群,里面是绿化带,警察拦了很大的一块出来,人人都伸着头往树丛里的草地上看。

草丛间的太阳能地灯把绿树黑土照成一片惨白,那儿空空如也,什么都没有。哦不,费城定神细看,很快发现了异样。在中央的一小片地方,草地微微下陷,还有些折断的树枝,就在这儿的青草间,散着几处淡红色。这红色已经被刚才救火喷的水稀释过,很浅,却触目惊心。

"费城?"一个极度嘶哑的声音说。

费城扭头一看,是徐汇公安刑侦队的队长冯宇。这儿也属于徐汇区,出了大案子,他这个队长当然要在第一时间赶到的,就和上次费克群的案子一样。

"冯队长。"费城低声和他打了个招呼。

"你怎么会来这里?"冯宇的重感冒很严重,他抽着鼻子,声音就像是从千疮百孔的嗓子眼里硬挤出来的一样,刮得人心里难受。

"我……来找一位朋友。"

"朋友?住这幢楼?几楼几室?"

"801室,夏绮文,她要出演我导的一出话剧。"

冯宇往那片陷下去的草地瞥了一眼,说:"你需要找一位新的女主角了,夏绮文在一小时前跳楼身亡。"

尽管心里早有不妙的预感,但冯宇的话还是让费城一下子蒙了,一股冰寒从脚底心蹿起,狠狠咬在心头。

冯宇大声咳嗽起来,从口袋里掏出手绢擦着嘴角。他是个行事习惯相当老派的人,现在还用手绢的男人很少了。还在擦着嘴,不防自己又打起喷嚏,手里一抖,手绢被嘴里喷出的猛烈气流吹走,正盖在呆呆发愣的费城脸上。

费城连忙把湿漉漉的手绢取下来,冯宇有些尴尬地接过手绢,哑着声音向他道歉。

费城摇了摇头示意没什么,取出纸巾在脸上简单擦了擦。夏绮文的死像座大山压在他心上,他已经再没有心情去计较其他的事情。

"她……就这么从八楼跳下来了?"费城也不知是在问冯宇,还是自言自语。

"不,她是从十三楼跳下来的。"

"十三楼?"费城抬头仰望,这幢楼一共才十二层呀。

"她是从最顶上的天台花园往下跳的。"

"天哪。"费城喃喃地说,"怎么会这样,她是自杀吗,这不可能吧,她答应了出演我戏里的角色呢。"

"噢,这样?"冯宇拍了拍费城的手,"找个地方,向你了解一下情况。"

阿古离人群远远地站着,一动不动。和往常一样,他总是选择最不引人注意的地方待着,仿佛与黑暗、阴影合为了一体。

许多警察在他面前晃来晃去,他们在寻找着各种线索,阿古看着他们,觉得有些好笑。

他们能查出什么?阿古可以保证,他们什么都查不出来。

明天早上,他就要搬出这个小区了,今夜,他来看最后一场戏。

费城失魂落魄地从小区入口走进来的时候,就被阿古看见了。阿古看着费城慢慢走近,眼睛眯了起来。这是他思考的标志,思考,然后做决定。

阿古动了,他从身旁的一幢楼背后绕了一圈,然后就看见了费城的背影。他慢慢跟在费城的身后,轻轻地,悄然无声,一步步,像只小心的黑猫。费城疲倦得微微佝偻的背就在前方,越来越近。他看着这个背影从三号楼的大门口移向旁边的人群,挤进去,那里面就是夏绮文曾经横尸的那片草地。

阿古在人群外停下,待了两分钟,然后也拨开人群,走了进去。

可是他只迈出两步就停下了。

他看见费城正在和人说话,然后就是手绢飞盖到他脸上的那一幕。

这一幕很好笑,可是阿古却笑不出来,因为他认出了那个喷嚏打飞手绢的穿着警服的人是谁。

阿古连忙低下头去,慢慢地,慢慢地,从人群里退了出来。

费城把关于《泰尔》的一切全都告诉了冯宇,包括关于茨威格剧本的可怕传说,神秘的手稿诅咒,自己对于叔叔死亡的怀疑,夏绮文半夜里的怪异遭遇和她惶恐不安的心态,一切的一切。

冯宇一边听,一边记,很用心。但是费城知道,这名老公安是不会相信什么诅咒的。可是他没法不说,心里巨大的恐惧,驱使着他把所有的东西都一股脑儿地倾倒出来。

"大概8点5分的时候,夏绮文从天台上跳了下来。"在费城配合地回答了所有问题之后,冯宇开始简单向他说了点夏绮文的死亡经过,"这儿的天台都搞了绿化,做成花园的样子,不过平时并没多少居民会上去。"

"是自杀?"费城急着问。

"八成是吧,至少当时天台上只有她一个人。附近高层有居民看到她一个人在天台上转了很久,还在打电话。她跳下来之前,有人听见她发出歇斯底里的尖笑和大叫。"

"可救火车是怎么回事?"

"她死后小区的保安很快就报了警,第一批警察赶到这里的两三分钟后她家里就突然起火。火势非常猛,短时间内就把所有能烧的都烧干净了。灭火后初步勘查了火场……"说到这里冯宇犹豫了一下,之前所说的内容并不是什么秘密,问一下附近居民就会知道,不过再说下去,就涉及具体的案情调查了。

"怎么样?"费城追问。

"可能是夏绮文自己干的吧。"冯宇简单地回答。

实际上,专业人士勘查的初步答案,起火的原因是蜡烛。一堆衣服似乎在客厅里摆成了特殊的图案,最上面点了支蜡烛。二十分钟到半小时之后,蜡烛烧到了衣服。同时房间里门窗紧闭,煤气却开到了最大,衣服烧起来的时候,房间里的煤气浓度已经相当高,虽然没有引发爆炸,但火势在很短的时间内就变得非常旺盛。

蜡烛点燃的时间,差不多就是夏绮文跑上天台的时间,所以这把火极有可能是她自己放的。

"她怎么可能自己干出这样的事情!"费城叫起来。

冯宇咳嗽了两声,说:"这就是我们正要调查的。"

这时他的手机响了,是法医打来的。

"你好何夕,这么快就有结果了?"冯宇有些讶异地问。

"最初步的血液化验就发现了点东西,死者体内残留有一定浓度的巴比妥,说明她刚服用过此类药品。我据此调阅了死者的医疗档案,发现……"

结束了通话,冯宇问费城。

"你知道夏绮文的精神问题吗?"

"精神问题?她有精神问题吗?"费城一脸的茫然。

"相当严重的抑郁症,以及中度的精神焦虑。"

"不知道,可是她看起来挺好的呀。你不会想说,她是因为抑郁症才跳楼自杀的吧。她从来没有在人前明显表露过,应该不太严重才对。"

"我没这么说,有许多需要调查的东西,比如她最后的那通电话。"

最后的那通电话?不知怎么的,费城想起了至今没有搞清楚的费克群最后的电话。这其中不会有关系吧。

在离开惨剧现场之前,费城问了冯宇最后一个问题。

"冯队长,火扑灭后,你进去过火场吧。"

"当然。"

"夏绮文客厅里有一幅油画被烧掉了吗,要是没有,你还记得油画上人物的面部表情是什么样的吗?"

"油画?连画框都烧没了。"

费城叹了口气,告辞转身离开。

"费城。"冯宇又叫住他。

"还有什么事吗,冯队长?"

冯宇咳嗽着,对他抱歉地笑笑:"我这感冒,现在是最会传染人的时候,刚才不好意思啊,你还是回去吃颗药预防一下。"

回到家里,费城缩在被子里,浑身冰冷,时不时一阵轻微地战栗掠过全身。到底是被冯宇的感冒闪电般传染到了,还是心里无边的恐慌所致?或者二者都有吧。

竟然又死了一个人!

在叔叔费克群之后,为了这出戏,又一个人丧生。

费城曾经以为,哪怕手稿的诅咒是真,一出戏也只会在首演时死一个人,所以虽然心里怕得很,也时常用这个理由来劝服自己,坚持把

《泰尔》搞下去。

可是现在死了第二个人。

既然有了第二个,那么就意味着,可能还会有第三个。

费城觉得自己现在已经被逼到墙脚,退无可退。他恨不得拿一柄铁锤在墙上砸出一个洞逃走,再也不要面对。

黑猫趴在床脚,看着主人在床上缩成一团,低声呜咽。

费城从床头柜上抓过手机,在被窝里拨通了韩裳的电话。

"夏绮文死了。"他劈头盖脸地说。

"什么?"韩裳惊得在电话里叫起来。

"夏绮文死了。"费城的声音一下子低沉,仿佛全身的力气都耗尽了,"8点多的时候,她从住的那幢楼的楼顶跳下来,死了。"

"自杀?"

"或许吧,不管怎样,她是死了。韩裳,这个诅咒现在又让第二个人死了,我不知道,自己现在该怎么办……"

两个人都沉默了,可以在电话中听到彼此的呼吸声。

"那么,现在你没有女主角了。"良久,韩裳说。

"是的。"

"我想试试。"

"什么?"费城一时没听明白她的意思。

"我想试试演《泰尔》的女主角,别忘了我也是学表演的,专业成绩还不错。"

"你想接夏绮文的角色?天,你不怕被诅咒吗?"费城掀开被子坐了起来。

"怕。但我还是想试一试。要是我想知道这到底是怎么回事,就不能总是站在一边看。"手里的梅丹佐青铜浮雕牌已经被握得温热,如果把这当成护身符的话,外曾祖父会护佑自己吧,韩裳想。

第四十三章

《泰尔》剧组成员的第一次碰头会还算成功。大多数人并不和夏绮文熟识,对她的死最多不过唏嘘一番,然后成为一项谈资。费城昨晚状态很差,一度担心会不会早上起来发烧,结果还好,只是鼻子有点塞,嗓子有些不舒服。他勉强打起精神,把接替夏绮文出演柯丽一角的韩裳介绍给大家,其实大都是一所学校出来的,相当一部分人本来就和韩裳认识。

饭桌间上厕所的时候,周训拍拍费城的肩膀。

"没事吧。"他说。知道茨威格诅咒的周训,在昨天深夜从网上看到夏绮文的死讯时,也吓得不轻。饭桌上这些人里,除了韩裳,就只有他能体会到费城此时的心情。

"没事的。"费城这样说着,却忍不住叹了口气。连韩裳都主动顶上了女主角的位置,他又怎么可以退?有许多时候,人的行动并不取决于自己的意愿,有太多的因素裹挟着你,让你无法选择前进的方向,也停不下脚步。

碰头会结束后,费城邀请韩裳一同前往上海档案馆,也把昨天在周训家里的收获都说给她听。

"泰丰拍卖行商标性质的赠品?是个什么样子的浮雕牌,青铜做的吗?"

"好像是黄铜的。"周泽人把这块铜牌借给了费城,这时他取出递给韩裳。

韩裳细细端详着,如果忽略材质,这块铜牌几乎和她从外曾祖父藏宝木箱里得到的那块一模一样。只是相对来说,这块泛着金黄色光泽的铜牌更具观赏性,而青铜质地的青黑色铜牌,显得厚重而神秘。

她把铜牌翻过来,看到了背面刻着的"**TF**"。

"你还真是细心,我第一次看的时候,都没注意到背面有这两个小字母呢。"

韩裳笑了笑,把铜牌还给费城,什么都没有说。

泰丰拍卖行的梅丹佐铜牌,是肖特曼根据他哥哥的一件藏品浇铸复制的,现在藏在包里的青铜梅丹佐,会不会就是那件藏品呢?韩裳打算自己理出些头绪,证明威尔顿真的和茨威格诅咒有关系,才告诉费城她的冒险经历和收获。至少,要等到她明白外曾祖父用希伯来文在那本压箱底的簿子里都写了些什么之后。

此刻两个人前往的,是上海档案馆位于外滩的新馆。根据上海档案馆的规定,任何中国公民都可以凭身份证查阅档案馆里的开放资料,可是他们要查的东西,显然不在开放资料之列。

要是走正规的途径,调阅未开放的档案资料,需要凭街道开具的介绍信,提前十天提出申请,然后静候准许与否的答复。所幸他们要查的不属机密,周泽人帮忙帮到底,给在档案馆工作的朋友打了个招呼,免去了十天等候的程序。

外滩的档案新馆每天都有调卷的班车往来于库房和新馆之间。费城和韩裳来到档案馆的时候,班车已经把他们要查阅的资料——鲁意斯摩拍卖公司在1930年至1940年间的所有拍卖纪录运达了新馆,足足有二十三卷之多,中英两种文字的都有。

两个人坐在档案查阅室里的一张长桌前,二十三卷装订得整整齐齐的卷宗在面前叠成了两座小山。

这架势让他们以为要埋头苦查很久,好在很快就发现,属于原泰丰拍卖行的已经单独列出,只有两卷,而且是用繁体汉字工整书写的。

费城和韩裳各看一卷,半小时后,两个人面面相觑,什么都没有发现。

"这儿的资料并不全,会不会是在'文革'中被毁了?要不我们再重新看一遍。"费城说。

"我们交换看吧,也可能是看漏了。还有……梅丹佐铜牌虽然曾经夹在《泰尔》手稿里,但手稿并不一定就是配着铜牌的那个拍卖品呀。"

"唔……"费城应了一声,和韩裳换了卷宗,仔细看起来。

"咦,这不就是吗?"才过了两三分钟,费城就叫了起来。

"啊,我竟然看漏了?"韩裳有些不可置信地凑过头来,一层薄薄的暗香飘上费城的鼻尖。

费城指着的,是1934年9月15日,泰丰拍卖行成立后第一次拍卖拍品清单中的一行。

萨伐格手稿。

"萨伐格就是茨威格吗?"韩裳明白了自己刚才为什么会忽略过

去,泰丰拍卖行的拍品里,有许多的名人手稿,所以这个"萨伐格"没引起她的注意。

"我在准备《泰尔》剧本和研究那个诅咒的时候,查了很多茨威格的资料。茨威格是 Zweig 的音译,还有译成'褚威格'的。1935 年复旦的孙寒冰①第一次把茨威格《一个陌生女人的来信》译成中文时,就把作者翻成'萨伐格'。"

这份拍品清单的格式,左面是拍品的名称,右面是成交与否、成交价和买主姓名。

而这份"萨伐格手稿",在泰丰拍卖行 1934 年 9 月 15 日的第一次拍卖会上,被一位名叫周仲玉的人以 1550 块大洋的价格拍得。

在当时,7 块大洋就足以支付一位全职保姆一个月的工钱,1550 块大洋的价钱买一份手稿,可谓价值不菲了。

通常在清单之后,会附以详细的拍品介绍和竞拍成功者付款记录等。遗憾的是,两个人没有找到关于"萨伐格手稿"的进一步记录,和其他很多拍品的记录一样,"萨伐格手稿"的拍卖详细记录没有被保存下来,毁于"文革"中或者以其他的方式遗失了。

"周仲玉,这个名字……"韩裳拧起眉毛使劲在脑海中回忆着。

"你也觉得这个名字有点熟吗,我也是啊。周仲玉……听名字像是女的,以肖特曼的精明,获他邀请参加第一次拍卖会的,多半是在旧上海社交界比较活跃的人士,又愿意花这样的价钱,去买一位在当时中

---

① 孙寒冰(1903—1940),原名锡琪,1927 年秋到复旦大学执教,曾任复旦大学教务长和法学院院长,《文摘》杂志主编。1940 年 5 月 27 日在日机空袭复旦校园时不幸被炸身亡。

国尚不十分出名的作家的手稿,会是哪位名媛呢?"费城分析来分析去,就是想不起这个似曾相识的名字到底是谁。

直到他们出了档案馆,就近找了家网吧上网一搜,才恍然大悟。

周仲玉是一位相当有名气的老艺术家,演了许多的话剧和电影,现在还在世,已经有九十岁高龄了。之所以两个戏剧学院毕业的人一时之间想不起来,只因为周仲玉是本名,而之后被人们所广为熟悉的,则是另一个艺名。

周仲玉的家境非常好,父亲是做丝绸起家的大亨,旧上海著名的联华影业公司大股东之一。那时联华影业公司旗下有阮玲玉等一批最顶尖的电影明星,算得上是旧中国电影业的龙头老大。而身为联华影业大股东的女儿,周仲玉和那些电影明星玩在一起,从学生时代就进入了上层社会的社交圈。被肖特曼请去参加首次拍卖会,一点都不奇怪。

周仲玉在几十年前,曾经当过一段时间上海戏剧学院的老师,严行健就是她的学生。费城立刻给严行健去了电话,请他牵线搭桥,和周仲玉联系。

第四十四章

傍晚5点30分,费城等候在上海华东医院的门口。很快,他看见了韩裳匆匆的身影,忙向她招手。

才分手没几小时,他们又见面了。

他们将要共同拜访的人——周仲玉,此刻正在华东医院的一间单人病房里等着他们。

放下学生的电话,严行健立刻就开始联系他的这位老师。很快,他回复费城,周仲玉正住在华东医院,老人年纪大了,每年的秋冬季都在医院里疗养度过,前段时间身体不太好,这几天刚好一些,有了点精神,愿意见他们,但时间不能太长。

医院里通常四点多就吃晚饭了,现在正是晚饭后,老人精神最好的一段时间。

韩裳手里提了一篮水果,女人在这方面总是比男人想得周到。

病房里有茶几,有沙发,还有电视机。周仲玉并没有躺在病床上,而是穿得整整齐齐坐在沙发上。她已经好些年没有在电视屏幕上出现了,比费城印象中的她,要苍老许多。

病房里还有周仲玉的儿子,年纪比严行健更大几岁,和他母亲一样,都已经满头华发,为两人开门的就是他。

"周老师好,徐老师好,不好意思打扰了。"费城和韩裳知道周仲玉死去的丈夫姓徐,一进门就恭恭敬敬地打招呼。

看见费城和韩裳进来,周仲玉冲他们点头笑笑,想要站起来。

"哎呀,您坐着就好,坐着就好。"韩裳连忙快步上去扶住老人。

"啊,还买什么东西呀。那正好,削几个苹果,大家现在吃。"周仲玉转过头对她儿子说。

"哎,不用不用。"费城连忙推辞。

徐老师笑笑,从水果篮里取了两个大苹果,去房间另一边的水槽清洗。

"我妈年纪大了,耳朵有点背,你们凑近点说话,声音大一些。"徐老师一边洗苹果,一边对费城和韩裳说。

两个人坐到周仲玉的身边。

"打扰您啦,您最近身体还好吧。"费城说。

周仲玉笑了,她的心情不错:"什么打扰,人老了就想有人说说话,你们来陪我说话,开心。你们是小严的学生吧,一转眼,他都要退休了。我耳朵不好,他的电话也没听得太清楚,你们是要找我问些什么呢?"

"周老师,和您聊些从前的事情。"韩裳笑着说。

"从前?呵呵,好呀。人老了总是想起从前的事情,怀旧呀,很快我这把老骨头也要和从前那些事儿一起过去啦。"说出这话的时候,周仲玉的语气却很豁达。到了她这样的年纪,生死早已经看开了,只有往事故旧,还在心头萦绕。

"泰丰拍卖行,您记得吗?"

"泰丰拍卖行?"周仲玉露出回忆的神情。

"新中国成立前的一家拍卖行,老板是个叫肖特曼的犹太人,您应该参加过他们的拍卖会,还拍了东西呢。"费城提醒她。

"哦,是的,泰丰拍卖行,我记起来了。你们怎么会想起问这家拍卖行的,已经过了这么多年了,这家拍卖行,在当时也不算最大的几家呀。"

"是这样,我手上有一个剧本,茨威格的手稿剧本,叫《泰尔》,您还有印象吧。"

"呵呵。"周仲玉笑了起来。

"我想把《泰尔》搬上话剧舞台,剧本的中文改编已经完成了。我从上海档案馆查到,这个剧本的手稿最早是由您从泰丰拍卖行拍到的。"

这时徐老师已经把两个苹果削了皮,切成小块放在盘子里,端过来放上茶几。每小块苹果上,还细心地插上了牙签。

"来,吃苹果。"他招呼着,"不够我再削。"

"谢谢。"费城取了一块放进嘴里,苹果又脆又甜,很好吃。韩裳也吃了一块。

周仲玉微笑着看着他们,说:"你们工作做得这么细致呀,居然连这个剧本手稿,最早是由我从泰丰拍卖行拍到的都查到了。现在的年轻人,做事情能静下心,做这么细致准备工作的,可太少了。"

费城和韩裳互相看了一眼,嘴角露出无奈的笑容。他们可不是为了《泰尔》的准备工作,才追查手稿来历的。

"这份茨威格的剧本手稿,是你们从夏绮文那儿得来的吧。"周仲玉问他们。

"夏绮文？"费城惊讶地看着周仲玉，"不是啊，是从我叔叔费克群那儿。我叔叔去世后，我整理他遗物时发现的。"

"原来你是费克群的侄子呀。"周仲玉看着费城，点点头。她是文艺界的老前辈，对费克群、夏绮文这些小字辈的，都比较熟悉。

"他是个好演员，可惜呀。"听周仲玉的口气，她显然还不知道夏绮文去世的消息。

"您刚才为什么会说，这份手稿是从夏绮文那儿来的呢？"费城问。

"这里头还有个故事。自打我从泰丰拍卖行拍到两份茨威格手稿之后，这两份手稿就一直是分开保存的。"

两份茨威格手稿？费城和韩裳惊讶得面面相觑，原来周仲玉以1550块大洋拍得的"萨伐格手稿"是两份！他们忍住了没有立刻插话提问，等周仲玉把这段话说完。

"我呢，对其中的一份手稿比较重视，一直放在身边，搬到哪里都记得带着。另一份，就是你译作《泰尔》的，年代久了，到后来我都不记得放在哪里了。大概半年以前，我在虹口的老房子要拆了，几个第四代的小家伙去那儿理东西，他们可不管，扔的扔卖的卖，结果给他们当旧废纸卖掉的，就有这份手稿。他们三钱不值两钱地卖了，有眼力的人可多着呐，多伦路古玩市场那些收古旧的，没事就往老房子附近的废品回收站跑，不但这份手稿，连着我的一堆书信，全都被一个古玩商包下来摆到店里了。"说到这里，周仲玉摇头苦笑。

恐怕对她来说，一份并不太重视的茨威格手稿遗失并没什么，可有许多通信内容，才是她不愿被人知道的。当年她风华出众，放到今天，那就是个绯闻不断的主儿。

"幸好,九月份的时候,夏绮文来看我,带了个好大的包。我还在想那里面都是些什么,结果全是我被卖掉的信。她说,有一次逛古玩市场,看到就买下来了,拿来送还给我。但是茨威格的手稿,被她送给一位朋友了,请我原谅。我说太谢谢了,能把这些信重新拿回来,可算帮了我的大忙。所以啊,你开始提到这份手稿,我就以为是夏绮文送给你的,原来她是送给费克群了。"

费城一时间说不出话来,心里翻天覆地地捣腾着。全乱了,这份手稿,竟然会是夏绮文送给叔叔的!

"周老师,您刚才是说,当年从泰丰拍卖行,您并不仅仅只拍到了这一份手稿,还有另一份?"韩裳问。

"对,一共是两份手稿,两部戏。这两部全都是没有在德国舞台上演过的,茨威格不知为了什么,没有把这两部剧给那些德国剧院,要知道当时他写的剧还是很红的,许多剧院抢着要哪。最初得到这两份手稿的,是茨威格的大学同学,也就是泰丰拍卖行老板的哥哥。我拍下来的还有他附在剧本手稿里的简短回忆,大概描述了他是怎么得到剧本的。年代隔得太久,我现在记不清他到底写了些什么,好像也没交代清楚茨威格到底出于什么原因不公布这两部剧。"

"这份回忆还在吗,能给我们看看吗?"

"在在,而且早就都翻译好了的。回头我让人找出来,给你们送过去。"

"不用,我自己来拿就行。"

"没关系,现在不是有那什么……"老太太忽然卡住了,看看她的儿子,徐老师也不知道他的老母亲想说的是什么。

"快递?"韩裳试探着问。

"对,就是快递。"周仲玉笑着点头,"这方便。"

"周老师,等我把《泰尔》的戏排完了,就把原稿给您送回来,算是物归原主了。"费城说。

周仲玉连连摇手:"不用不用,夏绮文是花钱买去了再送给你叔叔的,这东西已经不是我的了。我这个快死的老太太,留着它有什么用,你把这出戏排出来,很好。到时候我要是走得动就来看,走不动你把录像带寄给我,就很高兴啦。"

说到这里,周仲玉感慨地叹了口气:"茨威格的戏还是很不错的,这一出戏呀,等了这么多年才排出来。"

韩裳玩味着周仲玉话中的含意,问:"周老师,一直保存在您这里的另一份手稿,上面的戏您排过吗?"

"当然。"周仲玉毫不犹豫地肯定答复道,"我就是靠这出戏才真正进了这个圈子啊。当年拍下两个剧本的时候,我刚进复旦大学念新闻,一年级加入了复旦剧社,活跃得很,就想着演一出大戏。得了这两个本子非常高兴,这不是现成的吗,翻译一下就成,算是站在巨人肩膀上了。两个本子比较下来,倒不是《泰尔》不好,可是它排场大,要准备的道具服装多,而另一部剧《盛装的女人们》就好办得多了。当时《盛装的女人们》排出来,相当轰动,而且被大导演蔡楚生①看中,觉得我有潜力,就开始栽培我,之后演话剧演电影,算是一帆风顺的了。"

---

① 蔡楚生(1906—1965),中国现实主义电影奠基人。执导的代表作是《渔光曲》和《一江春水向东流》(与郑君里合导)。这两部影片都分别创造了三四十年代国产影片最高上座纪录。

她满是皱纹的脸上露出缅怀的神色,苍老的皮肤上泛起红晕,仿佛回想起自己少女时代的风光,让她整个人都年轻了几十岁似的。

"演这出戏,是我这辈子最重要的转折点,所以连《盛装的女人们》的剧本,我都很重视,妥善保存着。这也是为什么,一同拍来的两个本子,我会区别对待的原因。"

"原来您演过另一出剧啊。"费城喃喃地说。周仲玉今年已经九十高寿了,茨威格剧本上的诅咒怎么会没在她身上发挥作用呢?

"您那时……是主演吧?"韩裳问。

"是呀。照理说,复旦剧社排这出戏,我这个刚加入的还轮不到主演,可谁让剧本是我拍买下来的呢。"周仲玉笑了,笑容中有些得意。

"哪一年首演的?"

"1935年3月。先在复旦演,然后上各个学校里演,最后演进了外面的剧院里。呵呵。"

"您……这出戏在排练和首演的时候,有些什么……让您印象比较深的事吗?"韩裳注意着措辞,犹豫地问。

"让我印象深的事情?"周仲玉的笑容慢慢收了起来,"你指什么样的事呢?"

"是……"韩裳一时间有点支支吾吾,难道说直接问老人,有没有人在首演前后死去?

"你们问的问题,怎么和夏绮文那么像呢?"

"啊?"费城和韩裳都愣了,"夏绮文也这么问吗,就是两个月前来看您的时候?"

"是啊,她也问我,首演的时候,排练的时候,有没有出过事情。能出什么事呀,我实在不太明白你们的意思。"

"那么,就是没发生什么特别的事情?"

"没有。正常的排练,正常的演出。如果说有什么特别的,就是观众的反响比我想象中要热烈得多。"周仲玉半开玩笑地说。

"这出《盛装的女人们》主演除了您,还有谁呢?"

"这是一群女人的戏,基本上重心都集中在一个主演的身上,就是我了。"

费城和韩裳一时间也不知再问什么好,看起来,茨威格的诅咒在周仲玉身上,真的失效了。

"你们谁写个地址给我吧,回头我让快递把东西送过来。"徐老师说。

"好。"费城给他写了地址,同时知道,他是在暗示时间差不多了,再说下去,老太太该累了。

写完地址,两个人向周仲玉告辞。

"好呀,就不留你们了,谢谢你们来陪我说会儿话。碰到小夏,代我问她好,上次的事情,真是谢谢她了。"

"呃……好的。"费城含糊地应了,关于夏绮文的死讯,还是别告诉老太太了。

第四十五章

"这事情,这事情怎么会这样的呢。夏绮文她……"还没走出华东医院的门口,费城就忍不住内心的困惑。虽然他知道,身边的韩裳和他一样满头雾水。

"夏绮文从来没和你提起过,这份手稿是她送给你叔叔的吗?"

"没有。"费城摇头,"从来没有。我一直以为,她是到我叔叔家里来拜祭,并且找我谈事情的时候,才第一次看见它。"

他还记得夏绮文最初在费克群的家里发现这本手稿时的表情:惊讶中带着疑惑。她惊叹着这份手稿的珍贵,向他解释茨威格是多么著名,所有的表情语气行为,都不会让人怀疑,她是第一次见到这份手稿。还有当她从茨威格的自传《昨日的世界》里发现诅咒事件,向他求助时的慌乱,要他解释诅咒是否真的存在,并且三番五次要求退出。

然而另一边的事实,是夏绮文自己从多伦路古玩市场淘到了这份手稿,并且把手稿送给了费克群。她特意找到手稿的原持有人周仲玉,就和他们两人刚才做的一样,拐弯抹角地向周仲玉试探,另一个剧本《盛装的女人们》首演时,茨威格的诅咒有没有降临。她当然是知道这个诅咒的,在费城还懵懵懂懂时,夏绮文就知道了。

费城觉得自己太可笑了,夏绮文真是个伟大的演员,把他耍得团团转。自己还按照叔叔手机通信录里的电话,一个个去问叔叔的朋友,是谁送了手稿。他当然没有打给夏绮文,就算打给了夏绮文,他也能想象,会听到电话另一头的人以不胜惊讶的语气回答"怎么会是我呢,我还是在克群的家里第一次看到这份手稿的呢,当时你就在旁边呀"。

可是为什么,她为什么要这样做?

"她把手稿送给你叔叔,可是却尽力掩饰这件事?"韩裳问。

"没错,她干得太漂亮了。我一直以为,自己会是个不错的演员,哈,我还差得远呢。"费城有些懊丧,更多的是不可思议。

"你没有想到些什么吗?"

"噢,我现在脑子里一团乱。你想到什么就直说吧。"

"我是在想,当夏绮文拜访周仲玉时,周仲玉告诉她,在演出前一个手稿剧本时,什么可怕的事情都没有发生。想象一下,当听到这样的答案,关于诅咒她会怎么想?"韩裳问。

"她会觉得,诅咒是不存在的,一切都是茨威格空想出来的,这个作家神经太敏感了。"

"是的。"韩裳没有立刻继续说下去。很快,两个人走出了华东医院,韩裳在街头停住脚步,看着费城的眼睛。

"你记得吗,刚才周仲玉说,夏绮文拜访她的时候,归还了从古玩商手里买到的信件,但是因为手稿已经送给了朋友,所以无法归还。"

费城点头。

"如果夏绮文这次没有说谎,那么说明了一点,她不是在确定手稿无害后,才把手稿送给你叔叔的。她是在认为诅咒可能存在的情况下,把手稿送给了你叔叔费克群!"

费城一阵毛骨悚然。

"你……你想说什么?"

"我只是在根据逻辑进行推断。你明白我的意思。"

费城颤动着嘴唇,好一会儿才压低声音说:"夏绮文,她想害我叔叔?"

"被诅咒的人会死的,费城,如果夏绮文希望你叔叔被诅咒,那么她就是想你叔叔死。我怀疑,你叔叔后来的死,未必真的是诅咒。"

"不是诅咒,那是什么?是夏绮文干的吗?"费城急促地呼吸着,从周仲玉那儿得来的离奇线索,在韩裳抽丝剥茧般的推断下,渐渐引出了一个可怕的东西。

"假设夏绮文因为某种原因,想置你叔叔于死地。她早就知道茨威格诅咒剧本的传说,或许在很久以前她看过茨威格自传,那时就发现了。她偶然从古玩市场里得到了这份手稿,立刻送给了费克群,认为靠着这份有诅咒力量的神秘手稿,可以神不知鬼不觉地置费克群于死地。费克群也如她所愿,开始着手准备把《泰尔》搬上中国的话剧舞台了。但是夏绮文又不放心,根据和手稿在一起的信件,她知道了手稿原来属于谁。于是她把信件全都买下,有了个借口去找周仲玉。这个时候是九月份,然后她就从周仲玉处得知,诅咒也许不存在。如果她还没有改变要杀你叔叔的主意,那么从这时起,她就要改变计划了。你叔叔什么时候死的?"

"10月20日凌晨。"费城干涩地说。他觉得自己的嘴唇快裂口儿了,喉咙痛得要命。他的感冒症状好像是随着心情而变化的。

"费城,我记得你曾经说过,你对叔叔的死是有怀疑的,有很多疑点。"

"是的,最初我是这么觉得,莫名用完的沙丁胺醇喷剂,还有最后一个电话。可是当我觉得一切是诅咒时,我就把这些都忽略了……哦,天哪。"费城突然记起了什么,脸上的表情从震惊到恍然。

"怎么了?"韩裳问他。

"我在回忆第一次和夏绮文谈论这份手稿,谈论茨威格的时候。那一天的谈话,最初是从我叔叔的死开始的。我向她说了一堆对叔叔真实死亡原因的怀疑,她的表情现在回想起来,有些奇怪。之后,她从叔叔的书桌上发现了手稿,然后很主动地和我谈论茨威格。她好像在一步步引导我,让我觉得这个手稿是多么重要,把它演成话剧会有多么轰动。而后我邀请她担任女主角,她也立刻就答应了,还暗示我应该多读些茨威格的作品,和我一起去书城买书,茨威格自传《昨日的世界》就是她从书架上拿给我的。"

"她要转移你的视线,你要导这出戏,看了茨威格的自传,当然就会知道诅咒。然后你对叔叔的死就不会有其他的怀疑,一切都可以用诅咒来解释了。"

"可是发生的那些奇怪的事情……"

"那些都是夏绮文自己告诉你的。"韩裳提醒他,"什么连续两个晚上听见脚步声和奇怪的声音,什么客厅里油画上的人表情变了。那都是夏绮文自己告诉你的,其实可能什么事情都没发生过,她要让你相信诅咒是存在的。在你自己的身上可没发生过任何超自然的神秘事件,除了煤气泄漏,那只是个偶然事件。"

"我就是在想煤气泄漏这件事。在此之前,夏绮文在我家待到晚饭前才走,也许她趁上厕所的时间去隔壁厨房干了些什么,比方说用剪刀在煤气管上剪个小口子之类的。"

"你这样怀疑?万一你真的煤气中毒死了呢,她不会想看到这样的事发生吧?"

"不会,我厨房的窗始终是开着的,她应该能看见。后来我想过,实际上这点煤气泄漏要不了命的,顶多就是煤气味重一点。可是我真的被吓到了,这或许就是她的目的。还有,她几次向我表示对诅咒的担忧,每次我都费尽口舌才能让她安心。但现在回想,我自己心里都怕得要命,安慰她的话连自己也骗不过,夏绮文可是个聪明的女人,怎么会这样简单就被我糊弄过去。她在圈子里这么些年,肯定认识些懂风水识命理的人,也没见她请来呀,这可是关系到自己性命的事情,不可能轻视。"

费城定下心来这么一想,疑点一个接一个地冒了出来。

"看起来,夏绮文有问题是肯定的了。只是不知道她为什么要害你叔叔,又是怎么害的。但现在,夏绮文已经死了。"韩裳皱起了眉,当所有的疑点指向夏绮文的时候,她竟然已经死了。

"昨晚我听刑侦队的冯队长说,现场看起来像是自杀。可从前天夏绮文和我最后的那通电话看,完全不觉得她是个很快要自杀的人。就是在那个电话里,她问我有没有觉得我叔叔是因为诅咒死的,我承认自己也这么想,她听见我这样说,肯定松了口气。可以作为证明的是,我那样说之后,就很轻松地让她打消了退出《泰尔》演出的念头。夏绮文一定认为,她的表演已经大获成功,她有什么道理去自杀呢?"

"要是你叔叔的死实际上是一宗凶杀案,的确夏绮文的死也就值得推敲。如果可以知道夏绮文害你叔叔的动机,也许就能把这两者串起来。"

"我叔叔在死前接了一个电话,夏绮文也是这样。我总觉得,这一串事件还有我们不知道的另一环……"费城忽然笑了笑,"但这对你我来说,或许是个好消息。对于诅咒,可以不那么担心了。"

茨威格在自己回忆录里关于诅咒的记载,之所以会被费城当真,就是因为叔叔的死以及自己和夏绮文碰上的怪事。这些事情一件接着一件地发生,让原本虚无缥缈的诅咒之说,变成了板上钉钉的事实。现在"钉子"一个个被撬掉,那块"板"立刻显得不牢靠起来。

"也许吧……"韩裳欲言又止。

这时已经快六点半了,费城提议一起去吃顿饭。

韩裳看了看表,说:"不了,我还有点事。"

费城有些失望,原本他还想和韩裳一起,再好好讨论一下整件事情。不过既然韩裳成了他的女主角,还有大把与她接触的机会。

和韩裳分手后,费城简单地买了汉堡果腹,就匆匆赶到了费克群的故宅。费克群的遗物他大部分都没有整理,诅咒的黑雾已经开始散去,但另一重雾又浓浓弥漫上来,他希望能在费克群留下的遗物里找到线索。

当然,他可以把一切怀疑告诉冯宇,但关键人夏绮文死了,他并没有强有力的证据支持这些推断。

费城从书房开始整理起,这是叔叔生前最常活动的地方。这项工作很繁重,费城从电脑开始,打开每一个图像文件和文档文件,在搜遍了磁盘任何角落都没有收获之后,又开始整理书桌。看见的所有书和杂志,费城都会翻一遍,看看叔叔有没有在其中的某一页写下什么。

夏绮文到底和叔叔是什么关系,他们之间,肯定不会是自己原先以为的普通朋友那样简单。费城一边整理着,一边想。忽然他停了下来,意识到自己该先看看叔叔的相簿,照片常常会透露许多信息。

很快,费城就在书房的一个橱柜里找到了相簿,有厚厚六本之多。

这些相簿里,有叔叔自己的照片,也有与别人的合影,还有和费城的合影。这就像一扇通向费克群回忆的大门,属于费克群的岁月,在这些照片中慢慢流逝。

费城看得很慢,不知不觉中,他想起了许多往事,眼眶早已经湿润了。

五本看完了,费城什么也没有发现,甚至在这些照片里面,夏绮文都没有出现过。倒是有费克群和其他许多演艺界朋友的合影,就是不见夏绮文。

这多少有些奇怪。

费城打开最后一本相簿,翻到第二页的时候,他就怔住了。

第二页就没了,这本厚厚的相簿里,只有第一页上插着照片。

费城合上相簿,端详了一下,发现这并不是一本簇新的相簿,至少也买了好几年。难道最近几年,费克群就没再为这本相簿里添照片?

倒也有可能,近两年费克群开始用数码相机,刚才他的电脑里,就有几张数码相机拍摄的照片,但是不多。

费城重新翻开手里的相簿,往后一页页翻去,每一页都是空白。

翻到靠中间的一页,费城停住了,他发现这一页上,用来插照片的透明材质有些破损。这在相簿中是很常见的,因为照片的四个角都比较尖,放进去取出来的时候,一个不小心就会划破嵌照片的那薄薄一层透明塑料。

这一页上曾经放过照片吗？费城更仔细地察看每一个空白页,在许多地方,他都发现了照片曾经插入的痕迹。特别是在后四分之一的地方,那的的确确是新的,没有使用过的,和之前那些空白页一对比,区别很明显。

这本相簿上原有的一大堆照片,上哪儿去了？

他又在柜子里好好找了一番,一件件东西拿出来堆在地上。

照相簿只有这六本。

费城抹了把头上的汗,把堆在地上的东西再一件件放回柜子里。

突然,费城的动作停止了,他想了想,把先前放回去的一样东西,再次取了出来。

这是一个比巴掌略大的镜框,里面没有照片,嵌着的是一幅原配的风景图。费城记得它原来塞在柜子很下面的角落里。

一个从来没有使用过的镜框吗？看上去又不值钱,放在这个柜子里,有点不搭调。

费城把镜框打开,拿起上面印着风景的硬纸片。

下面是一张照片。

一张夏绮文的照片。

费城从来没见过夏绮文露出这么灿烂的笑容,就算是在她演的戏里,也没有。

叮咚！

费城吓了一跳,怎么会有人按门铃？

这是费克群的故宅,费克群已经死了,人人都知道,怎么会有人按门铃?

费城放下照片和镜框,站起来走到客厅里。他在房门前透过猫眼往外看,一片漆黑,走道里的声控灯并没有亮。

"谁啊。"他问。

没有人回答,但是门铃又响了一声。

费城打开门,发现外面并没有人。

他犹豫了一下,把铁门打开。他不记得门铃装在哪一侧了,探出头往左面看了看,没有人。然后他又向右边望去。

一个人就站在那儿,一动不动地看着他。

费城被吓到了,他不由自主地往后一缩。

那个人笑了,嘴角的疤痕立刻扭动起来。他向前走了一步,走到了门的正前方。

"你找谁?"费城问。

"找你。"阿古说着,又往前走了一步,和费城之间的距离,已经近得让他无法再把门关上了。

第四十六章

这儿是上海市区地图上西南角的边缘,地铁一号线在这里已经到了尽头。

韩裳走出地铁,过了检票口,看见车站里开着一家麦当劳。她还没吃晚饭,站在灯火通明的快餐店前,立刻感到饿了。

离约定的时间还有近半小时,韩裳推门进去,叫了一份鳕鱼汉堡套餐。

刚才坐地铁的时候,她一直在回想这六天来发生的事。

只是六天而已。从那个在达利画展晕倒的上午到现在,她被卷入这场诅咒事件还不满一周。在这段日子里她一步步沦陷,从旁观者到如今直接参与,这场神秘事件动摇了她的信仰、她的世界观甚至她人生的某些轨迹。

现在,原本的神秘现象开始变得像谋杀案。傍晚,当自己说出那些分析之后,费城似乎得到了解脱。可颇有讽刺意味的是,最初坚决否定神秘主义的自己,却因为这次事件改变了看法。即便证实费克群和夏绮文的死和诅咒无关,或许在这个世界上,在人的心底里,依然存在着超然于科学和理性之外的神秘。

把最后一根薯条送进嘴里,韩裳起身离开。地铁站外并没有等候着的空出租车,倒有几辆摩托车在招揽生意。

"小姐去哪里？上我的车吧。"一个戴着头盔的骑士主动上来问韩裳。

韩裳说了地方。

"五块钱。"他把头盔递给韩裳。

韩裳接过头盔,坐上摩托车后座。她看看内层黑乎乎的头盔,皱起了眉,这家伙肯定从来不清洗这顶头盔。她把头盔放在头上,没有全都套进去,用手按在顶上,让头盔不至于掉下来。

摩托车发动了,无视地铁站前的红灯,轰着油门冲过十字路口。扑面而来的风吹得露在头盔外的头发向后飘成一条直线。韩裳缩了缩脖子,转眼之间,摩托车又穿过了第二个红灯,她开始后悔了。

摩托车在下一个路口拐进了一条小道,整条路上没有车,也几乎没有人。只有那名骑士载着她,突突突地向前开。

韩裳有些不妙的预感,她大声问骑士:"还有多远？"

骑士的回答从头盔里含混地透出来,呼啸的风声中听不清楚。

车又拐进了另一条路,在韩裳的不安感越发重的时候,停在了一个居民区前。

"几号？"骑士问。

"16号。"

摩托车开进小区,转了几个弯,在一幢楼前停住。

韩裳付了五块钱,看着摩托车一溜烟离去,自嘲地一笑。

她要拜访的是一位外语学院通晓希伯来语的教授,门开了,教授把她迎进去。

"袁老师,谢谢你愿意帮我这个忙。"

"哪儿的话,这算得了什么。你怎么过来的,坐地铁?"

"是啊,地铁下来叫了辆摩托车。不过他开得太猛了,都不看红绿灯。"韩裳说起来还有些后怕,摩托车本来就是"肉包铁",这样横冲直撞真是不要命了。

"哈,这里的摩托车都这样,除非看见警察。有时候我也坐,都要事先和他说清楚,一不能闯红灯,二不能开得太快。"袁教授笑起来,"东西带来了吧,给我瞧瞧。"

韩裳从包里取出威尔顿压在箱底的簿子,递给袁教授。

袁教授接过来翻了翻,问:"我就这么一边看一边翻出来吗?"

"您把大概意思告诉我就行了,我带了录音笔。"

袁教授点头:"我先大略看一遍,心里有个数,再翻给你听。"

威尔顿在簿子上写了五页多,他的字体很大,看一遍应该不需要太长的时间。可是袁教授却看了很久,而且翻来覆去地看。他的神情越来越严肃,常常皱起眉头,仿佛看到什么令他难以理解的事情。

过了将近半小时,袁教授才重新抬起头。

"这东西是从哪里来的,这……是个文学作品吗,还是里面写的是真的?"

"是我祖上传下来的,至于里面写的是不是真的,我也不知道。"韩裳回答。

"写的内容……怎么说呢,很奇怪,而且写得很乱。有许多重复雷同的段落,表达意思的时候不是那么顺畅地下来,东一块西一块。有点像意识流的小说,看起来很累,许多记忆片段拼在一起,所以我才问你是不是文学作品。"

"嗯……"韩裳想起威尔顿在不久之后就发了精神病,看来他在写这份东西的时候,就已经有点不正常了。

"你的录音笔打开了吗,我现在就组织一下,翻给你听。"

"好了,您说。"

"首先,这个人说明了他为什么要写下这些东西。出于对一些威胁的恐惧,他藏起了很多财物,这个威胁他后来提到,是指日本人的迫害。他担心无法活到重新取回财物的那一天,所以,他写下这些,表示如果被另一个人得到了……"说到这里,袁教授看着韩裳笑了笑,"要是被另一个人得到了,就归她所有。可是和这本本子在一起的某件东西,他希望得到的人要慎重对待。然后他说的,就是关于这件东西的事情。"

"他提到的这件东西,你祖上传下来了吗?"袁教授问。

韩裳从口袋里取出青铜梅丹佐浮雕牌,递过去。

袁教授仔细地看着这块铜牌,嘴里啧啧有声。看了一会儿,他还给韩裳,说:"真是件让人震撼的艺术品,关于它,有一个很奇怪的故事。"

韩裳长长吸了口气,关于将要听到的故事,她有些期待,又有点害怕。

"这个人提到了一场实验,听起来,这是一场持续时间非常长的实验。当他在1926年加入到这场实验中的时候,这场实验已经开始十五年了。主持这场实验的人非常有名,是弗洛伊德。实验的内容,实验的内容……"

韩裳有些紧张地盯着袁教授。

"他没有说得很明白,他前后用了许多的形容,但都模糊不清。总结下来,似乎涉及人内心深处的不可思议的力量。或者说,隐藏于潜意识里,哦不,是比潜意识更深入更核心的,通向宇宙中冥冥间的某种神秘。对不起我说得比较乱,可是他写得更混乱,我猜想他自己都未必清楚地明白那是什么。"

"没关系,您接着说吧。"实际上,韩裳有些明白,威尔顿指的是什么,那一定是在弗洛伊德晚年促使他改变对神秘主义的态度的东西。

"弗洛伊德试图通过这场实验,最终彻底证实,或者彻底否定这种神秘的力量。他选择了一些有天赋的人,以他设计的某种方式来进行这场实验。弗洛伊德认为,如果人的内心存在着那些东西,用这种方式再加上合适的人选,就能把那些东西引导出来。他设定了一个很长的实验时间,陆续吸收他认为合适的人自愿参加。到底这个实验时间有多长,这个人没有说。"

"那么有哪些人参加实验他说了吗?"韩裳问。

"他没有过多地提及其他参与者,连人数也没说。除了一个人——茨威格。让弗洛伊德最初产生进行这场实验的念头,好像茨威格起了很大的作用。同时他也提到,茨威格是第一个参加实验的人。而你手里的这件青铜浮雕作品,是进行这场实验的关键道具。"

茨威格是弗洛伊德第一个找到的有"天赋"的实验者,或许,是茨威格找到了弗洛伊德。这场实验开始于 1911 年,这个时候,马特考夫斯基和凯恩茨的死已经让茨威格惶恐不安。韩裳可以想象到,当茨威格向他的精神导师弗洛伊德求助,希望弗洛伊德帮助他解决心理问题时,已经开始怀疑精神分析并不能解决所有神秘现象的弗洛伊德,以此为契机开始筹谋进行一场实验。

韩裳低头看着手里的铜牌,梅丹佐的无数只眼睛也在看着她。

"这样的铜牌,每个参加弗洛伊德实验的人都应该有一块。它是卡蜜儿根据弗洛伊德的要求创作的,卡蜜儿,你知道她是谁吗?"袁教授问韩裳。

韩裳摇摇头。

"他提到的另两个人,弗洛伊德和茨威格都非常有名,这个卡蜜儿,我怎么一点印象也没有。但她创作的这件作品,弗洛伊德非常满意。这个实验,是每个参加者,每天对着这块铜牌进行某种心灵仪式。弗洛伊德相信这种仪式能够深入到内心深处,触及那个可能存在也可能虚妄的神秘核心。"

"可惜,他没有详细描述这个神奇的仪式。"袁教授摊开手遗憾地说,"所有的成员承诺每天进行这样的仪式,并且在试验得出决定性结论之前,不对外透露实验的内容。每隔几个月,所有的实验成员都会聚会,聚会上,他们把这段时间实验的感觉,在自己身上发生的一切特殊的事件告诉弗洛伊德,由他进行指引。"

韩裳听到这里,立刻想起了她的那些幻觉:在一幢欧式的大房间里,弗洛伊德睡在躺椅上,屋子里有一些人在说着些什么。这些幻觉可能和她的梦境一样,也有相当程度的真实成分,那就是威尔顿在这本簿子里所说的,实验成员每隔数月进行的聚会吧。

"您刚才说,写下这些的人提到天赋,参加实验的人是有天赋的,这个人说了他自己的天赋是什么吗?"韩裳问。

"哦,天赋,我不知道这样翻译是否准确。他是指,弗洛伊德认为每个人的心里或许都有所谓神秘核心,但一些人更容易触及。这个人被邀请加入实验,主要因为他是神职人员,但不知道是什么宗教的神职人员。可能弗洛伊德觉得,神职人员的心灵更平静,原本就和神明打交道,更容易触及心灵的本源吧。"

"这个人每天对着铜牌进行特定的仪式,日久天长,确实慢慢觉得,这件青铜作品里,有着些难以言喻的东西,和他的内心共鸣着。可是他却始终没有表现出征兆,因为弗洛伊德说,如果实验成功,会有某些神秘的不可思议的征兆出现在实验者的身上。后来,他离开欧洲来到了中国,没办法定期参加弗洛伊德主持的聚会,但仍然坚持每天进行仪式。征兆还是没有出现,但他的精神状态却越来越差,而后还出现了头痛症状。"

"到他写下这些的时候,弗洛伊德早已经死去,但聚会还在进行。他知道弗洛伊德选择了继任者把实验继续下去,可是自己的糟糕状况让他对每天的仪式越来越害怕。趁着这样一个契机,他决定把这块仪式用的关键物品和财物一起封存。如果他没有机会重新拿回这些东西,继续暂停的实验,希望获得他财物并看到这些文字的人,有机会能把他的状况告诉弗洛伊德。嗯,我猜这里他写错了,应该是指那位继任者。告诉他,他相信那个神秘的核心真的存在,可是请原谅他违背了诺言,无法继续每天的仪式。最后他希望弗洛伊德的实验最终可以获得成功,那会是比他的潜意识理论更深入并且更重要的伟大发现。"

袁教授合上簿子。

"大致就是这样。"他说,"一个奇妙的故事,一个奇妙的实验。如果它是真的,那么直到今天,弗洛伊德的继任者也没有公布这个'更重要的伟大发现',看来这个实验是失败了。你在读心理学,好像弗洛伊德的心理学理论,到今天也有很多被认为是错误的,是吗?"

"是的,科学总是在进步。"韩裳回答。可心里,她却知道,恐怕这个实验在威尔顿身上并没有完全失败。征兆出现了,威尔顿把属于自己的一部分记忆,隔了几十年后,传到了她这个拥有他八分之一血脉的后代身上,这难道不属于"神秘的不可思议的征兆"吗?

"不过,这倒是个绝佳的小说题材。"袁教授笑道。

第四十七章

"你可以叫我阿古。"阿古说。

他从费城退开的空隙间走进屋里,自在得好像他才是这儿的主人。

"喂!"费城跟在他后面喊。他从来没见过这样怪异的陌生拜访者,见这个自称阿古的人还不停下来,伸手去拽他。

阿古侧过脸,长长的伤疤只一跳,就让费城没敢把手真的搭上去。

"不把门关上吗?"阿古的头朝敞开的大门偏了偏。

费城拧着眉头,走到门边,却没有立刻关门。

"你到底是谁,找我干什么?我好像不记得有你这样一位朋友。"费城说。他的声音让走廊上的感应灯一下子亮了起来。

"我是个讲信用的人,收了钱,总要干点事情。"阿古耸了耸肩,轻描淡写地说。

费城放在门把上的手顿时收紧了。

"难道你是杀手?"费城本来就有点感冒症状,一紧张声音马上就哑了。

阿古笑了起来:"不要以貌取人,我是侦探,私家侦探。"

"侦探?"费城打量了他几眼,把门关上了。

"对不起,我有点过度紧张了。"费城说。

"出来以后,脸上这道疤的确添了些麻烦,不过也无所谓。"

"出来?"

"从牢里出来啊,老实说,脸上挂这道疤,在里面还是有点用处的。"

"啊,可你不是说,是侦探吗?"费城又有点紧张起来。

阿古在沙发上坐下来,冲他咧了咧嘴:"这很矛盾吗,要知道私人侦探目前在中国也是一项非法职业。而且,个人认为,从里面出来的人,相当适合成为私人侦探。"

费城在阿古对面的椅子上坐下来:"那么,私人侦探阿古先生,你这么晚上到这儿来找我,是为了什么事情呢?"

说到这里,费城忽然意识到,自己此时并不是在自己家里,他盯着对面的疤面人,问:"你怎么知道这个时候我在这里?"

"对一个私人侦探来说,知道这一点很困难吗?"阿古反问。

"你跟踪我?"

"这并不重要,费城先生。"阿古说。

费城点点头:"好的,那么回到刚才的问题,你为什么来找我?"

阿古举起手指了指:"你在看你叔叔的相簿?"

费城顺着他指的方向转头一看,书房的门开着,那六大本相簿堆在地上,还没来得及放回柜子里。

"注意到上面的留白了吗?"阿古问他。

"你看过我叔叔的相册?那些照片是你取走的?"费城觉得面前这个叫阿古的人既神秘又危险。

阿古无声地鼓了鼓掌:"很不错的观察力,但那些照片不是我拿走的。我今天来找你的原因,和被拿走的这些照片有点关系。"

他站起来,走进书房。这时,他看见了那个镜框。

"你竟然发现了这个。"他有些惊讶地说,"看来你并不是我想象的那样一无所知。"

费城也走了进来,弯腰捡起镜框。

"我刚开始知道一些。"费城说,"有人雇了你在追查案子吗,是我叔叔死的案子,还是夏绮文死的案子?"

"有人雇我在查费克群的案子。"

"谁?"

"你不想知道你叔叔是怎么死的吗,还是你已经猜到一些了?"阿古没有回答费城的问题。

"是夏绮文吗?"

阿古的眉毛扬了扬:"你真的让我惊讶,怎么会怀疑到她?"

"我发现她隐瞒了一些事情。但我依然不知道,我叔叔是怎么死的。"

"你叔叔是哮喘发作死的。"阿古说。

"哮喘发作?呵,这个说法和警察一样,难道不是和夏绮文有关吗?"费城搞不懂这个私人侦探在玩什么花样。

"的确是哮喘发作死的,但却是夏绮文让他哮喘发作的。你应该知道费克群的那个网友吧,凌?"

费城点头,他觉得这个侦探好像什么都知道。

"我有我的情报来源。"阿古知道费城在想什么。

"你是说,那个隐藏身份,从不在摄像头前露出脸的凌就是夏绮文?可就那样的一次……挑逗,就会使我叔叔喘哮突然发作吗?"费城怀疑地问。

"那可不是挑逗。"阿古笑了,"先回答你前一个问题,我在夏绮文的手提电脑里看到了她的聊天记录,她就是凌。夏绮文在市里有另一套很少去的房子,在那套房子里,她可以利用附近邻居的 Wi-Fi 发射器无线上网,这样警方就无法根据'凌'的 IP 地址查到她。至于后一个问题,当然,单单这种程度的刺激肯定不行,夏绮文是个聪明的女人,她设计了一个几乎完美的谋杀方案,这仅仅是其中的一环。"

费城等着阿古说下去,阿古却舔了舔嘴唇,说:"不帮我倒点喝的吗?"

费城手一摊:"这里什么都没有,如果你愿意等,我可以去烧一壶热水。"

"那算了。"阿古悻悻地说。

费城嘴角翘了翘,这是他今天第一次让这个古怪的侦探稍稍吃瘪。

"我猜你一定不知道,你叔叔对某些东西过敏。"

费城啊地叫了一声,说:"过敏?"

"是的,我想应该是这样,虽然我不知道他到底对哪种东西过敏,但是我的雇主显然清楚这一点。基于案发时现场的情形,如果以他杀为前提进行分析,那么只有一种可能。你知道当时,在电脑旁边有什么东西吗?"阿古问。

费城回忆了一下,说:"烛台?你是说蜡烛?"

阿古点头:"我在夏绮文的家里发现了几根同一种规格的蜡烛,我拿了一根给我的雇主去做化验。虽然我不知道结果,但显然,那里面含有些其他成分。它能让你叔叔过敏,而在蜡烛燃尽之后,从残留物中肯定很难化验出来。了无痕迹,不是吗?"

阿古指了指费城手里的镜框说:"看到这张照片,你应该可以想象到,你叔叔和夏绮文曾经是什么关系。不得不说,演艺圈的人关于这方面,保密功夫还真做得不错。夏绮文有这里的房门钥匙就不奇怪了,先在网上化名和费克群勾搭上,凭她对费克群的了解,做到这点轻而易举;再选个没人的时候用钥匙开门进费克群的家,给烛台换上特制的蜡烛,把急救药用光,然后……"

"然后在10月19日深夜诱惑我叔叔,让他点燃蜡烛,因为过敏而导致哮喘猛烈发作。"费城喃喃地说,他忽然想到一个问题,"可是她怎么能够保证,我叔叔来不及打求救电话呢?"

阿古打了个响指。

"一个小技巧,"他说,"你还记得那个最后的电话记录吧。"

费城点头。

"算准时间,用一个查不出身份的手机号码打给费克群,告诉他,你等着,马上就来救你了。"

费城吸了口冷气。他终于知道那个电话是怎么回事了,他叔叔在准备拨打120求救之前,就接到了夏绮文的电话,他当然放心地等待夏绮文叫人来救他,可等来的只有死亡。

"原来是这样,怪不得……"费城把这宗谋杀的所有程序从头到尾想了一遍,真是毫无破绽,没有一条线索可以追查到凶手身上。就连有问题的蜡烛,在警方到来的时候,也早已经燃尽了。

费城越想越觉得不可思议,他问阿古:"那你是怎么查到夏绮文的呢,好像她没留下任何痕迹呀?"

"一开始只是怀疑,我的雇主知道很多东西,你不用问他是谁,我是不会告诉你的。我的雇主怀疑费克群的死不那么简单,可能与夏绮文有关系,但也仅是怀疑,他请了我,就是要证实他的猜测。我用了个很笨但是很有效的办法,如果是夏绮文干的,那么她就要挑选一个费克群不在家的时间,跑到这里来换蜡烛,清空药瓶。这个时间一定是费克群死之前几天,不会太长。我搞来了这个小区的监控录像,呵呵,当然我想夏绮文不会正大光明地走进来。"

阿古向费城详细解说着他在一周前干的那些事情,对此他很有点得意。

"她会想办法改头换面,让别人认不出大明星夏绮文曾经来过。但她穿的衣服裤子,如果不是在那天之后立刻扔掉,就还在她家里。特别是她穿的鞋子,肯定还在。于是我跑到她家里,把她当季的衣服裤子鞋子全都拍下来,拍了一两百张照片。结果很幸运,衣服裤子鞋子,我全都在监控录像里某个女人的身上看到了。"

"你就这样偷偷潜进她家里?"

"有点危险的工作,不是吗?所以我说,从里面出来的人,会比较胜任。"

"雇你查案子的人,和我叔叔很熟吗?"费城感到非常好奇,是什么人比他这个侄子更熟悉费克群呢,起码他就不知道叔叔对某种物质过敏的事情,普通朋友更不会知道。而在费克群死后,他竟然能立刻将怀疑的矛头指向夏绮文,并且雇了私家侦探追查。

"抱歉,我不能透露这一点。"

"你是需要报酬吗,你想要多少?"

"与此无关,我是个有职业操守的人。其实也不能完全这么讲,如果有足够强大诱惑,比如一千万美金,或许操守就不再是个问题。"阿古叠起双腿,伸出左手食指摇晃着说。

一千万美金……费城只好放弃,也许以后在整理叔叔遗物的时候,会再有什么发现吧。

"那么,夏绮文为什么要这样做呢?"费城问。

"我不知道。"

"可是既然你的雇主能想到夏绮文就是凶手,他一定知道她为什么要杀我叔叔。"

"也许他知道,但我不知道,我也不想打听。我只要做好我该做的,就可以了。"

费城盯着阿古,想看出他究竟有没有说真话。

费城的眼神对阿古完全不能造成压力,他依然一脸轻松自在。

"好吧,那么你今晚到这里来,是因为你的雇主想让我这个死者的侄子知道,自己叔叔究竟是怎么死的吗?"

听到这个问题,阿古的表情却略略改变了,不像先前那样自如。

"这个……可以这么说,但和你想象的有些不同。"

"哦?"

"事实上,让我到这里来告诉你这些的人,是夏绮文。"

费城觉得自己已经出离惊讶了。整个晚上,哦不,是今天整整一天,集中了太多让他意想不到的事情。

阿古自嘲地一笑:"我在夏绮文的家里装了些小玩意儿,结果被发现了。可是夏绮文没有报警,因为她猜到了我是为什么调查她。于是她约我见面,就在昨天中午。"

"昨天中午?可是她晚上就被杀了呀!"

"是的,就在她死之前几小时。"

费城点点头:"果然,夏绮文是被杀的,不是自杀。"

阿古愣了一下,没想到费城在套他的话。但是他没有再多说什么。

"我想,你一定有很多事情没有告诉我。那么,夏绮文约你干什么呢?"

"她雇了我。"

"她雇你?雇你对我说这些?雇你来告诉我,是她杀了我叔叔?"

"她说,如果她死了,就让我把这些告诉你。"

"夏绮文知道有人要杀她?她发现你在调查她之后,开始有了这样的预感?这么说,夏绮文的死,和雇你对她进行调查的那个人有关系?"

阿古笑笑。

"把这些告诉我算什么,忏悔吗?"费城冷笑。

"这只是她委托的一部分。如果她死了,她希望你能知道这一切,而不是始终被蒙在鼓里。她对之前对你的欺骗深表歉意。"

"我能接受她对我欺骗的道歉,但不可能原谅她杀了我叔叔。"

"其实我昨天中午见到夏绮文时,她比我想象中要慌乱得多。她觉得死亡已经离得很近了,她知道是谁想杀她,而要杀她的那个人,和她为什么要杀死费克群有着直接的关系。如果她真的被杀,她也要让凶手被抓住。她在家里留了点东西,如果你拿到了交给警方,并且配合调查的话,很容易就能把凶手找出来。"

"我为什么要这么做?"费城反问,"杀死夏绮文的就是你的另一位雇主,不是吗?而他是我叔叔的朋友,他在为我叔叔复仇,我为什么要让他被警察抓住?"

"或许夏绮文期望,你有一颗公正的心,不让任何一个犯罪者逍遥法外吧。"阿古嘿嘿嘿地笑了几声,又说,"我说过了,我是个讲信用的人,夏绮文昨天给了我一笔钱,所以现在我到这里来,算是完成了委托。况且,夏绮文肯定不会想到,她的家里被一把火烧了个干净,即使我现在告诉你,她留给你的东西放在哪个地方,也什么都剩不下来了。"

"那么,你的任务完成了。"费城可没有继续留客的意思。

阿古却仿佛没听懂费城的意思,继续坐着没有动。

"你知道'穷人的羔羊'是什么意思吗?"阿古问。

"《穷人的羔羊》?你是说茨威格的一出戏?"费城把茨威格在《昨日的世界》里关于诅咒的那几页文字,看了不知多少遍。他当然记得,茨威格写道,他于1931年写了一部新剧《穷人的羔羊》,他的朋友、著名演员莫伊西想演这出戏,但是被他拒绝了。然而莫伊西还是没有最终逃过诅咒,1935年在演出由茨威格翻译的皮兰德娄新剧之前死去了。

"没错,我想她指的就是这出戏。"阿古从口袋里取出一张纸在费城面前晃了晃。

这是一张工商银行的定期存单,费城没看清上面的金额,似乎很多。

"这是什么意思?"

阿古把存单放回口袋,说:"这是一张三百万的定存,我从夏绮文那儿拿来的。"

"佣金?"费城惊叹于夏绮文的大方。

"哦不,刚才我对你说的这些,值五万块,昨天夏绮文直接用现金预付给我了。而这是另一笔。夏绮文给了我存单,却没有告诉我密码。密码在你这里。"

"在我这儿?"费城莫名其妙。

"密码就在'穷人的羔羊'里,她说你一定能破解的。反正我自己查了半天,连这出戏首演日期都试过了,还是不对。我想,应该和什么诅咒有关系吧。"

密码在"穷人的羔羊"里?定存的密码是一串数字,而且必然是他能破解出来,阿古却不行的一串数字。阿古猜得没错,肯定和诅咒有关系。费城大概能猜到,密码离不开本来要演这出戏,最后还是没逃过一劫的莫伊西。不是他的死亡日期,就是他的出生日期。

"怎么?我把密码破解出来,你会分我一半吗?"费城不明白阿古是什么意思。

"当然不会。夏绮文猜到你未必愿意帮助警方把杀死她的凶手找出来,她的打算是这样的:这三百万,是支付给我,用来说服你配合警方调查她真实死亡原因的。而我,也需要在必要的时候站出来作证。你看,她对我的职业素养给予了充分信任。"

"你来说服我,你怎么说服我?"

"她准备了另一件东西。"阿古从口袋里掏出一个信封,递给费城。

信封里是一封信的复印件。

信是用英文写的，左上角的那个名字如雷贯耳，是好莱坞一位顶级的大导演。费城早就听说夏绮文和这位大导演的关系很不错。

信的内容居然是对《泰尔》的推荐，还有对费城才华的称赞。

"你看，夏绮文在这封信里说了，《泰尔》的剧情天生适合好莱坞。大场面，著名历史事件，敌对者之间产生的爱情，所有的元素都具备了，而且剧本是茨威格写的，来历又是这样传奇。一位中国著名女演员倾力推荐，而这位女演员在写完这封信，还没有来得及寄出就死了。没有哪个导演会拒绝这样一个剧本，现在剧本在你的手里。你只需要把话剧的演出向后延，把剧本先卖给好莱坞，就可以得到远比我这三百万多得多的钱。而且，夏绮文的推荐会让你在这部国际大片的制作过程中谋得一个位置，想一想，和这样一位导演合作，能让你有怎样的未来？"

费城心动了。阿古说得没错，有这样一封信，卖剧本得的钱还是其次，他在事业上就真可以说一飞冲天了。

"我有这封信，而你有三百万存单的密码。本来，我有很大的机会说服你的，毕竟你要做的，只是协助警方抓住一个凶手。而现在……"阿古笑了起来，"其实，现在的情况是，夏绮文留在她家里的线索已经被火烧光了，构成她委托的条件已经不成立。我完全可以对你说，你给我密码，我给你信，仅此而已。不过……这样吧，你告诉我密码，我给你信，然后，我把我所知道，关于夏绮文死亡的线索告诉警察。这样也算对得起她的委托。"

"你的确是个讲信用的人。"费城说。

阿古笑笑："我一进门就对你说过了。另外，可以让你安心的是，我所掌握的线索，即使告诉了警察，他们也非常可能抓不到那个人，他们甚至根本就不相信我说的一切。你应该对我的话有一定程度的信任了吧。"

费城沉默了一会儿,说:"你让我考虑一段时间。"

"没问题,只希望这段时间不要太长。毕竟夏绮文写的这封信,要比较快拿出来,才会有更好的效果。"

阿古把自己的手机号写给费城后离开了。

十五分钟后,402室的灯光熄灭了。费城从楼里走出来,被冷风一吹,他的头昏昏沉沉,有点痛。

脑袋里短时间内被灌入了太多的东西,一时之间消化不了。

不可否认,阿古的条件对他来说有很大的吸引力。他想自己在认真考虑之后,多半会答应的。如果那个人最终不会被抓住,那么他就不会有良心上太大的压力。而且,他也杀了夏绮文,不论怎样,这是个法制的现代社会,而不是古时快意恩仇的江湖时代。

走到小区门口的时候,费城被保安喊住了。

"你是费老师的侄子吧?"保安问他。

"是的。"

"有一封国外寄给费老师的信,下午刚到的。费老师去世了,这封信也只有你收一下了。"

"哦,好的。"费城跟着这名保安,到保安室拿了信。

这是一个白色的大信封,加拿大寄来的。信封上还印着加拿大安大略省省政府的字样。

费城满腹疑惑,一边走,一边把信拆开。

信封里是薄薄一沓文件,借着路灯的光,费城看到了第一页上的内容。

他立刻傻了,今天那么多的意外,加起来都不及这封信给他的震撼。

突然之间,他全都明白了。

第四十八章

卡蜜儿——Camille Claudel。韩裳查到了这个女人是谁。

这是一个受到不公正对待,被另一个天才蛮横地夺去光芒的雕塑家。

1883年,卡蜜儿和罗丹相识,成为罗丹第一个女助手。那年罗丹43岁,卡蜜儿19岁。网上能查到的所有资料,几乎都在谈论卡蜜儿和罗丹的爱情,即使这样,还是能看到许多对卡蜜儿艺术天分的称赞。

早在卡蜜儿和罗丹认识之前,她就已经有了很杰出的雕塑作品。1882年她18岁时的作品《老妇胸像》就入选了巴黎沙龙。在她和罗丹的共同工作中,她的天才让罗丹也感到威慑,甚至认为是对他的极大威胁。然而作为罗丹的助手,她的创作反而遭遇了阻力,许多作品被认为"剽窃罗丹创意""模仿罗丹"甚至"罗丹替她捉刀"。并且身为助手,她需要协助罗丹做很多工作,极大影响了自己的创作。

卡蜜儿与罗丹的爱情也不顺利,最终在痛苦中和罗丹分手,此后再没有从罗丹的阴影中走出来,她的作品也没有得到主流艺术界的承认。卡蜜儿的精神状况逐渐异常,1913年3月,她被送入精神病院,在那儿度过了三十年,然后死去。

从威尔顿的回忆看,弗洛伊德的实验开始于1911年。也就是说,卡蜜儿在完成梅丹佐铜牌后不久,就被送进了精神病院。这也许是她最后的作品。

威尔顿最终也是精神错乱;茨威格失去了精神支撑而自杀,并且可能长年服用精神类药品;达利则一生都在天才与疯子边缘徘徊。和弗洛伊德实验有关的人,精神上都有问题,这是触及内心神秘核心的代价吗?

关于达利,韩裳主观地判定他也加入了弗洛伊德的实验。达利的作品让她有这样大的反应,肯定不会是偶然,她延续自威尔顿的血脉,和达利倾注在作品中的心血相互呼应着。当茨威格把达利引见给弗洛伊德的时候,弗洛伊德绝不会放过这样一位天生精神怪诞的年轻艺术家,对弗洛伊德来说,达利绝对算得上有"天赋"的实验者。

韩裳已经明白,为什么在自己后一次参观达利画展,产生弗洛伊德和他的实验者们聚会的幻觉时,先看见了达利,而后他又消失了。

达利在1938年才第一次见到弗洛伊德,他要加入实验,也是这一年的事情。而在这之前,韩裳的外曾祖父威尔顿早就离开欧洲来到了中国,他不可能在聚会中碰见过达利。所以,如果韩裳的幻觉完全来自于威尔顿记忆的真实呈现,就不会看见达利。可是和她的那些真假参半的梦境一样,幻觉中看见的也不全是真的,特别容易受到外界影响。在达利的画展上因为达利作品的刺激而看见幻象,达利的身影在其间若隐若现,就不难理解了。

弗洛伊德到底在实验中试用了怎样的方法,实验最终持续了多少年,结果怎么样……韩裳不止一次地琢磨这些问题。她是一名实验者的后代,甚至可以说,如果威尔顿没有参加实验,他就不会患精神病,不会头痛不会酗酒不会在路边找妓女买春,韩裳就不会来到这个世界上。她知道自己的生命是和这场实验联系在一起的。

当费城告诉她,夏绮文突然死去,女主角空缺时,韩裳已经决心不再借着心理学逃避真正的自我。她一直害怕过于投入角色在心理上无法承受,所以才放弃了表演。勇敢走入摩西会堂之后,韩裳觉得从前的逃避愚蠢又可笑,在旧时犹太人聚居区受到的心灵冲击,让她获得新生的同时,觉得可以面对任何挑战。怪梦也好幻觉也好,就算是诅咒也不能让她再度逃跑——她对从前的懦弱行为深深厌恶,不能容忍自己再沾上半点。

这实际上从一个极端走到了另一个极端,有些矫枉过正,可人往往没办法控制自己的真实情感。就是这样的心态,才让韩裳在电话里立刻向费城表示,想接夏绮文演《泰尔》的女主角。这个决定在没搞清楚诅咒到底是不是存在之前,未免有点轻率。但现在,韩裳能想到的只有两个字——命运。

她是弗洛伊德神秘实验的孩子,她的血脉中流淌着这场实验的神秘因子。而茨威格的剧本,也带着神秘实验的烙印,她能感觉到。

当她在读剧本时能感觉到,当她在背台词时能感觉到,当她在琢磨女主角柯丽的时候,甚至每个呼吸间,内心都仿佛有某种东西在生长。

尽管这是费城用中文改写过的剧本,可有一种神秘,冥冥间穿透了重重的阻隔,把她和近百年前开始的这场实验连在了一起。

威尔顿在本子里写道,希望看到这些的人可以把他的实验情况告诉弗洛伊德的继任者。韩裳不知道到什么地方去找这名未知的继任者，但她以这样一种方式，替威尔顿延续了这场实验。

如果有可能，韩裳真的希望可以找到这场实验后来的主持者。她相信实验并没有失败，就她所知道的实验参与者，每个人的身上都产生了难以解释的神秘征兆。

威尔顿的神秘事件发生在她自己的身上。达利则在参加实验的几年之后——如果真如她所猜测的于1938年加入实验的话，不仅画风大变，而且皈依基督，相信神的存在，这在他年轻时几乎不可想象。他的有些画作，比如1951年画出的《圣约翰十字架上的基督》，任何人站在这幅画前，都能感受到极端强烈的神秘气息，从内心深处生出敬畏。况且，达利在1928年未加入实验时写的电影剧本就让主演自杀，他此后画了这么多的画，究竟还有没有人像大卫综合征那样，看了他的画而自杀，谁都不知道。

还有就是茨威格。虽然在《盛装的女人们》这出剧首演时诅咒没有发生，但毕竟他本就不是每部戏诅咒都会产生。平均下来，每两部戏里有一部会发生诅咒。《泰尔》这出戏，尽管看起来费克群和夏绮文的死亡都可能是谋杀，但事实上死亡还是发生了。在首演之前，死了两个和这出戏直接相关的重要人物。

这样看来，神秘实验不是真的奏效了吗？到底实验者进行的是怎样的仪式，居然能产生这样神秘的效果？弗洛伊德肯定是根据他的某种假设、某个理论设计了仪式，仪式的有效证明弗洛伊德这个从未公布的神秘主义理论也是正确的，他真是个不可思议的伟大的天才！弗洛伊德的继任者要是公布这个理论，毫不夸张地说，这将是人类的又一次进化！

《圣约翰十字架上的基督》,达利,1951年(郑昌涛临摹)

想到这里,韩裳有些激动起来。要不要用威尔顿留下的这笔财富,来追查这场实验的真相呢,找到那个继任者!

兴奋了一会儿,韩裳平静下来。不论怎样,要先把柯丽这个角色演好。她坐在沙发上,拿着打印出来的剧本,直看到午夜十二点的钟声敲响。

她已经洗完了澡,这时再洗了把冷水脸,把房间的灯关了,躺到了床上。黑暗里,她又想起先前的那些念头。

突然之间,她反问自己,这个理论公布的话,真的会让人类进化吗,为什么不是毁灭呢?这把打开内心神秘内核的钥匙,实际上是个潘多拉之盒吧。达利、茨威格、威尔顿这三个实验者中,有两个人都自我毁灭了,茨威格更把毁灭带给了别人。要是弗洛伊德惊人的理论公之于世,会产生多么可怕的后果呢?

韩裳缩在被子里打了个冷战。

也许,弗洛伊德的继任者之所以这么多年都没有公布弗洛伊德的理论,让这场实验在历史中无声无息地湮灭,就是在守护着这个潘多拉之盒吧。

第四十九章

"好。"当韩裳把她最后一段独白台词念完,费城鼓起掌来。

现在才刚开始排练,大家还在坐排阶段。也就是说,不需要穿好服装,不需要道具和灯光,也不需要特定的场地,大家坐在一起,连站起来走位都还不用。这样坐着念台词只是帮大家熟悉剧本,找到感觉。可是,就是在这样的坐排中,韩裳的表现简直让所有人惊艳。

她的语气,她的神情,尽管只是坐着,却好像穿上了最合适的服装,站在舞台的中央演出一样。费城有时甚至觉得,有几个瞬间的韩裳,仿佛和他相隔了两千多年,真的化身为泰尔城下,那个实际上并不存在的虚构人物柯丽。有时韩裳说出的台词和剧本上有所不同,却叫费城觉得,那才是这个角色在此时此境最该说的话。

有一个状态这么好的演员在,其他的演员也被带着迅速入戏,费城认为这是他见过的水准最高的坐排。不过相比别人,他这个男主角状态却不怎么样,头痛鼻塞,好在嗓子还没全哑。感冒症状不算太严重,让他有点担心的是,药并没起什么作用,身体感觉这次感冒还在上升期。他考虑要不要索性把感冒药停了,让病快点发出来,这样来得快去得也快,不至于影响后期排练。

"那么今天就到这里,明天老时间,上午九点继续。"费城宣布了今天排练的结束。

剧组的成员们互道再见,陆续走出这幢曾经是个车间的空旷房子。这儿是苏州河边,沿河全都是旧厂房,而今被改造成了一个个艺术基地,许多画廊和个人工作室在这里租下或大或小的空间。费城在这儿临时租了个地方,正式进入剧院之前的排练,都放在这里。

"韩裳,你演得太棒了,这个角色就像是专门为你打造的,我敢打赌你绝对比夏绮文更适合演柯丽。"费城对韩裳说。

"谢谢你的夸奖,大概是很久没有演戏了,积累的能量大爆发吧。"韩裳笑着说。其实她当然知道,并不是个这原因。

"大爆发吗,那岂不是说很快就会把能量喷光。"费城开了个玩笑。

"嗯,晚上有空吗,请你吃饭。"费城向她发出邀请。

"请我吃饭?"

"是啊,男导演和女演员。"费城向她笑了笑。

"哦,这两个词现在只要放在一起,就会让人想起三个字。"

"传绯闻?"

"比这可糟糕多了,是'潜规则'。"韩裳说着笑起来。

"呃,那换成男主角和女主角好了。还是传绯闻听起来顺耳一点。"费城看着韩裳,不知她会不会急着撇清。

"其实等会儿吃饭的时候,有份东西你也许有兴趣看一下。"费城在韩裳开口之前转开了话题,"昨晚徐老师让人送来了肖特曼的哥哥附在茨威格手稿里的回忆,是翻译稿的复印件。"

"哎呀,他们还真记得这件事情呢。得打个电话给周老师和徐老师道谢才行。"

"我打了,不过徐老师说……"费城的脸上露出了歉意,"周老师现在身体又不太好了。"

"怎么了,上次去的时候不是气色还不错吗,这才没几天呀。"韩裳奇怪地说。

"那个,徐老师说,周老师有点感冒症状。"说到这儿费城实在是不好意思,周仲玉的感冒如果不是他传的,那还有第二个人吗?

韩裳看着他摇了摇头:"这样年纪的人,得什么都是大病呀。嗯,待会儿我得要求分食制。"

"随你随你,不过,要传的话你早就被传上了。"费城悻悻地说。

"东西呢?"

"什么?"

韩裳笑了:"你还真等到吃饭的时候才给我看呀,请我吃饭不需要这样的借口。"

费城有点尴尬地把复印件从包里拿出来,只有薄薄两页纸。

其他人这时都已经离开了,房间里只剩下他们两个。

两页纸,韩裳站着几分钟就看完了。这是份像日记一样随手写下的记录,韩裳猜想这位收藏家可能对他每一件藏品的来历都有这样的简单说明。这样的记录能帮助收藏家在多年之后回忆起关于藏品的点滴往事,收藏的乐趣正在于此。现在,韩裳也能据此,在脑海中勾勒出那个夜晚的大致线条。

大约在凌晨两点钟,收藏家在睡梦中被敲门声吵醒。他很惊讶有人在这个时间来访,打开门,却是他的老同学——大作家茨威格。收藏家和茨威格经常见面,但这一次,他觉得茨威格比几个月前见到时,要憔悴许多。

收藏家给茨威格倒了杯热水,请他坐下来。他观察到,这位作家此刻脸上流露出来的,是一种混杂了恐惧和兴奋的复杂情绪。

茨威格取出两沓稿纸放在桌子上。他告诉收藏家,最近几个月里,他一口气写了两个剧本。他在写这两个剧本的时候,感到异常的畅快,可是在放肆宣泄情感的同时,他又深感恐惧。在写完这两个剧本之后,他一直在和内心作斗争,既想让自己写的作品在舞台上演出,又害怕会导致可怕的后果。现在他终于决定,把这两个剧本送给这位同学作为他的收藏,永远不要搬上舞台。

"这是否意味着你更能把握人的内心了呢?"收藏家问。

"我不知道,或许是这样,但我并不喜欢,这给我的压力太大了。"茨威格回答。

"原来这两个剧本是茨威格亲手送出的。不过,你好像并没有因为看到这份回忆而特别担心。"

"担心?你是说诅咒?"

韩裳点点头:"茨威格因为害怕而选择封存自己的创作,把这两份手稿当作收藏品送给了他的同学。让他害怕的是什么呢?"

费城笑了:"不管他害怕什么,都和我无关。事实证明你是对的,根本没什么可怕的诅咒。伟大的作家通常神经衰弱,茨威格只是遭遇了几次巧合而已。事实上,让他害怕得不敢公布的两个剧本,《盛装的女人们》什么事情都没有出,而《泰尔》嘛,我叔叔和夏绮文的死也和诅咒扯不上关系。"

韩裳觉得，关于费克群和夏绮文，费城似乎隐瞒了些什么。他仿佛已经完全了解了他们的死亡原因，正是因为这样，才让他对诅咒之说完全不担心了。

虽然决定重新回归表演，韩裳的思考方式却已经被心理学深刻影响了。就像她明白地知道，自己对于"逃避"的态度，一度有点矫枉过正，费城对神秘主义态度的彻底改变，从心理学角度看，也有几分畸形。其实这几天排练时，她从费城的言行和整个人的状态，已经看出来了，刚才的回答只是进一步确认。

费城在刚遭遇诅咒事件的时候，面对未知的神秘，由于人有着本能的恐惧，再加上死亡的直接威胁，让他始终处于极度惶恐不安中，就连整个人的思考判断能力，都下降了一截。这和她此前的逃避心态是一样的。一旦在某个机会下，走出了原先的阴影，就像绷紧的橡皮筋，松手之后会弹到另一侧去。在一段时间里，人会觉得在从前那种负面情绪下的一切都是可笑而错误的，会全盘否定从前的自己。

费城就是从前被诅咒折磨得太厉害，现在反而对一切神秘现象都持否认和嘲笑的态度。这种时候和他说什么都听不进去。好在这种状态不会一直持续，过度反应会逐渐缓解的。有些事情，那个时候再和他讨论或许更容易被接受。

刚才看到的这份收藏家的回忆，证实了韩裳的一个猜想。她早就在奇怪，为什么这位收藏家会有一块梅丹佐铜牌作为收藏品，因为只有参加弗洛伊德神秘实验的人，才会有这样的铜牌，作为进行仪式的道具。这份回忆里有许多的描述都含混不清，而最后他和茨威格的问答，让韩裳可以肯定,收藏家也是实验者之一。

最后的问答在中文的翻译上有些问题。韩裳不用看德语原文也可以肯定,实际上收藏家问茨威格的是,他对自己的作品产生了这样强烈的不祥预感,是否意味着他触及了自己内心的神秘内核。不过对一个不知情的译者来说,译成"把握人的内心"对一个作家来说显然更合情理。

让韩裳无法释怀的,恰恰就是茨威格自己的不祥预感。作为一个促使弗洛伊德进行神秘实验的最早实验者,茨威格对自己的作品感到恐惧,以至于最后选择送给了朋友当收藏品,这不能不让韩裳重视。

茨威格可以说是最接近人内心神秘存在的实验者,难道说他这样强烈的感觉也会出错?

这两部剧本的写作时间,一定在马特考夫斯基、凯恩茨、贝格尔死亡事件发生之后,莫伊西死亡事件发生之前。莫伊西因为演了茨威格为皮兰德娄翻译的新剧而死,这表明茨威格对他后来的这部翻译稿,还没有很强烈的不祥预感,否则他是不会让自己的朋友去演的。那岂不是说,《盛装的女人们》和《泰尔》这两部剧的诅咒威力,更要强于茨威格后来翻译的那部剧吗?

但实实在在的,《盛装的女人们》什么诅咒都没有发生呀。这又如何解释?

韩裳心里犹豫着,要不要现在就把在自己身上证实的神秘事件,和弗洛伊德的神秘实验告诉费城。她不知道关于费克群和夏绮文的死到底是怎么回事,可在她看来,怎么死并不能作为否定诅咒存在的依据。而且以茨威格对这两部戏的恐惧,降临在上面的诅咒严重到比以往一个人在首演前死亡更厉害的程度,也是很有可能的。

但说了有什么用呢,她是知道的,费城现在一定听不进任何和诅咒有关的话。到时候只能自讨无趣而已。再说,他要是用《盛装的女人们》的例子来问她,该怎么回答?

韩裳拿着两页复印纸,低着头心里转过许多念头,却忽然听费城叫她。

"韩裳。"

韩裳抬起头,发现费城不知在什么时候,已经离她很近很近了。她只来得及眨一下眼睛,费城的脸就迎了上来。

过了几秒钟,韩裳把唇移开,盯着费城恨恨地说:"你亲女孩子难道都是这样,正正地凑上去吗,你的鼻子把我的鼻子挤得好痛。"

"那是你的鼻子太挺……"费城一句话没说完,韩裳已经微微侧过脸,向他示范了正确的姿势。

过了几十秒钟,韩裳突然想起了什么,一把推开费城,冲他嚷道:"你这个感冒病人,刚才还和我说要分食制!"

第五十章

阴沉的天突然下起雨来,费城没有带伞,只能加快脚步。冷冷的牛毛细雨飘在额头、面颊和脖子上,推开咖啡馆弹簧门的时候,越来越密的雨已经让全身都浅浅湿了一层。

费城的鼻子畅通了一些,声音也比前两天响亮,可是嗓子眼却火烧一样,吞口唾沫都痛极了。他想自己的感冒更严重了,这场雨一淋,从骨眼里一阵阵地冷出来,也许回去就要发烧。

这是一家生意冷清的咖啡连锁店,在这个下着雨的上午,店里空空荡荡,一眼看去没有其他的客人。

费城知道,他要见的那个人,已经在咖啡店唯一的包间里等着了。

他走进包间,反手把门带上。从包里取出一个大信封,放在桌上。

"冯队长,这些天我想了很久,还是决定把这件东西给你。"费城坐在冯宇的对面,他的眉梢依然沾着几点水珠,脸色凝重。今天,他终于作出了决定,约冯宇见面。要下这个决定并不容易。

冯宇看着桌上的信封,这就是那天晚上,费城从小区保安处拿到的信,来自加拿大安大略省省政府。

"你不看看里面是什么吗?"

"我知道里面是什么,因为我也有这样一封信。"冯宇说着,打开信封把里面的文件抽了出来。

看到里面的东西,冯宇愣了一下,他抬起头问费城:"你把原件给我了?"

"我留着这份东西,并没有什么用处。"

"谢谢。"冯宇默然半晌,说。

这是一沓结婚证明文件,还有一张加拿大安大略省省政府颁发的结婚证书。

结婚证书上的一方是费城的叔叔费克群,而另一方,就是坐在他面前的这个男人——冯宇。

加拿大的《世俗婚姻法》(*Marriage for Civil Purpose Act*)于2005年7月21日生效,加拿大也随之成为当今世界上为数不多的承认同性婚姻的国家。而且,加拿大"世俗婚姻法"规定,非加拿大公民也可在加拿大登记结婚,只需持有签证和本国身份证明就可。

费城知道叔叔在今年夏天,曾经去过一次加拿大,可他没想到,费克群竟然是去加拿大结婚。这样的婚姻在中国当然既得不到承认,也得不到保护,费克群也肯定不会公开,但对当事者而言,这个仪式显然有着重要的意义。

在加拿大完成结婚仪式后,主持婚礼的牧师会把结婚申请表寄到省政府的注册长办公室注册,然后才可获得结婚证书,寄回中国。这其中需要十二至十六周时间,当费克群和冯宇办理这项手续时,谁都不会想到,几个月后费克群将永远不会收到这份结婚证书。而费城却因此知道了真相。

"我自己这份寄达的那天,我在局里通宵加班,直到第二天才收到。我把这件事情算漏了,等我赶到克群那儿,小区的保安告诉我,他已经把信交给了你。之后我一直在等,今天才等到你找我。"冯宇点了根烟。

"你抽吗?"他问费城。

费城摇头。

"我叔叔那几本相簿里的照片,是你拿走的吗?"费城问。

"是的,我把所有照到我或者夏绮文的照片都抽掉了,这样再怎么整理,都会有一本空出很多。你就是这么发现的吧,现在的年轻人好像观察力都变强了,是看了太多侦探动漫的原因吗?"冯宇吐出一团烟雾,笑笑说。

"你的感冒快好了吧?"费城问。

"差不多了,倒是你的感冒,是被我传到的吧。"

"你现在的嗓子,快要恢复到正常的声线了。听起来,有点接近那天晚上我打给你时的声音。那天我就奇怪,电话里的声音明明有点熟,为什么就是想不起来。原来是你,因为感冒让嗓音走调了。"

"那次接到你的电话,真让我吓了一跳。我已经把克群手机通讯录里我的名字和有关短信全都删掉了,你居然还能从手机里找出我的号码打过来。"冯宇摇了摇头。

"是啊,要不是你把叔叔手机里你的电子名片删掉了,我从通话记录里看到的就该是你的名字,而不是那一串手机号了。说实在的,你的痕迹清理已经相当到位了,但还差一个镜框没有扔掉,我在放相簿的那个柜子里找到了它。不过我猜你可能并不知道有这样一个镜框,那里面有一幅我叔叔和夏绮文的合影。当时我看见合影时就想,难道会是情杀？可我怎么都不会想到，这个情杀里的情字，竟然代表一个男人。"

"你叔叔在更年轻一点的时候，是个双性恋。"冯宇吸着烟，语气平静，好像在讲一个和他没有关系的人，"他和夏绮文的关系保持了挺长时间，不过后来，他渐渐意识到自己更喜欢男人。"

"可如果是这样，为什么直到他死的那个晚上，化名为'凌'的夏绮文还能诱惑他？"费城问。

冯宇静静地抽了两口烟。

"刚知道的时候我也很惊讶。人性是很复杂的，一个人在网上表现出来的情感，和他在正常状态时是不一样的。我想克群只是被一时诱惑了，这和他真正的感情，是两回事。"

听到这个男人和他谈论叔叔"真正的感情"，费城觉得说不出的别扭。

"本来，我们准备等他导完一个新话剧，就移民去加拿大生活，没想到……"冯宇垂下眼皮，叹了口气。这个时候他才流露出一点真实的情绪。不知道当他在10月20日第一次听到费克群死在自己辖区里的消息时，是怎样的反应。

"从加拿大回来之后，夏绮文却还是缠着他不放过。结果克群没办法，只好对夏绮文直言，说他喜欢男人。他虽然没对夏绮文说那个男人是谁，却告诉她，已经去加拿大结了婚，希望她不要再找他。我就知道他这么说有问题，夏绮文可咽不下自己被一个男人抢走爱情这口气。她从来就不是一个有心胸的女人！"

"所以你在我叔叔死的时候，立刻就怀疑到了夏绮文，可是你为什么选择自己动手？难道你觉得以一个警察的身份把她抓住，会判得不够重，非得把她杀了才能甘心？"费城问。

"因为法律制裁不了她。你还记得我问过你，知不知道夏绮文的精神有问题吧，法医在她血液中检测出了巴比妥。而现在警方对她死亡原因的认定，就是抑郁症发作自杀。其实我早就知道，夏绮文有抑郁症，她会为了感情这么走极端，和她的抑郁症有关系。所以，就算把案子破了抓住她，她也有足够的钱请到好律师以精神问题来脱罪。还有一点我想纠正你，夏绮文是自杀的，我可没有动手，她自己从楼顶跳了下来。"

"我仔细看了报纸上的夏绮文死亡报道，上面就提到了从夏绮文血液中检测出了巴比妥。"费城盯着冯宇的眼睛，慢慢说，"我现在已经养成了一个好习惯，通过网络查一些我感兴趣的东西。网上能找到许多东西，比如巴比妥。"

冯宇把烟头掐灭，又点起了一支。他听费城说着，并不接话。

"巴比妥应用于精神类疾病的控制和治疗已经有很长的历史，发展到现在，巴比妥类药物也有许多种。这类药物有一个共同点，由于巴比妥是有剧毒的，所以服用不能过量，过量会死。如果服用的量超过了正常身体能接受的程度，却又没有达到致死的剂量，会引发服药者的惊恐发作。我知道你雇了一位私家侦探调查夏绮文，同时也知道这位侦探的调查既深入又细致。所以，我猜想你应该能知道夏绮文服用的是哪一类巴比妥，每天服的量是多少。既然那位侦探，他是叫阿古吧，他能偷偷潜入夏绮文的家里，我想你也同样可以做到这一点。那么把她日常服用的巴比妥，换成外观相似，实际含量加大的药片，应该不难做到吧。"

冯宇只是吸烟,吸得快而猛,一会儿的工夫,新点的那支烟已经燃了小半。

"所以,夏绮文最后一次服药后,身体是无法立刻适应新增药量的。如果这个时候,你以我叔叔的……"说到这儿,费城停顿了一下,发现不知该怎么说出那个称谓,只好换了种叫法,"以夺走夏绮文爱情那个人的身份,约她见面,把她叫到顶楼……我想夏绮文最后那通电话是你打的吧,在电话里把一个原本就惊恐发作,情绪极端不稳定的抑郁症患者逼得跳楼,并不是一项高难度的事情吧。"

"看来阿古对你说了很多事情。"冯宇终于再次开口说话,"你说了一种可能,我替你把后面说下去。我一边和楼顶的夏绮文通电话,一边进入她家里,做好放火的准备,然后一把火烧了所有痕迹。以我的经验,又是我自己负责的调查,当然能保证对火场的调查不会把自己扯出来。这的确很有可能,但仅仅只是可能,没有证据。所有人都看到夏绮文是自己跳下来的,就算她因为某人的刺激而自杀,以现今中国的法律,要定那个人的罪也不是那么容易。我想,你就是因为考虑到这些因素,才选择把这份结婚证书的原件给我,而不是去告发我吧。"

"我是为了叔叔的声誉。"费城站了起来。

"你不想听听我和你叔叔的故事吗?"冯宇问。

"不,我不想知道。再见,冯先生。"费城转身离开,走出咖啡店,闯入外面的雨雾里。

虽然冯宇设了个局杀了夏绮文,为费克群报了仇,但他对冯宇却没办法有任何好感。可是如果要向警方举报冯宇,所有的痕迹肯定都被他抹了个干净,让他被定罪的可能性很小,就算定罪也未必是重罪。但代价却是让已经死去的叔叔声名狼藉。

费城付不起这个代价。

他想到了阿古,这个古怪的声称有职业操守讲信用的私人侦探。如果自己把密码告诉他,他一定会兑现自己的承诺,把他所知道的一切都告诉"警察"。他要告诉的那位警察,就是这位冯队长吧。

第五十一章

费城的感冒持续了很久,那天淋雨后就开始发低烧,昨天晚上睡前测了测体温,升到了38.3℃。半夜他就惊醒过来,嘴里又干又涩,浑身酸痛,差点起不了床。

费城没有再测体温,他知道肯定比昨晚烧得更厉害了。《泰尔》的排练就要进入联排阶段,服装道具灯光今天都到位了,他不想因为自己的病让整个剧组停下来。现在是早上5点,他打算去附近的医院挂两小时点滴,把高烧压下去。

家里没早饭吃,费城空着肚子出了门,街上的早点摊不会现在就开张,看来只能饿到挂完点滴了。

黑猫毛团大概很久没见到主人在这个时候出门,从阳台上跑出来,跟到了门口,喵喵地叫着。费城蹲下来想和它说两句话,却发现自己的嗓子哑得说话非得声嘶力竭,只好摸摸黑猫的头,重新费力站起来。他打开门,外面涌入的寒冷气流,让挂在玄关上方的风铃一阵急响。

从电梯出来,费城在一溜信箱前停下。昨天的晚报他没取,带上报纸,等会儿挂点滴的时候可以看。

信箱里除了晚报之外,还有一封信。他看了看落款。

"徐缄"。

会是谁呢？脑袋昏昏沉沉，一时间想不出来。

上了出租车，车开起来的时候，费城只觉得一阵晕眩，看来烧发得很厉害。他闭着眼睛在后座上靠了一会儿，感觉稍好一点了，把信拆开。

里面整整齐齐折着四张信纸，在此之外，还有一张较小的纸。

费城先看单独的这张纸上写了什么。这时他才知道，写信的人是徐老师，周仲玉老人的儿子。

徐老师写在这张纸上的消息，让费城心里顿时涌起深深的内疚。周仲玉老人已经在日前因为感冒去世了。

在周仲玉老人去世的前一天，她自己知道已经熬不过这关，特意口述，让她儿子代为执笔，给费城写了一封信。遵照老人的嘱托，在周仲玉死后，徐老师把这封信寄给了费城。

早上的马路上没什么车，出租车开得飞快，就在费城打算展开周仲玉的信，看看这位老人在临死之前要给他写的这封信究竟有什么内容时，司机把车停了下来，告诉他到了。

付完钱下了车，费城忽然愣住。

他居然来到了苏州河边，前面就是他租了地方排练的艺术基地了。发烧发得昏了头，前面上车的时候，竟然没有告诉司机要去医院，而是报了和前几天一样的地址。

这是一条僻静的小路，在这个时候，得走到前面的十字路口，才能重新叫到出租车。费城沿着苏州河边的亲水长廊，往前面的路口慢慢走。

这条种植了许多树木的亲水长廊其实算是城市中不错的风景，特别是苏州河污水治理初见成效的今天,每天清晨附近的老人都会到这里健身锻炼。不过现在时间还太早,至少得再过一小时,才会陆续有老人出现。

费城展开周仲玉的信,一边走一边看。

费城小友:

在此我要向你道歉,上次你和韩裳拜访我时,我对你说的那些话,并非完全真实。夏绮文前次来,我也同样欺骗了她。关于这件事,我已经欺瞒了七十一年,没想到在我最后的几个月里,再一次被人问起。自从你们走后,我的心情十分低落,并且很快得了感冒,现在看起来,已经朝不保夕,到了生命的最后时刻。我不想把这个秘密带进坟墓,而想在死之前洗去这个污点,至少,也要坦然地面对它,不再遮遮掩掩。

这件事情,是关于让我一举成名的《盛装的女人们》。我简单地介绍一下这部剧的大概内容,这部剧,是茨威格看到旧时代被各种教条束缚的欧洲女性,随着社会的发展进步,而渐渐拥有真正的自我,和男子一样生活,有感而发写的。剧中女主人公向往爱情,却又碍于地位差异、礼法,苦苦挣扎,最终获得胜利找回真爱。茨威格在戏里对女主角的设定,是她刚刚出场时穿着华丽繁复的盛装,看起来漂亮,实际上是对女性的束缚。女主角的脸上也一直戴着面具,暗示她没有真正的自我。随着剧情的发展,女主角身上的衣服一件件卸去,穿着开始变得轻松自如,到最后一幕抗争取得最终胜利,女主角才象征性地把面具摘下。

要演这出戏的时候,我只有十九岁。能够担任女主角,完全因为剧本是我出钱拍卖下来的,而非我此前表现出了多么惊人的表演才华。我虽然热爱表演,并且常常和认识的一些演员交流,但真正到了担纲女主角演一出大戏的时候,心里还是没有一点把握。

我的父亲当时是联华影业公司的股东,我也因此和公司旗下的一些演员有了接触。其中,和我关系最要好的,是影后阮玲玉。所以,我就拿着剧本去找她,请她来当我的老师,教我该如何把这出戏演好。

阮玲玉见到剧本之后,非常喜欢,她在手把手教我演戏的时候,这种喜爱之情也与日俱增。我想,她的这种喜爱,和她当时的处境有很大的关系,她一定希望自己也能像剧中的女主人公一样坚强,成为新时代的新女性[1]。最后她向我提出,在第一次正式彩排的时候,由她代替我演一回女主角,一来可以完整地向我示范该怎样诠释角色,二来也让她过了戏瘾。因为她的体形声音都和我极像,整个演戏过程中,又戴着面具,只要注意一些,就可以瞒过别人,就算瞒不过,由她出面澄清,因为只是彩排,也不会闹出大风波。

于是,第一次彩排,阮玲玉穿上了一层层戏服,戴上了面具,在台上以我的身份演出,而我则蹲在台下的一个小角落里欣赏、学习。最后一场脱下面具的戏,阮玲玉脸孔朝天把面具掀起来,很快

---

[1] 阮玲玉在1935年被前夫张达民诬陷闹上官司,同时遭小报竭力诬告诽谤。此外,与长期同居的上海"茶叶大王"唐季珊感情出现问题。最后,由于不堪情感问题、官司以及小报和社会舆论攻击的压力,于1935年3月8日凌晨,在上海新闸路沁园屯九号寓所服食过量安眠药自尽,年仅二十五岁。

又戴上面具回到后台,竟然没有被别人看出破绽,所有人只觉得"我"演得精彩极了。

可惜的是,戏中女主角的坚强并没能帮到她,几天之后,我就在报上看见她自杀身亡的惊人消息。

另一件我没有想到的事,是第一次彩排当天,大导演蔡楚生有事到我校来,顺便看了复旦剧社的这场彩排。他觉得女主角演得棒极了,后来找到我,请我试着演戏。就算他有一度觉得我的水平和他在彩排时看到的差了一截,却还是坚持认为我有极大的潜力,一心栽培我,才让我有了后来的小小成就。当时我爱慕虚荣,没有对蔡导演说,他看到的其实是阮玲玉,而不是我。当时没有说,后来就再也没有说的机会,一直隐瞒到了今天。

这种隐瞒,对当时年轻的我来说,情有可原,而后我努力提高自己在表演上的造诣,终于也没有辜负了蔡楚生导演的一番提携。但每次想到我是以这样一种方式进入演戏这个行业,内心中就感到羞愧。现在终于把这些痛痛快快地说出来了,我感到很舒畅,很安心。

请把我说的这些,告诉韩裳和夏绮文,并转达我的歉意。

周仲玉

费城把信看到一大半的时候,人就已经不受控制地颤抖起来。他曾经以为不存在的、只是一个笑话的诅咒,突然之间伸出了全部的獠牙扑了上来。当他以为解脱了诅咒的阴影时有多么轻松愉悦,现在恐惧就更加倍地反卷过来,把他整个人所有的信心都扑倒、击碎。

本来就已经高烧的他难以承受心理上这样巨大的落差起伏,浑身

阮玲玉

都凉透了,只有额头火烫。而他越觉得冷,身体就越发抖得厉害,到后来手已经捏不住薄薄的信纸,纸张从指缝中滑落,四散飘扬。

费城的手在空中挥动着,想把信纸捡回来。一张信纸飘向左边,他抢上去一捞,却赫然发现,这里已经是一处亲水平台的边缘。

他人软腿酸,重心向苏州河的那侧偏倒。他惊恐地强扭腰部想要把重心移回来,却最终落进了冰寒的河水里。

身体浸在水里,他冻得几乎不能动了,张开嘴要大声呼救,嘶哑的嗓子只能发出嗬嗬的呜咽,刚传到河面上方,就被风吹散了。而且,在这个四下无人的时间,就算他喊得出来,有谁会听见呢?

他拼命挣扎,可实际上,手脚却只是在河水中缓慢而无力地胡乱划动着。略有些混浊的河水,慢慢淹过了他的嘴、他的鼻、他的额、他的头顶。

费城张大了嘴,河水灌进来,他已经分辨不出是什么滋味。他的意识渐渐模糊,全身的疲惫也慢慢感觉不到了。他的四周被水包围着,最后的时刻里,他恍然有一种错觉,在上空的某个地方,一个黑色的旋涡正在形成,那里深邃幽暗,不知通向何方。

影影绰绰间,有什么在召唤着他。

是那三万六千只眼睛吗?

韩裳漫步在亲水长廊中。

她今天来得格外早,结果却被挡在排练厅门外。钥匙在费城那儿,往日他总是第一个到。

三三两两的老人在这条绿化带中打拳健身,空气里有淡淡的河水味道。

她停下来,站在河水边,心里忽然有些悸动。

河水里有几个小旋,忽而又不见了。

她给费城打了个电话,却接不通。

还要等多久呢。

旁边的矮树上挂着一张信纸,在风中微微颤动。韩裳瞥了一眼,似乎看见了几个熟悉的字眼。她走上去,想要看得更清楚些。

她的心脏又悸动了一下。

白皙的指尖触到信纸的那刻,薄薄的纸张挣脱了枝叶的束缚,以难以琢磨的轨迹盘旋开去,几转就飘离了长廊,隐没在视线之外。

韩裳走到了河岸边,然后愣住了。

信纸已经不见了,短短的几秒钟,它就被河水扯了下去,再没有踪迹。

或许,它只是在某个一时没有看见的角落。

视线在河面上掠过,几个小旋涡缓缓合到了一起。在她面前不远处,似乎就要有一个大旋涡在混沌中显现出来。

韩裳慢慢地、慢慢地向后退去。

不知不觉间已经起了晨雾,水汽弥散。在韩裳的视觉里,这个世界变得模糊而不真实。她觉得自己正处在某个临界点上,那些幻梦又要袭来了吗?

韩裳突地转回身,疾步往基地走去。

费城该到了吧,她想。

后记

大约在两三年前的一个夜晚,我在屋里写小说。父亲忽然推门进来,手里拿着一本书。

"我看到一些东西,很适合你用来做小说素材。"他说。

他手里拿着的这本书,就是茨威格自传《昨日的世界》。

我把手头的事情干完,才开始看父亲指给我的相关内容。看完之后已经是凌晨,一个人待在屋子里,忽然感觉毛骨悚然。我从前写的此类小说,当然也有惊悚的情节,作为作者,虽然有时也不免入戏,总还知道那一切都是我自己创造出来的。可是茨威格写到的诅咒,则是真真正正发生过的事情,这诅咒让茨威格在临死前写自传的时候都不能释怀,也让数十年后看他自传的一个中国人深觉畏怖。

这个世界终究还是有一些事情难以解释,这让我们学着在看似科学昌明的今天保持一颗敬畏之心。

在这之后的几年中,这个诅咒一直潜伏在我脑海,或者说潜意识的深处。哪怕我在写作其他小说的时候,也在心中默默构思着,要怎么把这个题材写成一部新的小说。

直到 2006 年 9 月,关于这部小说的基本构想才全部完成,然后我花了一个月的时间写小说大纲,又花了四个多月全力写作。我投入了双倍于以往的时间和精力,当小说最终完成时,我想在自己的创作道路上,我完成了一次跨越。

这部小说中当然有许多的虚构成分,比如那个为情杀人的刑侦队长,在真实的制度中,这样一个身份的人,是不能轻易出国的,在向上级汇报清楚之前,他甚至可能拿不到出国的护照,更不用提偷偷在加拿大和另一个男人结婚。拉比威尔顿也同样如此,当年摩西会堂的大拉比另有其人。

可是,更有许多是真实发生过的事情,真实生存过的人。比如那三位死去的演员,为了写作这部小说,我真的托我在德国的朋友,帮助查这三人的死亡日期和死因。而他给我的回信,大致的内容也和小说中小望的回信一样。茨威格所说的死亡事件,是真实发生过的。

达利的画展在上海也办过,不过并不是小说中的时间。看达利画展的人,有许多真的会在他的画前感到不适,而我自己因为写小说看达利传,发现由他写作的剧本《一条安达鲁狗》的男主角在演完此片就自杀,也觉得有些惊讶。同时,我几次去位于上海老城区的摩西会堂,拍了很多照片,那儿的情况,基本就如我小说中描绘的,除了地砖之外,其他的都翻新过了。要是在圣柜间的地砖下真有什么东西的话,大概还在那儿吧。出现在韩裳梦中的几位犹太人,像小格尔达一家,也曾在六七十年前的上海生活过,摩西会堂就是他们在礼拜日会去的地方。

弗洛伊德晚年对神秘主义态度的转变,早就明明白白在他的著作中反映出来,而关于小说中的神秘实验,实际上我有一个更完整的构想。可是在这部小说中,没办法把所有的线索都交代清楚,因为主角已经死了,属于他的故事,也只能就此结束。关于卡蜜儿、弗洛伊德的继承人、其他的实验者、神秘实验的结果这些都存在于我的脑海中,也许有一天,会在另一部小说中揭露出来吧。

那多 2007.3